CW01660674

Prof. Dr. YEradam (G

Tabahat-ül Yamyam Al

Yamyamın Yemek Kitabı

Çorbadan Kol Böreğine

Cem Mumcu'ya

To Janice

and the memories

of Scotland . . .

Prof. Dr. YEradam (Gurme)

Tabahat-ül Yamyam Alaturka
Yamyamın Yemek Kitabı
Çorbadan Kol Böreğine

for a new
begining,

Yusuf

April 6, 2002
Istanbul

Okuyanus Yayın
Mizah - 02
Gastronomi / Antropoloji

Tabahat-ül Yamyam Alaturka
Yamyamın Yemek Kitabı
Çorbadan Kol Böreğine
Prof. Dr. YEradam (Gurme)

ISBN: 975-8420-11-9

I. Baskı: İstanbul, Mayıs 2001

Yayına hazırlayan: Deniz Koç

Grafik tasarım: 2 Tasarım / Mehmet Ulusel
Kapak tasarımı ve illüstrasyon: Mehmet Ulusel
İllüstrasyonlar: Mehmet Ulusel, *Anatomik Etüdler (Yayımlanmamış Bilimsel Eskizler)* s. 1, 4, 6,11, 29; Pietro da Cortona, *Tabulae Anatomicae,* s. 78, 101, 171; Dr. C. Keith Wilbur, *Antique Medical Enstruments,* s. 37, 43, 65, 77, 103, 157; s. 12 anonim(!?); s. 18 internet
Film, baskı ve cilt: Mas Matbaacılık A.Ş.

Tanıtım için yapılacak kısa alıntılar dışında yayıncının yazılı izni olmaksızın hiçbir yolla çoğaltılamaz.

©Okuyanus Yayın
Hacıemin Efendi Sokak, Mak Apt. 9/1 Daire: 2 Nişantaşı 80200 İstanbul
Telefon: (0212) 232 5373, 232 5379 **Faks:** (0212) 231 5220

okuyanus@okuyanus.com.tr

www.okuyanus.com.tr

Amor vincit omnia
Bonne bouche
Chacun son goût
Cum grano salis
De gustibus non est disputandum
Dominus illuminato mea
Festina lente
Hamdım, piştim, yandım

Homo homini lupus
In vino veritas
Tabahattir, bilmemek değil öğrenmemek kabahattir.

İçindekiler

TEŞEKKÜR EDERİM

(soyadı sırasına göre alfabetik)

Ceyda Akaş (aşçı yamağı, baharat uzmanı)
Rough ET G. Ayyüce (kahve dövücüsünün hınk deyicisi)
Asker Darbeci (yurdumuzun medarı iftaarı stok sorumlumuz)
Ayça Doğan (biyokimyacımız; yemeklerimizin kan ve idrar tahlillerini yapar -biz sağlıklı besleniriz anacım)
Çağın Doğan (geleceğin yamyamı; yamyam olacak çocuk parmağını emmesinden bellidir)
Yıldırım. B. Doğan (the hodja del mundo)
Leman Devellioğlu (mutfak kütüphanesi sorumlusu)
Cengiz Erdem (öteki Gıbrıs'ın alternatif yamyamlarından)
Kemal Evren (ressam, yarın akşamki yemek)
Van Gogh (kulak ördövr uzmanımız)
Emre Göktepe (özel ulak, yemeğin tuzu biberi)
Matthew Gumpert (Musevi kültürü uzmanımız)
Selçuk Heybet (New York temsilcimiz)
Jenny (evde beslediğim cenin, incik kemiği ile çıkı çıkı yapıyor)
Okan Karataş (Antakya yöresi uzmanımız)
Ertuğrul Keniş (Adanalı Ballı ve Dilber Dudağı uzmanımız)
Semih Koçak (guatr uzmanı)
Ali Kıran ve Bash Kasen (uygulamalı öğretim elemanlarımız)
Jennifer Lopet (türkücü, Gesi bağları yöremizden)
Jonathan Livingstone (Richard Bach'ın martısı, ilham)
Cem Mumcu (the müsebbib, ya da takdir-i ilahi)
Şenol Mumcu (mutfağın doktoru, anatomi uzmanı ve baş aşçısı)
Necla Özer (yerel yemekler koordinatörü)
Lito Porto (mutfağın elektrik sayacı)
Jonathan Swift (Freud'un ilham kaynağı, paşasımız)
Mehmet Ulusel (mutfak tasarım)
Buket Uzuner (hünkar beğendi, ama onun bundan haberi yok)
Fatih Yaşar (mumbar bağlamacı; himineş nom nomcu)

Ve
Nuri (mutfağımızın damak tadı testçisi, gurme)
Deniz (mutfağımızın şarap uzmanı, aşçı yamağı)
Merih (mutfak tanıtım şefi)
Nevra (proje tanıtım müdürü)

Cüneyt (Cenifır sevenlerden, nam-ı diğer Canıtın, mültimedya yönetmenimiz, Hanibal'deki teknik donanım onun eseridir)
Çağatay (daerrin dondurucudaki et stoğumuzun hesabı ondan sorulur)
Tuba (sekreterimiz canımız ciğerimiz; telefona bakar mısınız diye bağırır genellikle ve burnu hep akar, bu yüzden onu mutfağa pek sokmayız).

Evet, bu ekipten oluşan ***Okuyanus Yayın***'ın yamyam kültürümüze karşı bir önyargı beslemediğini görmek gözlerimi yaşarttı.
Ayrıca, bu kitabı yazarken dışarı ava çıkamadığım için hastalandım. Doktorlar, "Sana yel girmiş," dediler. (Evimde yel nasıl girdiyse bana?) Şiş de girebilirdi di mi ama? Allah saklamış. Av faslını gerçekleştiremesem de evime gelip bana yemek yapan hısım akraba, eş dosta da teşekkür ederim: Bunlar sevgili küçük ablam (kız biz seni yemedik miydi?) Atiye Adanur, oğlu ve yeğenim Tolga Adanur, öğrencim Zafer Günal.

Hepinizi çok seviyorum. Yerim ben sizi, yerim.

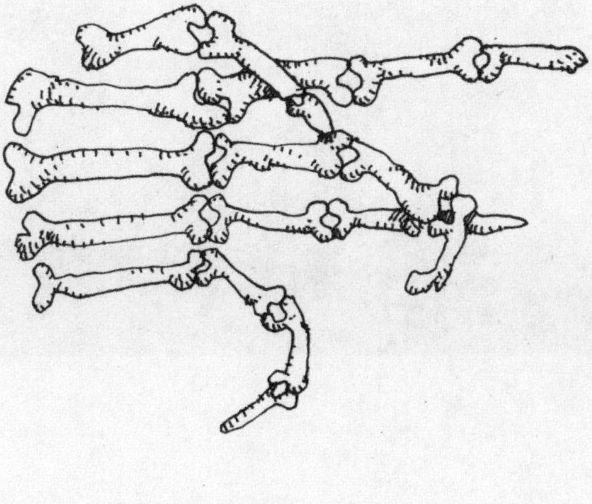

giriş

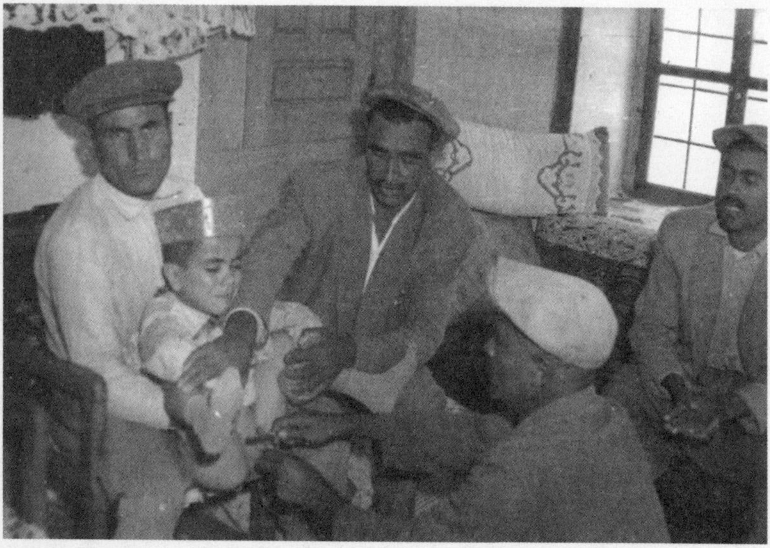

1. NASIL YAMYAM OLDUM?

İnsanın kim olduğunu bilmesi gibisi var mı? Nosce te! yazıyordu Edinburgh'da okuduğum okulun duvarlarında. Kendini bil. Düsturum olmuştur bu özdeyiş. En zoru bu çünkü. Adım YEradam. Övünmek gibi olmasın Niğdeliyim ve Türküm, ha bir de gururla söylüyorum artık, yamyamım. Artık diyorum çünkü yamyamlığımın yeniyetme dönemlerinde kimse bana "Bunda utanılacak bir şey yok ki, bak hepimiz yamyamız," demedi. Sonradan öğrendim yamyamlık ne demek. Yamyamlık: Kendi türlerinin etini yemek edimi (Van yöresinden bir atasözümüz bunu daha iyi anlatır: "Adamı, tanıyan kurtlar yesin").

Bütün dünyanın etobur denince hemen tanıyacağı bu YEradam kim peki? Ben öğrenim görmüş, hatta *görmüş geçirmiş, yaşını başını almış* bir adamım, futbol ve at yarışı hastasıyım, antika koleksiyoncusuyum, tam bir *bon vivant* anlayacağınız, yani vur patlasın çal oynasıncı, yani dünyanın burnuna osuranlardan ve de gurmelerin şahıyım, hele şarap konusunda Boğaz'da yalı sahibi o efsanevi aileler elime su dökemez... ve evet ya, ben bir yamyamım.

Yamyam olduğuma ayma öykümü anlatmalıyım size. Daha sonra da bu kitabı yazma fikri nereden geldi, niye geldi falan. Bana kısaca KIY da diyebilirsiniz-yani ***Kendi İsteğiyle Yamyam.*** *Kıyma, kıyım* gibi sözcüklerimizin de bu kökten ve aynı yaşantısal kaynaktan geldiğini biliyor muydunuz? *Soykırım* diyorlar örneğin, ama onun aslı *soykıyım* olacak. Nasıl yamyam oldum öyküme geçmeden önce şunu hemen belirtmeliyim ki bence insanlar yamyam da doğarlar. Bence Hanibal pirimiz *doğma büyüme yamyam*dır. Ben sonradan olmayım. Kimi yamyam doğar, kimi de kendi isteğiyle yamyam olur. Oki doki, nasıl yamyam oldum peki?

Çocukluğumda tanıştım yamyamlıkla. Sünnetime ta Adana'dan getirtilen fellahlardan usturayı büllüğüme indirenin kopan parçayı (tabii ben ciyak ciyak bağırıyorum bu arada, bağırmayayım diye ağzıma doldurdukları lokuma karşın) içinde buz olan minik bir kaba koyması dikkatimi çekmişti. Fellah, kirveme bakıp gülümsemişti bir de. "Akşama aslan sütüyle iyi gider," demişti de, odadaki herkes gülüşmüştü. Kirvemin oğlunu sabah akşam dövdüğünü duyardım, komşumuzdu kirvem Baltacı Bilal dayı. "Ali'yi niye dövüp duruyor Bilal dayı bubaa?" diye sorardım. Meğer "Et yemiyormuş, büyümeyecek, cülük gibi güççük galacak, herkes sonra onun tepesine binecek, ailenin yüzkarası bu çocuk," diye dövüyormuş babası Ali'yi. Daha beş yaşında falanım. Et yememek kötü bir şey. Hem büyümüyorsun, hem de dayak var. Ben et sevecem, bunu *kafaya kodum*. Dolayısıyla, beni kimse insan eti ye diye zorlamadı. Ve yamyam şürekasının çoğunluğunun tersine ben bu kavime dört yaşında katıldım. Ali'ye yedirdiği et ne etiydi Bilal dayının, bana hiçbir zaman demediler, ama ben dört yaşında ET'i yaşam felsefemin temel direği olarak öğrendim. Altı yaşımda da sünnetim sırasında gözümle gördüm. Altı gibi narin bir yaşta bile - ve Allah sizi inandırsın, altı yaştaki oğlanlar bir narin, bir yumuşak oluyorlar... mmm, sormayın - ben yolumu çizmiştim. Musevilerde de sanıyorum bizde olduğu gibi çok önemli sünnet olmak. Sünnet olan çocuk, "Bugün erkek oldum" dermiş. Hadi canım, hiç öyle dediğimi hatırlamıyorum. Babam biricik oğlunun erkekler hanesine kaydını yaptırdığını haykırıp duruyordu; babamı sevindirdiğime sevinmiştim, ama canım fena yanmıştı ve ben erkek oldum diye değil, şimdi geriye bakınca yeminle söyleyebilirim ki "Ben yamyam olduuum!" diye bağırabilirdim. Çünkü büllüğümün ucu akşama kirvemle sünnetçimin sofrasında has bahçenin gülü gibi duracaktı, sonra da aslan sütlerine meze olacaktı. Buna canımın sıkıldığını sanmıyorum. İmrendim mi?... Evet. Hatta kıskandım. Bir an önce büyüyüp aslan sütlü sofralarda "Silli bamya, kol böreği, babagandiç" yemeliydim.

Yalnız, hâlâ bir geceyi anımsıyorum ama çocukken bir anlam veremiyordum. Sünnetimden önceydi, belki bir yıl kadar önce. Ben daha 4-5 yaşında falan bir *süt kuzusuyum*. Anamın memesini dişleyip duruyorum hâlâ. Dört kızdan sonra doğmuş tek oğlanım, bu yüzden de anamın gıymatlısıyım ya, kimse bir şey demiyor, şuna bak hâlâ parmağını emiyor falan diye. Annem öldürür bana bir şey diyeni alimallah. Yaş sıralamasında en küçükten bir büyük ablam Şükran hastalanmıştı. "Tontiş tontiş!" diye severdi babam onu. Şükran hastalanınca babam onu bir hastaneye götürdü, ama Şükran o hastaneden eve bir daha hiç dönmedi. Annem çok ağladı – "Guzuum, guzuuum, gitti gınalı guzuuum. Canıma tak itti bu yohluh, Allah açlıkla terbiye ediyor bizi!" diye ağlıyordu tencereyi karıştırırken. Ama babam, kunduracı Kıybettin çok anlayışlı sevecen bir adamdı, anacığımı hemen teselli etti. "Allah verdi, allah aldı hanım, üzülme, bak gül gibi üç kızımız daha var." (O günden sonra en küçük ablam olacak Gülhan'a döndü ve "Yerim seni, benim tontiş kızım!" diye Gülhan ablamı "Hoppidi hoppidi hoppappaaa!" diye sevdi. O gece tanıştım etin tadıyla. Annem yokluktan, yoksulluktan yakınıyor diye bir yerlerden et bulmuş getirmişti babam. Canım babam, kim bilir kimlere müdareyinen almıştır, kimden acizlenerek istemiştir eti. Belki de kasap Muuttin amca bedava vermiştir. Annem ona sırtarsın diye. Yumuşak ve damakta dağılıveren etin en kaliteli et olduğunu belleğime o gece yazdım işte, dört yaşında dedim ki, beyaz et ve kuzu eti. That's it! Ama o gün et niyetine ilk kez her ne yedimse, bir daha asla yakalayamadım o tadı. Ne baharat, ne egzotik yollar denedim, ne şaraplar eşlik etti ete, ama ilk aşk gibi, o ilk et, damağıma domdom kurşunu gibi değdi. Evet, sünnetimde bilincim yerine oturmuş, yamyam vizyonunun konsepti içime yerleşmiş, hatta yamyamlıkta yalnız olmayacağım güvencesi o gün verilmiş olabilir ama damağım ilk kez böyle tanıştı gerçek etle. Bor'da, toprak damlı o tek göz evimizde. O yüzden yemin ettim, annem gibi yokluk, yoksulluk çekmeyecektim. Okuyacak, adam olacaktım. Adım Yusuf, soyadım Eradam'dı zaten. Y.Eradam. Adımla müsemma olmaya çalışmalıydım. Çok çalıştım, önüme çıkan fırsatları iyi değerlendirdim ve başardım da. Antika, at yarışı vb. meraklarımı pastoral geçmişimi unutmak için geliştirdiğimi söyleyenler de var, ama olsun. Bugün YÖK'lü eğitimimizde saygın bir profesörüm ben. Ben Y.Eradam'ım. YÖK'e yakıştım.

Oki doki, YEradam bilincimin gelişiminde önemli bir olayı, hayatımın bir başka dönüm noktasını daha anlatmak istiyorum size. Bir Pazartesi akşam üzeri, hiç unutmam, annem Bor'un hökümet meydanındaki gasaba giderken beni de yanında götürmüştü. Annem beni her yere yanında götürürdü. Kadınlar hamamına örneğin. But that's another story. *Bicecik Yusufum, değmen güççük Yusufuma!* diyerek kosala kosala sürüklerdi beni her yere. Cebime de kuru üzüm vb. yemiş koyardı. Ramazanda kendisi oruç tutar, ama bana kıyamaz, ortalığa bir lengeri içinde kuru üzüm ve kıkırdak koyardı. Kıkırdak dediğim, yağda kavrulmuş yağ ya da kıyılmış kulakmış, dilmiş sonra öğrendim. Minik minik diller, kulaklar. Üzümle karışınca ağır olmuyor. Gizli gizli lengeriden alır, cebime doldururdum kavrulmuş iştah açıcıları.

Annem benim erkek olmamdan sanki kendisi erkekmiş gibi gurur duyardı. Arada sırada da beni masa üstüne, ya da hamamda göbek taşına falan çıkartır, "hadi teyzelere göster." derdi. Ben de gösterirdim. Kikir kikir gülerdi kocakarılar. Hamamda zaten benim önüme bir şey örtmezlerdi. Memeleri göbeğine değen biri, "Kız Kezban, bunun babasını ne zaman getircen kıız, şöyle bir similya but yemeyeli çok oldu!" demişti de annem "Avucunuzu yalarsınız!" deyip gülmüştü. Kocakarının teki de "Bunu ne zaman *ham yapcez eee?*" diye büllüğümü tutunca ödüm kopmuştu. (*Büllük,* kitabın ilerleyen bölümlerinde *similya, babagandiç, kol* ve *çük* diye anılacaktır, daha amiyane ya da avam karşılıklarını efendi bir yamyamın kullanması pek yakışık almaz). Karılardan biri de anneme takılmıştı, tepem atmıştı: "Kız Kezban, kasap Muuttin'in kol böreği pek lezzetliymiş, tattın mı kıız?"

Haer neyse, ben ne anlatıyordum size... hah, kasap annemin istediği eti tartarken annem birden bıyık altından gülümseyerek "Kolunu da tartsaydın ayol," deyiverdi. Gülüştüler. Kasap Muuttin, babamın en yakın arkadaşı, sırtara sırtara "Kolum sana kurban olsun Kezban" deyiverdi. Aliterasyon merakım ve K harfi saplantım, kitabın ilerleyen bölümlerinde kendini gösterecek (örneğin, *kaptanı kafalamak*) ve şimdiden bilin, bu saplantımın kaynağı o kasap işte. Annemle Muuttin amca eğleniyor gibiydi. Ama *kolum sana kurban olsun Kezban* yankılandı durdu beynimde. *Türküm, doğruyum, çalışkanım, yasam...* gibi yerleşti içime.

Kolum sana kurban olsun Kezban.

O an anladım, hayatım bir daha asla ve kat'a aynı olmayacak. Bu bir vahiy anıydı. Tecelli. Cenab-ül mevlam bana Muuttin amcanın kocaman ellerini, kapı gibi vücudunu, kol gibi similyasını boşuna göstertmemişti. Kocaman elleri vardı Muuttin amcanın, pazıları da taş gibiydi. Kareli oduncu gömleğinin uçlarını da sıvazlamış yukarı ki görüne. Kolu annemin bacağından kalındı valla. Bir bu etli butlu kola, bir Muuttin amcanın arkasındaki kancada asılı koca buta baktım, büyük ablamın tıp kitaplarındaki çizimleri andırıyordu. Cortona mıydı neydi çizeri? Duvarda sallanan but, Muuttin dayının kolu kadardı. "Madem tartılabiliyor, neden yenmesin ki?" diye düşündüğümü çok iyi hatırlıyorum. Lezzetli de görünüyordu meret. Büyük ablam seçmeli dersi Psikolojiye Giriş'te öğrenmişti Freud'u, tatilde memlekete geldi mi bildiği her şeyi bizleri bunaltana kadar anlatırdı. Freud demiş ki herkes için için baş parmağını emmek istermiş; o halde bu baş parmaktan başlayarak kolu yemenin ne sakıncası olabilirdi ki? Bir de duymaya başladığım ilk günlerden beri duyarım, herkes yediği yemeği övmek için "parmaklarını yersin," diyordu. Niye böyle diyorlardı? Evet... ben yamyamım. Dünyaya bakışım bir anda değişiverdi ve erkekliğimi kanıtlamak için Örovizyon finalinin ilk kez radyodan naklen yayınlanacağı günden daha uygun bir okazyon olabilir miydi? Babam da o gece radyo getirecekti eve, söz verdiydi. Babam söz verdi mi yapar. Annem "Bu gece radyoda Örovizyonu dinlerken, ne yiyceez heriiif?" diye yakınınca ben babamın izinden gidecektim. Bunu hiç düşünmeden yaptım. Babam, ben dört yaşımdayken karnımızı doyuracak bir yol bulmuştu, örnek bir babanın yapması gerektiği gibi. Ben de onların gurur duyacağı bir YEradam olduğumu kanıtlamalıydım.

Annem Örovizyon günü kendisine uzattığım gazete kağıdına sarılı armağanını görünce çok duygulandı. Önlüğüne sildi göz yaşlarını. Başımı sıvazladı. Benimle gurur duyuyordu belli. Akşam eve dönünce babam da sözünde durmuş, radyoyu getirmişti. Annem, Muuttin Amca'nın bizi birkaç gün idare eden similyasından ve kolundan çeşitli yemekler yaptı. En çok Ikbeybet ve Arabaşı çorbası ile silli bamyası güzel oldu Muuttin amcanın. Similyası but değilmiş, kol böreği yapamadık. Yılbaşı gecesi radyoda o güzelim şarkıları dinledik bir taraftan ve ailecek sevindik, "Sing Ding Ding Dong!" şarkısının birinci gelmesine.

Muuttin Amca'yı arayıp soran, izini süren varmış meğer. Islahhaneye düştüm. İngilizce bilen bir arkadaştan yabancı dil öğrendim. O günlerde yamyamlığın edebiyat paşasını tanıdım. 1726'da yazdığı *Güliver'in Seyahatnamesi* adlı yapıtından tanıdığımız 18. yüzyıl İngiliz yazarı Jonathan Swift'i yani. İngilizlere karşı damak tadımı herhalde onun "Alçakgönüllü Öneri" başlıklı denemesini okuduktan sonra geliştirdim sanıyorum. Bir başyapıt bu yapıt. Belki de elinizdeki bu yemek kitabının tohumları ta o zamanlar atılmıştı. Belki de Anadolu'nun nice efsanesi ve destanı, o denemeyi okuduktan sonra ettiğim dualarda saklıdır. Kim bilir, belki de bokumu büyütüyorumdur.

Biraz bu denemeden söz edeyim size. Yazarlık kariyerini İrlanda'nın İngiliz hegemonyasına karşı direnmesine adamış Jonathan Swift (resimde görülen tontiş). Sokaklarda anaların çocuklarına dilencilik yaptırdıklarını, ser sefil sokaklarda kağıt mendil sattıklarını, trafikte arabaların camlarını sildiklerini görmüş, pek acımış bu istikbali göklerdeki çocuklara. Demiş bir gün, Allah canınızı alsa da kurtulsanız, ama Allah bu, her isteneni zırt diye yapsa dünya kaosa girmez mi? Bu düzen, bu yamyam dirliği hiç olur mu? Bu çocukların vatana millete hayırlı evlatlar olabilmeleri, topluma yararlı bireyler olabilmeleri için oturup düşünmüş vee BİNGO. Bingo, Swift'in atının adıymış. Atı bir gün onu tepince fikir gelmiş. (Swift'in memleketinde elma ağacı pek yokmuş, Newton'unkinde olduğu gibi ama at varmış). Swift tabii Türk olsa, atının adı TOMBALA olurdu. Açııız, açığııız, açııız bilaçııız diye ortalıkta gezinen ekonomik kriz ve İngiliz toprak ağalarının kurbanı bu zavallıcıklar için geliştirdiği proje sayesinde Nobel falan alamamış, ama birçok aç açlıktan kurtulduğu gibi, götü başı açık dolaşan bi dolu deli de götünü başını kapatabilmiş anacım. 120 bin çocuktan 20 binini üreyip çoğalmak ve yabanıl soyumuzun sürmesi için nadasa ayırmayı ve geri kalanını ise İngiltere'nin dombalak fertlerinden oluşan soylu ve zenginlerine satılmasını öneriyor denemesinde. Analara da tavsiye ediyor ki, satmadan önce bebekleri, çocukları iyi beslesinler, yanaklarını mıncıklasınlar ki çocuk sağlıklı ve tontiş görünsün. Evet, tıpkı Kurban Bayramında koyun, kuzu meeelerken onları su ve otla şişiren sahiplerinin yaptıkları gibi. Swift, İrlandalıların açlıktan kurtulmak için kendi çocuklarını yemeleri üzerine çeşitli öneriler getiriyor ve yamyam mutfağının ilkörneksel inceliklerini de sunuyor bu denemesinde. Swift ayrıca diyor ki, bir bebek iki kişiyi rahat doyurur. Bir çeyreğini bebeğin tuzlayıp biberleyip saklayabilir ve kışın zerzeminden çıkarır bir güzel yersiniz diyor. Tabii o zamanlar daerrin dondurucu yoktu.

Otoburlar nasıl biber, patlıcan falan kurutup kışın yiyor, anam da Bor'da bizim zerzeminimizde (kimileri *kiler* de diyor—aliterasyona dikkat:) küp küp yiyecek ve turşu istif ederdi. E, ne de olsa ona da okumuşlardı *Ağustos Böceği İle Karınca* masalını. Zor yıllardı, babam dört yıl askerde kendi yaptığı çizmenin köselesini yemek zorunda kalmıştı da dağda kırk gün kırk gece hastalanmıştı. O yıllar güneş hiç doğmayacak gibi batardı. Anam, ablalarım olmasa ben zor kalırdım hayatta. Kış gelse de anamın tadı hâlâ damağımdaki hevenklerinden kulak, burun, boğaz, hatta dil ve parmak hevenklerinden koparsam da yesem sobanın karşısında çıtır çıtır diye uğunurdum. Ah o bademcik hevenkleri hele! Annemin sesi kulaklarımda hâlâ: "Ah tonaka, gene dibine darı ekmişsin bademciklerin! Seneye de senin bademciklerinden yapacam hevengi!" Ama, ben bilirim annem beni sever, ben bicecik oğluyum onun, benden başka Yusuf yok! Değmen Yusufuma diyor hep. Ölür de benim bademciklerimi ellemez. Hele evde üç tane kız varken. Ah nostalcik oldum gene. Hevenkler üstüne ayrı bir kitap yazmalıyım. Ah o hevenkler! "Kış ne zaman gelecek anneee!" diye ağlarken anamın kucağında uyuyakaldığım günlerin sayısı az değildir.

Aaaa, **vahşi yahşidir** kuramımı 19. yüzyıl romantiklerine borçlu olduğumu sanırdım hep. Gördünüz mü? İnsan anlatırken ne epifanilere geliyor. Anlatmak lazım, öykülerimizi anlatmalıyız. Belleğimizi korumalıyız sevgili okurlarım. Yoksa nasıl yamyam kalırız?

İzbe mi izbe, ama gardiyanları protein açısından zengin ıslahhaneden 1980'de kaçtığımdan beri dönüp duruyorum bu yerkürede. Yazıyorum, düşünüyorum, yeni tadlara bakıyorum ve dünyadaki en iyi yiyeceklerden örnekler alıyorum. İskoçya'nın o güzeller güzeli, ama ne yazık ki yemyeşil kenti Edinburgh'da İngiliz yemekleri üzerine master yaparken Fildişi Sahilleri ve diğer Afrika ülkelerinden gelen dostlarımla nefis İskoç usulü İngiliz yemekleri indirdik midelerimize, ah neydi o İngiliz mumbarı! Dünyada ne kadar kraliyet ailesi kaldıysa hepsiyle sofraya oturdum, harika insanlar; Güney Amerika yerlileriyle don yağ bile çiğnedim; Amazon yağmur ormanlarında, dünyanın ciğeri denen yerlerde çevrecilerin tadına baktım; kısa bir süre için Çin'e bile gittim. Ah Çin, dünyanın en büyük açık büfesi; sonra tekrar gittim İngiltere'ye, bu İngilizler ben n'aparsam yapayım bana bir burs veriyorlar. 1999 Dünya Yazarlar Konferansı'nda Salman Rüşti beyle yediğimiz Cambridge usulü İngiliz yemekleri bir başkaydı. Nereye gittiysem, notlar aldım, fotoğraf çektim, nefis insan fotoğrafları. Hatta bir keresinde ben Amerika'dayken, Utah'ta kızılderililerin kutsal mekanlarından Sundance Temple'ı geziyoruz... ben tabii "Aaa temple'a baaak! Bir direk, taş toprak sadece!" diye habire not alıp fotoğraf çekiyordum da gezi grubumuzdaki –daha sonra birden bire kaybolan—Portekizli öğretim üyesi yazar arkadaşım bana "Are you sure you're not Japanese?" (Allasen, sen Japon olmayasın?) diye sormuştu. Portekiz ve Kızılderili eti karışımını ilk kez orada denedim. Gittiğim her yerin yerel mutfağının tadına baktım, hep sizin için sevgili okurlarım. Bu kadar hayat tecrübesi sonucu bu kitap size armağanım olsun. Türbemi dikerseniz, n'olur yeşil olmasın. Yeşilden nefret ederim malumunuz.

Unutmayın, dopdolu ve mutlu bir yaşamın anahtarı iyi yemektir. Kendi yolum, benim naçiz yolum hep insana hizmet yolu olmuştur; bu yolda da yapmam gereken en akla uygun iş ise bir kitap yazmaktı. Kaderin bana çizdiği bu yolda emin adımlarla yürürken deneyimlerimden sizlerin de yararlanmanızı istedim sevgili okurlarım. Ben dört-beş yaşlarımdayken daha, Ali'nin dayak yerken attığı çığlıkları duyduğumdan beri hiç ayırt etmeden bütün insanları sevmeyi öğrendim. Hayatımın en önemli ve ilk dönüm noktasıdır. Hepinizi çok seviyorum ben... yerim sizi ben, yerim!

Ama sadece tariflerimi uygulayıp karın doyurmanızı istemiyorum. İdealist ve romantikçe transandantal, hatta azıcık da sosyalistimsi liberal bir yamyamım ben. Benim düşünce tarzımı, yaşam felsefemi de paylaşmanızı istiyorum, çünkü bana göre yamyamlık bir yaşam biçimi. Bu böyle biline. Şimdi, bu kitabın sayfalarını o pespembe dillerinizle o çıtır çıtır işaret parmaklarınızı yalayaraktan çevirip, sevdiğiniz tarifleri bulduktan sonra kitabın sayfa uçlarını kıvırmaya başlamadan önce unutmayın, sakın aklınızdan çıkarmayın: Yamyamlar asla ve kata tek başına yemek yemez. Nefsinizi önünüzden çekin ve bir arkadaşınızı, bir dostunuzu, ya da sevgilinizi *yemeye* çağırın. Bitlis yöremizden bir atasözümüz bu gerçeği tüm açıklığıyla anlatır efenim: *Acem belayem, tohem kadayem* (Açsam belayım, toksam kadıyım). Arkadaş edinmeli, ne demiş gene atalarımız: Arkadaşını göster, sana kim olduğunu söyleyeyim. Bu hakkaten doğru. Bir keresinde coğrafya hocamız Dingil Mustafa bana böyle diyordu. Göster dedi... arkadaşını, ben de gösterdim, Osman'ı. Osman nasıl ama bir görseniz, yatılı okulumuzda herkesin tiridi çıkmış etsiz yemeklerden, o çayır çimen, tahıl ve ekmekten iyice şişmişti. Ben onun yanından hiç ayrılmazdım. Coğrafya hocasının gözleri kısıldı, hemen anladı yamyam olduğumu. Yamyamlar birbirlerini tanırlar, arkadaşlarından hiç değilse. Hadi... bana da beş kuruş ver konuştur, on kuruş ver susturamazsın anacım.

2. BU KİTAP NASIL HASIL OLDU?

Efenim, bu kitabın asıl ve/ya da ilk müsebbibi yazar arkadaşım Buket Uzuner'dir. Kendisi ne yaptığının farkında değil. Bu kitap eline geçince anlayacak vatana millete yararlı bir işte dolaylı da olsa nasıl bir vesile olduğunu. Ne mi yaptı sevgili Buket? Beni psikiyatrist, yazar ve şair Cem Mumcu ile tanıştırdı. Bütün yaptığı bu.

Oki doki, önce ben Buket ile nasıl tanıştım onu anlatiim size. Efenim, 1990'lı yıllardan bir yıl, İngiliz Kültür Heyeti ile galiba Ege Üniversitesi'nin birlikte düzenlediği bir konferansta konuşmacıyım. Konferans konusu "Kadın." Harika. Konu kadın olur da ben bir konuşma yapmaz mıyım? "Kadın olmasına karşın..."—bakın gene iki K var, pesuphanallah—diye bir başlığı vardı konuşmamın. Konuk yazar ve konuşmacılardan Buket hanım da kadınları aşağılayacağımı sanarak ve ağzımdan girip burnumdan çıkmak kararlılığı ile konuşmamı dinlemek lütfunda bulundular. Ben böyle bir hıyarlık yapacak akademisyen miyim? Ben Hanibal gibi bir bilim adamının scholarly nefesini içine çekmiş bir neferi olarak böyle bir hatayı nasıl yaparım? Yapmam. Ben kadınlara bayılırım. Yerim onları ben, yerim! Konuşma başlığımın tersinlemeli (ironik) olduğunu anlayınca pek sevdi beni Buket. Akademik dünyamızın önde gelen bağnazları, kimler mi, Amel Hızarcılar hamfendi ve onun müritleri konferansın kapanış panelinde kadın yazarların, akademisyen olmayanların bir daha böyle akademik konferanslara davet edilmemelerine karar verince dellendim. Konferanslar en sevdiğim etkinliklerdir. Et çeşitliliği boldur. Damak tadımın gelişmesi açısından her alandan insanın konferanslarımıza konuk olarak çağrılmasını hep desteklemişimdir. Amel hanım zorlama bir oylama ile kararını kabul ettirmek üzereyken ayağa fırladım ve "Neden?" diye bağırdım, bağırmışım. Amel hanım beni sever bir edayla önce, "Sevgili Yusuf, herhalde panel başını kaçırdın, gerekli açıklamayı yaptık," dedi o dillere destan İngilizcesiyle. Ben de "I am not convinced!" (İkna olmadım) diye bağırdım gene. Gene bağırmışım! N'apiim, ben duygusal bir yamyamım. Buket de yanımda oturuyor. Kolumdan çekiştirdi ve "Kariyerinle oynarlar senin, otur yerine," deyince ben de ona "Ben bunun için Doçent oldum," diye karşılık verdim. Bu cengaverce başkaldırmam üzerine Buket tabii ki beni daha çok sevdi. Ama, Amel hanımın yardakçısı başka bir hanım akademisyen abuk sabuk başka gerekçelerle beni susturdu ve bir daha akademisyen olmayan kadın sanatçılar hiçbir akademik toplantıya katılamadı. Ama Buket ile dostluğumuz sürdü.

Oki doki, sürdü de n'oldu diyorsunuz ha? Geçen yıl, Buket bir imza günü için Ankara'ya geleceğini haber verince ben de onu Ankara kalesinde Singer Konağı'nda yemeğe davet ettim. Sağ olsun kabul etti. Singer Konağı'ndakiler beni çok iyi tanır. Ama Ankara manzaralı iki kişilik köşe masamızda sohbet bir türlü edemiyorduk Buket'le, çünkü beni sünnet eden fellahlara benzeyen üç çalgıcı daracık mekanda mikrofon eşliğinde sanatlarını icra ediyorlardı, dümbelek, ut ve kanun ile. Kanun çalan aynı zamanda solistti. Zaten sesi gürdü, bir de mikrofon... amaaan, ortalık inliyor... top atılsa duymicaaz. Sohbet mohbet hak getire anacım. Hemen çağırdım Singer Bey'i. Bakın dedim, bu hanım Buket hanım. Bir daha böyle bir buluşmayı gerçekleştiremeyebiliriz, bize kanuncunuzdan mamul bir döner kebap getirseniz... Singer Konağı'nda dileğim emir gibidir benim. Emriniz olur YEradam bey dediler ve kısa bir süre sonra dönerimiz masamızdaydı. Biz de Buketciğimle bir güzel karnımızı doyurduğumuz gibi *adam gibi* yemeğimizi yiyip sohbet edebildik.

E, Buket Uzuner bu, bu nefis davetin altında kalmak ister mi, istemez. O da beni, geçtiğimiz yaz ben İstanbul'dayken Büyükada'da yemeğe çağırdı. Tabii ki kabul ettim. "Saat 17:30 gibi Kuzguncuk'taki Çınaraltı kahvede buluşalım, oradan birlikte gideriz adaya. Senden önce biriyle daha görüşmem var da," dedi. Ben de Kuzguncuk'ta dolaşıp nefis insan fotoğrafları çektikten sonra, beşi yirmi beş geçe kahveye damladım. Baktım Buket biriyle sohbet ediyor. Uzun saçlı, tontiş mi tontiş bir adam. Merhaba deyip oturdum masaya. Tanıştık bu tontiş

Cem Mumcu ile. İkimiz de "Ben seni bir yerden tanıyorum" ooolduk. (We was like "Wow! I think I know you!") Birbirimize *kanımız* hemen *kaynadı*. Ertesi gün evine davet etti beni Cem. Yayınevim var, dosyan falan varsa bize ver deyince ben de ikinci şiir dosyamı onlara verme heyecanıyla tuttum evlerinin yolunu. (Buket'le adada ne mi yedik? He he he, onu da bilmeyin canım. Ama Buket'in elleri nefis görünüyordu, zor tuttum kendimi, e malum, kadıncaaza lazım o eller.)

Cem Mumcu ve ailesinin evinde yediğim ilk yemek sırasında yemeğin vücut kavite araştırması yapılıp yapılmadığını sormamla, adam cappırdatmam ve sapiyen şappırdatmamla hemen göz doldurdum. Cem de çok mutluydu. Ne demiş o etine kurban olduğum İngiliz: "Birds of a feather flock together" (Yani, cinsini şeyttiğim cinsine çekermiş, bizi de kan çekti abi!) İşte o geceki performansım sonucu yamyamlık literatürüne geçebilecek bir şeyler yazabileceğime *kanaat* getiren (Üsküdar'daki lokantada yediğim nefis yemekler geldi şimdi aklıma, ah ah!) Cem ve ailesi bana yamyamlar için bir yemek kitabı yazma teklifini getirdi. Beni yeterince yamyamize olmuş buldukları kesindi. Kader ağlarını örmüşüdü. *Acıkan yanağından, susayan dudağından belli olur* demiş Ankaralı atalarımız. Ya Düzceli atalarımız ne demiş? *Acımıktan acımık, çöğürcükten çöğürcük.* Öyle değil mi ama? Bu atalarımızı bir yakalasam, ellerini öpeceğim valla.

Hadi okuyun da iştahınız açılsın, yiyin de pirzolananın iyice. Pirzolanıza kurban olurum ben sizin. Ben sizi yerim... ben sizi öyle severim.

YERADAM'DAN KULAĞA KÜPE: Cemcimlerin evine giderseniz bilin ki sizi dört köpek karşılayacak. Bunlardan birinin adı Fadik. Similyası butları hemen tanıyor ve gıkı çıkmıyor, ama otoburların analarından emdikleri sütü burunlarından getiriyor Fadik; canım benim yaa, sonra da sofranıza getiriyor o butları, haberiniz ola. Fadik, yamyamın alasını gözünden tanıyor. Bunu da böylece ifade ediim dedim.

PS: Türkiye için bir yamyam yemek kitabı yazmak fikri şöyle çıktı aslında. Joe Macks'in kitabı *From Soup to Nuts* bana önce çevirisini yapmam üzere gönderildi. Yayınevimizin bu kitabın telifini aldığını sanıp bir hafta gibi kısa bir sürede denkliğini kurarak çevirmeye başladım, ama hiç mi hiç zevk almıyordum. Üstelik kıymetli zamanımı ve enerjimi böyle seksist ve önyargılı bir kitaba harcıyor olmam yanlıştı. Kitabı okuduğumda, aklıma ilk gelen aşkıncı düşüncenin ve sivil itaatsizliğin babası ve gene bir Amerikalı olan Thoreau'nun bir özdeyişi oldu: "Dünyanın herhangi bir yerinde bir haksızlık, bir yanlış varsa, bu yanlış her yerdedir." Bu özdeyişi düstur olarak yemek masamın üstüne koyup çevirdim kitabı, yani Türkçe denkliğini, kültürel denkliğini yeniden kurup, hatta kurgulayıp tarifleri ona göre çevirdim, kitabı yeniden yazdım desem yeridir. Yani, bir çevirmen olarak politik ve etik duruşuma göre, kitabın kendine ihanet etmesi ve bunun okuyucuya keyif vermesi için elimden geleni yaptım. Örneğin "Amerikan Senatosu'nda bunca aç varken," diyorum ben, oysa çevirdiğim kitapta "Kosova'da bunca aç varken" diyor. Ne şimdi bu, komik mi? Amerika'da en çok satan hazır çorba şirketlerinin tanımadığım sahipleriyle dalga geçiliyordu, bizim okurumuz bu çorba markalarından haberdar olmadığından ben bir Sakıp Bey uydurdum. Bu kitaptaki tiyolardan biri de, Los Angeles'te uyuşturucu kullananların damaklarının tadının bozuk olacağı uyarısıydı. Uyuşturucu bağımlılarını kapitalist sistemin kurbanları olarak gördüğüm için kurbanları bir kez daha kurban etmek istemedim ve sömürü ve sömürgeleştirme düzeninin önde gelen temsilcilerinden Mek Donalds yiyecekleriyle beslenenleri aşağıladım. Benim "IMF Çorbası" adını verdiğim yemek tarifinde ise bir avuç dolusu tozuyla salyanızı akıtacak tadı veren IMF yetkilileri değil Amerika'ya Karayiblerden gelen göçmenlerin tozu idi. Yani çorba aslında "Karayib Çorbası" idi. Tabii ki denklik kurallarına göre, Türkiye'ye göç eden, yaşam umutlarını Türkiye'de bulacağını sanan ırklardan, toplum ya da topluluklardan birini kullansaydın ya diyenler olabilir, olacaktır, ya da köyden kente göç eden ve Fadime'nin düğününde halay çekmeye olsun köyüne dönmemekte direten "kıro" ya da "maganda" diye aşağıladığımız ve böyle yaptığımızda ağzımızı kulaklarımıza götüren insanlarımızın kullanılması daha yerinde olmaz mıydı diyenler... hayır olmazdı... O zaman, tuzukuru yazar Macks'in yanlışını yineliyor olacaktım. Bir de üstüne para verecektik. Yok ya! Keriz miyiz biz! O para bir öksüzün, yetimin bir yıllık kitap parası olur. Bu yüzden de ortaya çıkan çeviri kitap Macks'in kitabının uyarlaması gibi olmuştu.

Evet, aynen böyle diyordum ama bir yandan da hâlâ bu denkliği kurdum da ne oldu, yani başım göğe mi erdi, boyum mu uzadı? Yani ben bu kitabı yayınlarım arasında gösterirken gene de başım dik durabilecek miyim, yaptığımın yanında durabilecek miyim gururla diye uğunurken yayınevinden yardım geldi. Dediler ki bu çeviri değil, sen kitabı *neredeyse* yeniden yazmışsın. İşte o anda içimdeki yamyam uyandı. Ne dedin sen? *Neredeyse* mi? Çevirmenlerin kaderidir anacım. Kimse tanımaz onları. Eşikte yeniden yaratırlar özgün metni, sonra da böyle işte... gelebilecek en iyi tepki bu: *Neredeyse*... *Neredeyse* senin baband... Ben senden *neredeyse* bi kavurma yapayım da gör.

Bu sözcük işte, bu *neredeyse* elinizdeki kitabı yazdıran. Okuyucuya "neredeyse" dedirtecek her şeyi çıkarttığım gibi, Türk mutfağı ve insan anatomisi üzerine derin bir araştırmaya giriştim. Dünya tarihini yeni baştan okudum (valla:), Swift'in *Modest Proposal*'ını bile. Dolayısıyla, Joe'nun yamyam yemek kitabı tuzu kuru bir Amerikalının leblebi çekirdek niyetine salt eğlence için yazdığı ve sadece bir Amerikalının gülebileceği matrakcana bir kitapken, benim kitabım insan tarihinin başlarından bu yana yaptığı bütün yamyamlıkların bir sofra dökümü olarak toplumsal bir işlevi de üstleniyor. Madem kaderde böyle bir kitap yazmak varmış, o zaman içimdeki öğretmen ve romantik sosyalistimsi anarşist kendini dışarı vurmalıydı. Vurdu da. Gary Mc Yeah Well takma mahlazımla popüler kültür eleştirisi yaptığım günlerdeki hınzır, muzur ve muzır kalemim yeniden canlandı. Can sıkıcı bir çeviriden keyifli bir kitap yazma sürecine geçtim. Sizi bilmem, ama ben çok eğlendim ve çok şey de öğrendim kendi yamyamlığım hakkında. Beni teşvik etmeye gelenler çok iyi yemektiler. Hayatımın bütün yamyam birikimini ve insanoğlunun uygarlık dediği kimi rezillikleri (hepsini *Mey Dans La Russe Yamyam Mutfağı Ansiklopedisi* bile kapsayamaz çünkü) ve mizah araçlarının çoğunu kullandım burada.

İnsanoğlunun tarihi *bir bakıma* yamyamın da tarihidir. Bu yüzden de zorlanmadım, yani güldürükçülük yapacağım diye butlarımı yarmadım. Her şeyi dobra dobra anlattım yeminnen. Ortada komik bir şey yok ki zaten. Yamyamlık bayağı ciddi iştir. Bu da son derece ciddi bir yemek kitabıdır. Umarım toplumsal eleştirim kör gözüne parmak olmamıştır.

Keyifli kaşıklamalar! Afiyet olsun, bal şeker ve helal olsun! Hatta löp löp et, pıt pıt yağ olsun!

Etobur KIY ya da YERADAM
(ne derseniz deyin, ben pirimiz Hanibal'in bir neferi ve müridiyim sadece)

(Eleştiri ve önerilerinizi şu adrese yazabilirsiniz: yeradam@yahoo.com)

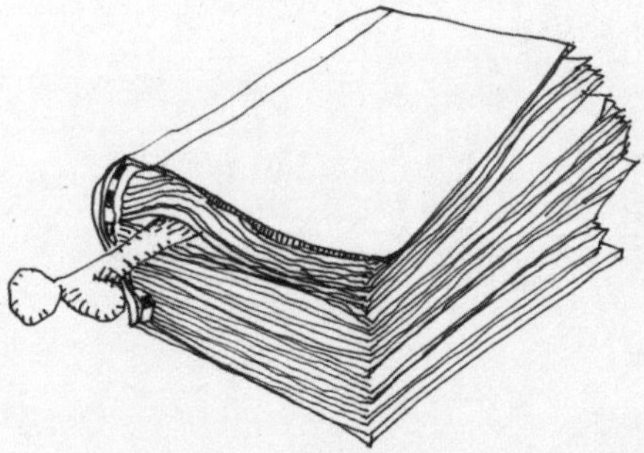

yamyamlığın kısa tarihçesi

Tarih kitapları der ki insanın tarihi ön insan topluluklarından homo sapiyenlerin ortaya çıkmasıyla başlar. Bu da yüz bin yıl öncesine kadar gider. Yani yüz bin yıldır insanoğlu hayatta kalmaya çalışıyor. Bu da demek ki yüzbin yıldır biz yamyamlar da hayatta kalmaya çalışıyoruz. Çünkü Afrika'da Asya'da, Avrupa'nın çeşitli yerlerinde, hatta 1492'de Kolomb tarafından Batı'ya varlığı tanıtılmış olmasına karşın (zaten orada olan ve üstünde insan ve yamyam yaşayan toprakları niye Kolomb keşfetsin ki! Hiç sevmem ben bu herifi, bencil dümbüğün tekiymiş. Büyük büyükbabalarımdan biri yerlilerden biriyle yaptığı kol böreği ritüeline çağırmış, ama o arkadaşlarıyla yediği patlıcan oturtmaya dedemi çağırmamış. Nankör işte.) Haer neyse, gittiğiniz yerlerin mağaralarına girin, mutlaka bir yamyam çizimi göreceksiniz. Çöpten çelebi resimlerde tiritleri çıkmış, bir deri bir kemikler hepsi. Herkes bu çöpten çelebileri yeteneksizlikten öyle yaptılar sanır, oysa adamlar aç, zaten çöp gibiler. Bu döneme sanat tarihinde ilk gerçekçilik dönemi denir. Devamı taaa 19. yüzyılda gelmiştir. Şimdi bu zavallı çöpten çelebiler mağaradan dışarı da çıkamıyorlar, kavak ağaçlarının incecik dallarında iki kaplan dövüşüyor, mağaranın kapısının önünde bir ejder ateş püskürüyor... Hayat mı bu allahaşkına? Gene bugünümüze bin şükür. Ne yapmış bu ilk insanlar, dışarı da çıkamıyorlar, hayatta kalmak içgüdüsü temel içgüdü. Taşı kaptığıyla ailede en sinir olduğu kardeşin kafasına indirivermiş: "A bas!" diye de bağırmış. Daha sonra bu Habil ile Kabil hikayesine dönüşmüş. Havva anamızın da Ademe "Adem elmanı yerim senin" dediği rivayet edilir. Kim duymuştur, nasıl rivayet edilir, onu bilmiyom. Yılandır kesin.

Yani ilkörneksel yemek aileden birini ham yapmak olmuş. Tıpkı bizim Şükran ablama yaptığımız gibi. Biz de öyleydik, derimiz kemiğe dayanmıştı da Şükran ablama her zaman müteşekkiriz, yüzümüze biraz kan gelmişti. O günlerde çekilmiş fotoğraflarımızda yüzümüzden okunmaktadır mutluluk.

Kayda geçen ilk yamyamlık olayından günümüze böylece neredeyse 12 bin yıl geçmiş. Görüldüğü gibi yamyam tarihi çok kısa gibi. Ama işin aslı öyle değil. Bir de görülmeyen tarihimiz var. Tarih nedense hep yeryüzü tarihi olarak anlatılır. Ama bir de yeraltı, su altı, gökyüzü, bilinçaltı ve bilinçdışı tarihlerimiz vardır. İnsan bütün bu tarihlerin oluşumudur, totalidir falan yani. Ben balık soyundan geldiğimize inanıyorum. Balıklardan evrimleşenler yamyam, maymunlardan evrimleşenler insan oldular. Bu da şöyle oluyor. Tam 400 bin yıllık bir balık var denizlerde, inanmayan National Geographic kanalını izlesin. Geçenlerde yeğenimle birlikte izliyoruz, "Aaa dayı balığa bak, tıpkı sen!" demez mi. Sevgili okuyucular, ağzım açık kalakaldım. Neredeyse televizyona sarılıp Türk filmlerindeki gibi yıllar önce Tecavüzcü Coşkun'a kaptırdığımız ikizimi bulmuş gibi sevinçten hoplayacağım. Gözyaşlarına boğuldum elbette. Şimdi, köklerimi bulmanın iç huzuru ile yazıyorum bunları. *Sülüman'ın Şarkısı* romanında Toni Morrison da bu konuyu işlemiş. Neden en son benim haberim oluyor bilmiyorum, ama aidiyet duyguma kavuşmuşum artık. İkizimin adı, yani denizler dünyasının en yaşlı üyesinin adı: **Latimerya.** İnanın narsistçe bir kendini olumlama içindeyim de aslında yamyamsın diye bindirilmiş bir aşağılık kompleksinden musdarip değilim, hatta megalomanlıktan kendimi mitleştirme peşinde hiç değilim. Peygamber falan da olayım demiyorum. Ama Whitman'ın da *Çimen Yaprakları*'nda dediği gibi ben derken aslında biz'dir benim kastettiğim. Bizim tarihimizin en uc noktasıdır Latimerya, o hepimizin atasıdır. Biz yamyamların kurtuluşu Latimerya'nın sırlarının çözülmesine bağlıdır. Tıpkı benim gibi dombalak, ufak tefek, tıknaz, pos bıyıklı, ela gözlü bir yaratık. Homo sapiyenlikten, ön insanlıktan artık tam yamyamlığa geçtim diyebilirim. Bu kitabı yazma gücüm de böylece geldi zaten. Edebiyat ve sinema başyapıtlarında insanlar da bilmeden hep bu tamamlanma, tam insan olma fikrini irdeler dururlar. Ah, birazcık mantık, birazcık akıl yürütme, uslamlama yeteneği olsa denizin altına bakacaklar. Latimerya'yı görecekler. Belki de kolektif bilincimde yatan birtakım inhibe edici bilgiler yüzünden deniz ürünleri tarifi yapmadım **Denizden çıkan babam olsa** yerim diyenleri hiç anlamamışımdır. **Baba ba-**

na top al dediğim günlerden anımsarım, **baba kutsaldır**. Baba vatan gibidir, bayrak gibidir. Yenmez. Tuhaf bu insanlar, bu lafı ediyorlar, yamyam da değiller üstelik. Denizden babam çıksa korkarım ben. Murdar olmuş ölüyü nasıl yerler anlamıyorum. Bu da onların insanlıktan anladığı heralde. Babamı denizden çıkarken hiç görmedim, ne çıkacak denizden bir de onu bilmek lazım. Bamya mı? Kol böreği mi? Deniz yaratıklarını da pek yemeyişim belki de işte bu bilinçdışımdan gelen komutlarla, deniz hıyarı gibi doğal kol böreklerini Latimerya'ya bırakmak, onun ve dolayisiyle de yamyamların soyunun sürmesini sağlamak olabilir efenim.

Nasıl evrimleştik bilmiyorum ama denizden babam çıktıktan sonra insan şeklinde yanaşmış Kıbrıs'ta bir balıkçıya ve 400 bin yıldır aç adamcağız, yani babam, ham yapmış balıkçının kolunu. (Baba dediğim aslında büyük büyükbabamın) Adamın adı Magosa imiş. Buraya da daha sonra Gazi Magosa demişler çünkü balıkçı hâlâ yaşıyor. Şu anda Küba'da. Hatta Hemingway'in bir romanına da konu oldu: *İhtiyar Balıkçı ve Deniz*. Adını değiştirmiş Santiago yapmış, ama ben hemen tanıdım balıkçıyı ve dedemin diş izlerini. Hemingway babamın balıkçıya yaptıklarını sanki bir kılıç balığı yapmış gibi anlatıyor. N'apsın garip, onun da hayal gücü o kadar. Aklı başında biri olsa aklını, ama beynini uçurur muydu? Latent yamyamdı, bunu anlayamadı, derdinin ne olduğunu bilemediğinden de av tüfeğini ağzına dayayıverdi. Bang! Aklı havada kaldı, gözü yeryüzünde. Kitapları da elden ele dolaşıyor. Hüzünlendirir beni Hemingway. İnsanın ne olduğunu, kim olduğunu bilmeden, bu gerçeğe aymadan ölmesi kötü.

Evet bizim atamız Latimerya. "*A fish knows everything!*" Balığın yüzündeki o bilge ifade başka hangi yaratıkta var. Tıpkı kol böreği yiyen yamyamlar için söylenen sözler gibi. Kitabın sonunda kol böreği tarifinden sonra anlayacaksınız Latimerya'nın bilgeliğinin sırrını.

Ben tarih derslerinde çok sıkılırdım. Kimse bize tarihi böyle, benim anlattığım gibi anlatmazdı. Hiç epifani yaşamadım insan tarihini okurken. Kimse savaşların gerisinde yatan yamyam felsefesine değinmedi. Ezberledik durduk boşu boşuna o savaşı kim yaptı, ne zaman yaptı, nerede yaptı. Kim öldü, kim kaldı. Olur mu? Savaşlar bitiyor mu? Bitmiyor. Her işin arkasında kadın aramak yanlış. **Cherchez la femme!** Yok, kadıncazın ne günahı var ki. *Cherchez un canibale!*

Ya sevgili okurlarım, ben sıkıldım bu tarih dersinden. Alın bir dünya tarihi kitabı açın bakın. Polise gidin, adalet bakanlığına gidin, ne biliim Library of Congress'e gidin, o uzak diyorsanız Milli Kütüphane'de, Pilkent kütüphanesinde de bulabilirsiniz atalarımızın kriminal vakalarıyla ilgili belgeleri, görüntüleri. İlk insanların tarıma yönelmeleriyle ortaya çıkan otobur olma eğilimi hep dert olmuştur başımıza, ama ateşin bulunuşu ve tekerleğin icadı ile uygarlığa adım atılmış ve Latimerya ruhu dünyaya hükmetmeye başlamış. Herkesin gözü birbirinin balığında olmuş. *Komşunun balığı komşuya balina görünür* atasözü daha sonra biraz değişmiş ama gerisindeki düşünce, dürtü aynıdır. Bunun için sabanı akıl etmiştir ön yamyam. Mısır piramitlerini mahsus inşa ettirmiştir, onca köle telef olsun da acımızdan gebermiyelim diye. Firavunlar soyu yamyam soyu demektir. M.Ö. 3000-4000 yılları arasında Akdeniz'deki Deniz Uygarlığı yamyamların salak insanlarla etkileşim ve alışverişi deneme uygarlığıdır. Globalleşmenin kökleri buralarda aranmalıdır. Atalarımız global düşünürmüş zaten. Minos uygarlığı da denen bu ön altın çağı metalurji zanaatkarlığından nükleer silahlara giden yolu da aydınlatır. (Minos'tan sonra kedilere Minnoş denmesi gelenekselleşmiştir.)

Yamyam tarihi dinler tarihidir de. Şimdi tek tek onları mı anlatiim. Bir atamız anlamış işte, bu insanlar afyon yutmuş gibi oluyor güneşe bakınca, rüzgara bakınca, dağın heybetine kapılınca. Onları ham yapması daha kolay oluyor böylece. Ben bu uyuşturucu etkisini nasıl ebedi kılabilirim diye düşününce tapınmanın ezeli ve ebedi olduğu fikrini yerleştirmiş ve senden büyük tanrı var fikrini yaymış. Bu yamyam atamız tabii ki Cenap Şaaabettin Bey diil. Yazı icat olmadığı için adını kayıtlarda bulamadım. *Anonim Yamyam* diyelim isterseniz. Uruguay futbol takımı üyelerini taşıyan ve 1972'de dağa düşen uçağı yolundan bu anonim ruh çıkardı derler. Yamyam tarihinin medarı iftaharıdır bu uçak kazası. İki kez filmedildi, tanrı bilir kaç kez izledim. Futbolcular ne güzel yemişlerdi, kar altındaki cesetleri. O ilk tat, yamyam olduğuna ayma anı. Sinema tarihinin bence en görkemli, en unutulmaz sahnesidir bir futbolcunun cesedin soğuk sayesinde murdar olmamış butundan bir parça sıyırıp ağzına atması, sonra bunu pek sevip devam etmesi.

Ben, Yeradam olarak şuna da inanırım. İnsanlar balık yedikçe yamyamlaşıyorlar çünkü aborijinler de inanırlar ki ritüeller sırasında örneğin kurbanınızın beyninden yerseniz onun geçmişi, belleği size de geçer. Balık en eski yamyam olduğuna göre de insanlara yamyam olma bilinci böyle geçiyor bence. Yamyam sayısındaki artış buna bağlı. Bence insanlar yakın bir tarihte balık yemeyi bırakıp sadece insan yiyecekler. İlkel dedikleri aborijinimize geri döneceğiz.

Bir ismi yad etmek istiyorum. Sanat tarihimizin önemli isimlerindendir, bir anatomiciler bilir, ama sanatçılar arasında Michelangelo, ya da Leonardo anılır da bu atamız unutulur. Kim mi? Pietro Berrettini, ya da bilinen adıyla Pietro da Cortona (1596-1669). İtalyan Barok resminde en çok o etkili olmuştur, heykeltraş değilken heykeller yapmış, mezar taşlarının tasarımlarıyla ilgilenmiştir. Yamyam olduğunun kanıtıdır bana sorarsanız. Alaylıdır, mektebin bacalarını görmemiştir. "Waay le le le" dememiştir.

Ama bir gün adını aldığı Cortona kasabasında yürürken gökten bir tabula düşmüştür. Tabula rasa'ymış. Yani boş bir tabaka, bir kağıt bu. Elinde tabula rasa koşmuş Pietra, Jim Carey'nin kafasına spot düştüğünde olduğu gibi, Newton'un kafasına elma düştüğünde olduğu gibi... Latimerya ruhu beni seçti diye sevinçten birini götürmüş... eve. Yatırmış adamı anatomicale ya da anatomicae incelemiş. Tabulanın üstüne de gördüklerini çizmiş. Bu kağıda daha sonra karton demişler. *Karton* daha sonra Antakya'da *Lahme la varka*'da kullanılmış.

Bugün eğer kurbanımızın neresi hangi yemekte daha iyi olur biliyorsak bunu Pietro ustanın çizimlerine borçluyuz. Adını anmasam vefasızlık etmiş olurdum.

Şimdi Büyük İskender, Hitler mitler deyip de sizi sıkmak istemiyorum. Uygarlık ve daha çok refah, lüks, para, şan şöhret, altın, din için ve adına yapılanlar arasında en sevdiğiniz yamyam olayını siz seçin anacım ve bana yazın. Yamyam tarihinin en önemli on, yirmi olayını bilahare sıralarız hep birlikte. Ama atalarımızdan Gutenberg'i anmazsak da olmaz. Kol böreği tarifi sırasında son bin yılın diğer önemli insanlarına değindim ama herkes bu atamızı birinci seçti. Çünkü tıpkı Minos uygarlığında olduğu gibi o da matbaayı bularak insanlar ve yamyamlar arasındaki iletişimin bugün dabılyular seviyesine gelmesine neden oldu. O olmasa, Cortona olmasa biz olur muyduk? Bu kitap yazılabilir miydi? Hayıır!

Yamyam tarihi aynı zamanda düşünce ve kültür tarihidir, keşifler tarihidir. İnsanın bu gezegendeki serüveninin, mapusluğunun tarihidir. (Yol yemekleri bölümü bu nedenle hazırlanmıştır). Platon'dan Lacan'a kadar herkes, herkes yamyamlığın özüne ilişkin düşünmüş. Sokrat bence latent yamyamdı, hep ihanet içinde oldu. Otobur gibi göründü, dik başlılığıyla, direnmesiyle, çırpınmasıyla hep insanlara örnek oldu, yalınayak başıkabak. Geçenlerde bir kurbanım da onun gibi dikbaşlı çıktı da adamı yerken "Sokratım benim," diye sevdim. Yüzündeki gülümsemeyi unutmayacağım. (Kanı sildikten sonra görebildim tabii bu gülümsemeyi, ağzını yediğimin herifi acaba dalga mı geçiyordu benimle, sonradan düşündüm de biraz alaycı ve istihzalı gibi geldi gülümsemesi). Haer neyse...

Oki dokiii! Bu kadar yeter. Tarih, siz ne derseniz deyin, ne yerseniz yeyin, yamyam tarihidir. Tüm olumlu, olumsuz yanlarıyla Latimerya bilincinin bütün dünyaya egemen olacağı günlerin şerefine, bu umudun bana verdiği kıvanç, itkisel ve dürtüsel gönençle ve güvençle yazıyorum yamyam mutfağımızın sırlarını. İnsanlığa hizmet etmek biz yamyamların mentalitesinin bir şeyidir. Çağlacıklarınıza, dişmiklerinize, kapçıklarınıza, emceklerinize, ıdık ve imiklerinize mukayyet olun. Biz yamlar **Hic et ubique**'iz çünkü. (Bkz. *Sözlükçe*)

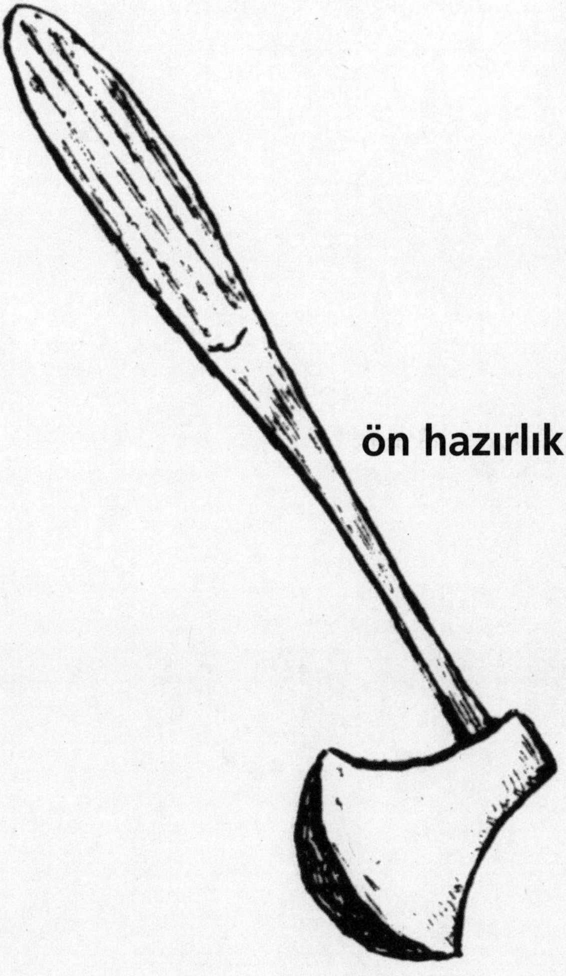

ön hazırlık

Unutmayın, iki şey harika bir yemeğin içine eder: Biri, son derece itici, davetsiz bir konuk; ikincisi de, yemeğini çiğneye çiğneye bir hal olan ve de ağzını şappırdatan bir konuk. Bu da bizi Etobur'un Yamyam Mutfağının Birinci Kuralı'na getirir. Domatesi bostandan alın. İmambayıldı yapacağım diye de tutturmayın. Favori yemeklerim arasındadır, ama külfeti çoktur. İmamdan vazgeçin anacım.

Haaa, buraya kadar kitabı okuduysanız ve kitabın kapağına felan yazmayı unutmuşlarsa, lütfen nüfus cüzdanınıza bakın. Bu kitabın yayımlandığı tarihte 18 yaşınızı doldurmamışsanız, kitabı derhal bırakın. Yamyam olmak için reşit olmak gerekmez, ama yamyamlık propagandası yapıyorum diye içeri tıkılmamı istemezsiniz herhalde.

mönüyü nasıl seçmeli

Doğru et çeşidini birçok yerde bulabilirsiniz: Toplantılarda, sevgili bulma servislerinde, düğün salonlarında ve tren istasyonlarında, İstanbul'daysanız Kapalıçarşı'da ya da Salı pazarında ya da Mahmutpaşa'da, hadi oralarda işler kesat gitti, herhangi bir Pazar yerine gidin. Türkiye'de her an her yerde bir pazar kurulur. Ben Bor'luyum. Niğde'nin Bor kazasından. Ünlü atasözünü bilirsiniz, "Geçti Bor'un pazarı, sür eşeğini Niğde'ye." Yamyam atalarım, mönülerini seçmek için salı günleri kurulan Bor pazarını kaçırdılarsa eskiden atlarlarmış eşeklerine doğru Niğde'ye giderlermiş. Atalarım az sıkıntı çekmemiş valla.

Bana kalırsa, en iyisi kapı kapı dolaşan seyyar satıcılar. Elektrik, doğalgaz, su vb. sayaç okuyucuları ve seyyar satıcıları küçümsemeyin, bekleyin onları, bekleyen derviş muradına ermiştir. Her şeyden önce yiyecek sizin ayağınıza gelir, hem de 36.5 derece hazır ısıyla; ikincisi, iş dünyasının bu yörükleri tuhaf saatlerde çalıştıkları için sizin kapınızı çaldıklarını kim kanıtlayacak ki; hem öyle bile olsa bunu çok kolaylıkla inkar edebilirsiniz (Nasıl mı? Alın size hazır inkar replikleri: "Laci takım elbise, kahverengi ayakkabılar, satış çantası... afedersiniz Memur Bey ama hiç görmedim yeminnen!" "Kim? Doğalgazcı mı? Ben doğal gaz kullanmıyorum ki, babur kullanıyorum. Onun da saati yok.").

etin neresini kesmek lazım

Bir pazar yerine, ya da Kapalıçarşı'ya gittiniz. Buğday ambarına dalmış gibisiniz. Elinizde bir dolu taze et var, ama neresini seçeceğinizi nasıl bileceksiniz? Elbette kasaptan et, Ankara'da Sakarya'da abuk sabuk şeyler yiyen insanların balık alırken yaptıkları gibi, görünüşüne bakarak ya da koklayarak ve elinize alıp mıncıklayarak. Şimdi eti seçerken nelere dikkat edeceğinizi anlatayım size:

1. İnsan avına gittiğiniz yerde gözünüze birini kestirin. (Yamyam terminolojisine dikkatinizi çekerim, dememe gerek var mı?) Uzaktan uzaktan niyetlendiğinizi dikkatlice inceleyin yani. İşte aramanız gereken bazı özellikler:

KARACİĞER LEKELERİ—Dışardan baktığınızda renksiz ise, pişirdikten sonra pembe ve yumuşak olmaz. Bu da Şürkan Toray'ı 30 yıldır kimsenin niye yemediğini pekala açıklar.

ŞARK ÇIBANLARI VE SİĞİLLER—Avınızın şark çıbanları ya da siğilleri olup olmadığına dikkat edin. Bu çıbanlar daha sonra kurabiyelerinizin üstünü süsleyebilir, önyargılı olmayın.

FAZLA KILLAR—Vaktinizi yemeğinizi yemeğe harcayın, malzemenizi traş edip kollarındaki kılları yolmaya değil. Kulaklarını kıl bürümüş heriflerden uzak durun. Kulaktan snack yaparken viskinizin ağzınızda dolanması sırasında iki de bir kıl ayıklamak hiç de hoşunuza gitmeyecektir.

YAĞ—Kıl ve karaciğer lekeleri kötüdür ama yağ iyidir. Yağlı kurban seçin. Pazar yerlerinde özellikle, yağları taş gibi karılar bulabilirsiniz. Akşama sofranıza düşecek yemeğiniz pazar yerinde don gömlek seçip yürürken ona iyice bir bakın ve emin olun vücudunda yeterince ve her yerine eşit dağılmış yağı var mı yok mu? Kolların üst kısmında ve baldırlarda yağlar dingildemeli.

2. Eveet, kalabalıkta kurbanınızı derin derin süzdünüz, ondaki bir demet yasemeni koklayacak kadar yanına yanaştınız; sıra Tanrının size verdiği duyuları son kez işe koşmak zamanı-

dır artık—yani dokunmak zamanıdır dostlar. Yemeğinize olan samimiyet derecenize ve o duruma göre değişebilir ama adamla el sıkışın, elinizi omuzuna koyun, ona sarılın, sırtını falan tapışlayın adamın. Her dokunuşunuzda aynı şeyin peşinde olduğunuzu unutmayın: Olmuş mu ve de eti yeterince sıkı mı? Yurdumuzda nasıl olsa herkes mıncık mıncıktır. Dokunarak konuşmak hâlâ en sağlıklı alışkanlıklarımızdandır. Bu yüzden kimse yamyam olduğunuzu anlamaz. Yabancı yamyam arkadaşlarım beni ziyarete geldiklerinde Türkiye'yi bir yamyam cenneti olarak görüp kaldılar anacım burada. Bir daha Avrupaymış, Amerikaymış, insanların birbirlerine dokunmadıkları yerlere gitmek istemiyorlar. Ama siz gene de dikkat edin de yanlış anlaşılmayın. Sevgiyle yaklaşın ki cinsel taciz sanmasınlar. Karakolda ayna var unutmayın. Cop da var. Coptan yemek olmaz. Evrimimiz henüz o aşamada değil.

gerekli kap kacak

Her mutfakta bulunan alet edavatın sizinkinde de olduğunu var sayıyorum, üstelik mutfağın kap kaçak, araç gereç açısından donanımlı olması gerektiğini bilecek zihniyeti geliştirmiş olduğunuzu da var sayıyorum. Yemek tariflerim sırasında "Blender nerdeee, filistin askısı için şimdi taa karakola mı gitceeem, babur da neee?" derseniz ağzınızı yerim.

Şimdi daha fazla sinirlenmeden uzman alet edavatını sıralıyorum:

1 adet filistin askısı
Helal et
Helal tuz
Görkem müziği de diyebileceğim senfonileri ve operaları kaliteli çalabilen bir müzik seti
Maria Callas CD'leri
1 adet keser
1 adet satır
1 balta
Değişik genişlik ve derinlikte en az 10 tane tava

1 adet çamaşır tokacı ya da polis cobu
1 adet babur (pompalı gazocağı)
2 adet düdüklü tencere
1 adet blender
1 adet merdane
1 adet oklava
1 adet akıllı fırın
2 adet akılsız komşu
10 adet değişik büyüklükte cımbız
2 adet traş bıçağı (çift bıçaklısından)
1 adet elektrikli testere (yamyamın nelerle karşılaşacağı belli olmaz)
1 adet daerrin dondurucu (küçük bir oda gibi olanlardan lütfen)
Geniş mi geniş bir mutfak masası
1 adet 8 litrelik tencere
1 adet testi
5 adet irili ufaklı küp
Jelatin
Yağlı kağıt
A-5 mektupluk kağıt
1 adet 250 litrelik kazan
1 adet kocaman çöp bidonu, kullanılmayan beden artıklarını atmak için. Bugün naylonlara doldurup ağaç diplerine koymak hiç doğru değil. Kedi köpek foyanızı hemen ortaya çıkarır. Küçük küçük parçalara ayırıp tuvalete atın diyeceğim ama kanalizasyonu açtırmak için tesisatçılara kaç para ödeyeceğinizi bir düşünün. (Ne? Tesisatçı mı dedim? Mmmm.) Yok yok, en iyisi koca bir bidon.
1 adet baharat rafı
1 adet normal raf
1 adet sanayi türü fırın (Belki imamı doğrudan fırına atmak daha iyidir. İmam bayıldı tarifinde anlayacaksınız neden. Daha kitabın başında iğreenç, iğreeeenç demeyin.)

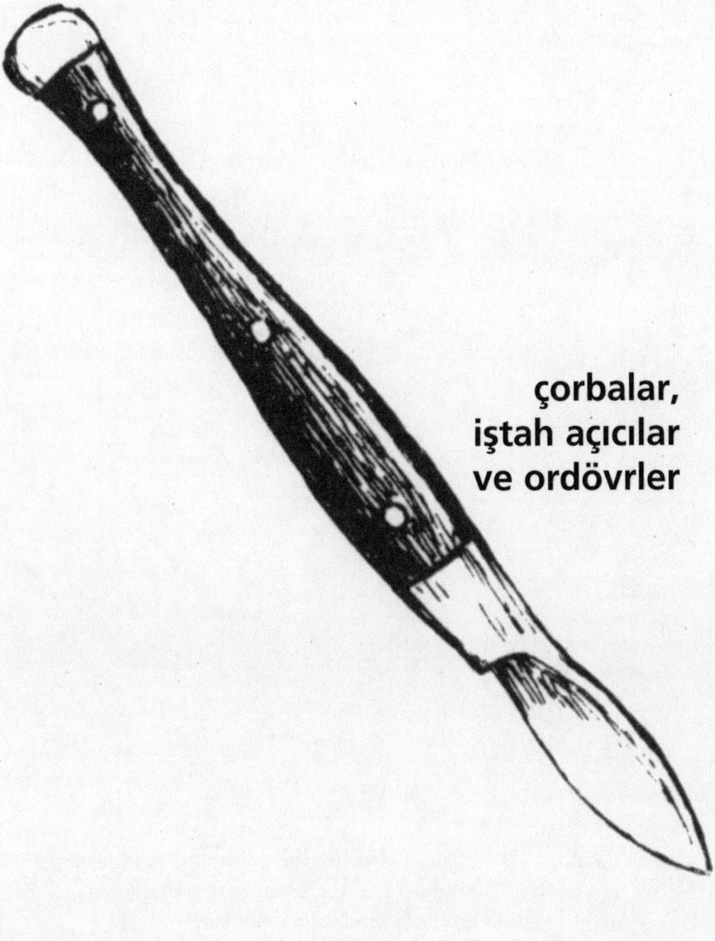

çorbalar,
iştah açıcılar
ve ordövrler

çorbalar

Çorba yurdumuzda fakir fukara yemeği olarak bilinir. Konukları bol çorba ile şişirmek konukseverliğimizin kanıtıdır. Fakir halkımız tarafından rağbet gören çorbaların başında mercimek çorbası, sebze çorbası, patates çorbası, soğan çorbası, yayla çorbası, tarhana çorbası başı çeker. İğrenç! İğreeenç! Bugün çorba deyince aklımıza toz haline getirilmiş Taamek, Kınor, Tanşaş gibi markalar altında poşet poşet satılan toz toprak geliyor. Atıyorsun sıcak suya, karıştırıyorsun. İğrenç! Bay Taamek ile Bay Kınor, çorbalarının reklamına çıkan ve lezzetten neredeyse kendi parmaklarını yiyecek gibi "Mmm!Nefis!" diyerek midemizi ağzımıza getiren zavallıları öldürüp şöyle bir blender'dan geçirseler dünyanın en iyi çorbasını yaparlar, ama onlarda o akıl ne gezer?

Ama işkembe çorbası sevenler pekala *homo sapiyen* çorba çeşitlerimizden de keyif alacaklardır. İnsan etinden çorbalar yaptığımız gibi, kurbanlarımızın çorbalarımızda malzeme olarak kullanmadığımız hiçbir organı yok gibidir, bu yüzden sizlere tavsiyemiz kurbanlarınızı ziyan etmeyiniz. Ana yemeklerde kullanmadığınız yerlerini derrin dondurucunuzda saklayınız. Sakıp Bey'in de dediği gibi, harika çorba yapmanın yolu malzemenin iyisini el altında tutmaktan geçer. Onun sözleri bizim de kulağımıza küpe olmuştur hep: "Ak-lı-nı-za esti-ğindee doo-laptan bigaç barsak alıp ten-cee-reeye at-mah-naan iyi çorbaa yap-caan-zıı sa-nı-yor-saa-nıız aa-vu-cu-nu-zuuu ya-aa-lar-sınıız!" Adam haklı, çorbaya taze malzeme lazım. Bay Taamek beş-altı çorba çeşidi hayal edebiliyor olabilir, ama yamyamlar çok iyi bilirler ki taze malzeme stoğumuzda en az altı milyar çeşit bulunur. (Siz nerede yaşıyorsunuz, ayda mı?)

Çorbaları kaşuklayun bakiim!

DUL AVRAT ÇORBASI

2 Kişilik

Malzeme:

1 kase dul avrat eti
2 su bardağı un
3/4 su bardağı mercimek
1 adet limon
2 çorba kaşığı tereyağ
1 çorba kaşığı kuru nane
1 çorba kaşığı biber salçası

Önce kameraman olun. Televizyon programlarından özellikle dul avratların konuk olarak çağrıldığı stüdyoların birinde iş bulun. Örneğin şarkıcı Aydın'ın sabah programı bu yemek için biçilmiş kaftandır. Aydın, karıları hoppidi hoppidi hoppappa diye oynatmaya başladı mı gözünüze eti budu dingildeyen dul avratlardan birini kestirin. Reklam arasında karıyı kafalayın. Program bitiminde eve atın. Dul avradı evde gerçekten kafalayın. Unu bir tuz ve su karışımı ile yoğurun ve kulak memesi yumuşaklığında hamur haline getirin. Bu hamurdan 3 mm. Kalınlığında yufkalar açın. Uzun şeritler kesin. Bu şeritleri üst üste koyun ve küçük küçük kıyın. Hamurun tamamını pul pul kesip bir kenara ayırın. Bir tencerede mercimeği haşlayın. Bir başka tencerede de dul avradın özellikle uzun süredir el değmemiş, balta girmemiş nahiyelerinden kestiğiniz eti de tıpkı hamura yaptığınız gibi ince ince kıydıktan sonra haşlayın. Haşlanmış mercimeklerin içine kestiğiniz hamur parçalarını atın. Üzerine limonuzu sıkıp ilave edin. Eritilmiş yağa biber salçası, nane karıştırarak haşlanmış etin üzerine dökün, et bu sos ile birlikte 5 dakika daha piştikten sonra hamur ve mercimek karışımı içine ekleyin. Sıcak sıcak servis yapın.

YERADAM'DAN KULAĞA KÜPE: Dul avrat etini bir süre sirkede bekletmek kolesterol fazlasını atmasını sağlar. Özellikle elma sirkesinden günde üç kaşık içmek romatizmaya çok iyi gelir. Yaşlı yamyamlara duyurulur.

İŞKEMBE ÇORBASI

6 Kişilik

Malzeme:

1 kilo milletvekili işkembesi
2 çorba kaşığı un
2 çorba kaşığı tereyağ
3-4 diş sarımsak
2 kahve fincanı sirke
1/2 kahve kaşığı kırmızı biber
Helal tuz

Her devrin adamı milletvekillerimizin işkembesi bu çorba için idealdir. Mecliste berber olun. İşkembesini her devirde doldura doldura tostoparlak olmuş pek bir sayın milletvekilimizi traş ederken usturayı suratından boynuna kaydırarak adamı kafalayın. Sürüyerek meclis mutfağına çekin. Karnını yardıktan sonra barsaklarını karın duvarından sıyırın. Bu ayrıntıyı Hanibal filminin David Mamet gibi pek bir ünlü oyun ve senaryo yazarı ıskalamış olabilir, ama bizim baş aşçımız aynı zamanda anatomi uzmanı olduğu için beni uyardı. Karın boşluğundan kazınmadıkça, yani sadece karın yarmakla barsaklar dışarı uğramazmış.

haer neyse, işkembeyi çıkardınız. Lütfen yıkayın. Bir daha yıkayın. İşkembeciler boşuna mı bağırır "Paranla bok yeeah!" diye.Yıkadıktan sonra iyice tuzlayın barsakları. Sonra da iç içe geçirip birkaç saat dinlenmeye bırakın. Tuz, yıkadığınız halde barsaklar içinde kalan bok püsürü öldürür. Durup dururken damak mantarı sahibi olmak istemezsiniz herhalde. Sonra sizin damak çorbanız felaket olur. Barsaklar dinlendikten sonra bıçakla bir güzel kazıyın ve yine bol su ile yıkayın. Artık güvendesiniz. 8-10 bardak su ile düdüklü tencere içinde barsakları haşlayın. Soğuyunca da ince ince kıyın. Yağ ile unu biraz pembeleşene kadar kavurun. Kıyılmış işkembe ve haşlama suyu koyup 2-3 kez taşana kadar kaynatın. Üzerine kırmızı biberli yağınızı gezdirin. Sarımsak ve sirkeyle birlikte sıcak sıcak servis yapın.

YERADAM'DAN KULAĞA KÜPE: Homo sapiyen sakatatı çok besleyicidir, üstelik de ekonomiktir. Bugünlerde ekonomik kriz yemeği de denmektedir bu çorbaya. Çorbanıza kurbanınızın dalağından da katacaksanız dikkatli olun çünkü dalakta bol miktarda al ve ak yuvar bulunur ve bunlar daha sonra vücuttan atılması gereken maddelere dönüşür. Bu yüzden kurbanınızın dalağını pirzola ezer gibi bir saat iyice ezip bütün yuvarların dışarı uğramasını sağlamalısınız. Milliyetçilik damarları kabarık yamyamlar bu al ve ak yuvarları daha sonra badana niyetine kullanabilirler.

YERADAM'DAN 2. KÜPE: Barsak yerine insan vücudundaki damarlardan çorba yapmak isteyenlere teknik bilgi de vereyim burada. Damarları uç uca ekleyebilseniz 560.000 km. tutar. Yani Ankara'dan neredeyse Çanakkale'ye kadar damardan beslenebilirsiniz. Bir insandan, dört kişilik bir ailenin bir yıllık damar çorbası çıkabilir.

ERZİNCAN ÇORBASI

4 Kişilik

Malzeme:

10 bardak su
250 gr Erzincanlı kıyması
1 avuç maydanoz yaprağı
3 diş sarımsak
Helal tuz ve karabiber
2 soğan
2 kase yoğurt
2 çorba kaşığı un
1/4 paket hazır erişte makarna
2 çorba kaşığı yağ
1 çorba kaşığı salça
2 kahve kaşığı kuru nane
1 kahve kaşığı kırmızı biber

Kıymayı, tuzu, karabiberi ve kıyılmış maydonozu yoğurun, fındık büyüklüğünde yuvarladıktan sonra unlayın. İnce ince doğranmış soğanı da 1 kaşık yağ ile kavurun. Salça, su ve tuz ekledikten sonra kaynatın. Minik minik kırılmış erişte ve Erzincanlının kıymasından yapılma köfteleri ilave edin. Erişte piştikten sonra sarımsaklı yoğurt ekleyin, 5 dakika sonra ateşten indirin. Üzerine kuru nane ve kırmızı biberli yağı da gezdirdiniz mi çorbanız hazırdır.

YERADAM'DAN KULAĞA KÜPE: Sarımsak midenizi ve barsaklarınızı faal kılar. Kabız yamyamlara yararı yadsınamaz. Bol sarımsaklı Erzincan çorbası içen yamyam azimle şaaptı mı taşı deler alimallah.
YERADAM'DAN 2. KÜPE: Yemeklerde fazla tuz iyi değildir. Fazla tuzlu yiyenlerin vücutları su tutar, yani ödem sahibi olurlar. Özellikle ayaklarda şişmeler görülür. Yamyamlar için bu bir felakettir; ödemli ödemli nasıl kaçacaksınız ki?

ŞAFAK ÇORBASI

4 Kişilik

Malzeme:

8 bardak et suyu
2 çorba kaşığı un
2 çorba kaşığı yağ
2 çorba kaşığı domates salçası
1 bardak insan sütü
1 yumurta sarısı
Helal tuz

Asker çorbası olarak da bilinir. Önce et suyunu elde etmek için stoktaki etlerden 5 kilo kadarını portakal sıkacağında iyice presleyin ve suyu bardakla ölçerek bir tencereye aktarın. Bir tavada yağ ile unu biraz pembeleşene kadar kavurduktan sonra sulandırılmış salçayı ve et suyunu katın. Karıştıra karıştıra kaynatın. Sıvı üstünde pütür kalabilir, süzgeçle bu pütürleri alın. Başka bir kapta yumurta sarısı ve süt ile elde ettiğiniz terbiyeyi de konuklar sofraya oturmadan 10 dakika önce yemeğe katın. Helal tuzdan da atın biraz. Sıcak servis yapın.

YERADAM'DAN KULAĞA KÜPE: Asker çorbası en iyi darbeci askerlerden yapılır. Şafak zamanı gelen darbe meraklısı askerler kafalanması en kolay olanlardır. Sadece onlar sizden de yamyam oldukları için çok kan toplamış olurlar. Bu yüzden de konuklarınız sofraya oturmadan önce sofra takımlarının temiz olup olmadığını kontrol ediverin. Bu çorbanın tek yan etkisi askerdeki darbeci ruhun size de bulaşmasıdır.
YERADAM'DAN 2. KÜPE: Et suyunu çıkarırken çok az sirke ilave edin, böylelikle et suyu kalsiyum bakımından zenginleşir.

BORÇ

4 Kişilik

Malzeme:

10 bardak et suyu
2 çorba kaşığı yağ
2 soğan
2 patates
1 küçük kereviz
1 küçük pancar
1 havuç
5-6 yaprak lahana
2 çorba kaşığı salça
2 diş sarımsak
2 kaşık un
1 çay kaşığı limon tuzu
1 çay kaşığı şeker
Helal tuz

Bu kadar çok sebzeyi görünce şaşırmayın. Tarifin sonunu bekleyin lütfen. Önce hacizden seni kurtarayım diye size para veren bir tefeciyi kafalayın. Ya da kredi kartı borcunuz yüzünden boğazınızı sıkan banka sahibini "Can boğazdan gelir, boğazdan da çıkar, gel de borcumu ödiiim," diyerek kafalayın herifi. Et suyunu daha önce anlattığımız yöntemle çıkarın. Sirkenizi ilave edin, kalsiyumu bollaşsın. Sebzeleri soyun. Soğanı çorba tenceresi içine rendeleyin. Diğer sebzeleri başka bir tencere içine rendeleyin ya da doğrayın. Rendelenmiş soğanı yağ içinde biraz pembeleştirin. Un katın ve kavurun. Sebzelerin geri kalan kısmını da katın. Karıştırın. Salça ve et suyunu da ekleyip yarım saat kadar pişirin. Tuz, limon tuzu ve şekeri de ilave ettikten sonra 10 dakika daha bekletip süzgeçten geçirin. Sebzeleri yemeyin sakın! Çorbanın suyunu kupalara doldurup sıcak sıcak için.

YERADAM'DAN KULAĞA KÜPE: Sıcak sıcak içmezseniz borcu bekletin. Soğuduktan sonra buzdolabına koyun. İyice soğuduktan sonra içine buz katıp yaz günlerinde için. Böylece buzlu çay, buzlu kahveden sonra buzlu borç da yazın sizi serinletmiş olur. Borcunuz olan kişinin varisleri de buz gibi bir su içebilirler.

YERADAM'DAN 2. KÜPE: Patates C vitamini açısından zengindir, ama vitamin kabuğa en yakın yerdedir. Bu yüzden ince soyun ve daima küçük patates satın alın. Hem daha ucuzdur, hem de kabukları incedir. C vitamini güme gitmez.

YERADAM'DAN 3. KÜPE: Yemekleri tuzsuz pişirin. İsteyen konuğunuz yemeği yerken, çorbayı içerken atsın tuzunu. Vücut bu tuzu daha kolaylıkla dışarı atar da ondan. Bir şiirimde de dediğim gibi, "Aşkımız tuz gibi/ Zaman geçer tuz kalır/Aşkımız buz gibi/Buza giren buzda kalır."

SİLLİ BAMYA

12 kişilik

Malzeme:

1 kase yağ ya da ter
1 adet büyük soğan
2 kase acı biber
Arnavut biberi
2 kilo kadar ev yapımı büllük ya da similya, ya da çük (ebatmış, kuş ötüyormuş ötmüyormuş önemli olmadığından kilo dedim)
Dilediğiniz kadar halis bamya
20-30 adet damak ya da dudak
4 kase kulaksız pirinç

Kimin babasından daha güzel silli bamya olur? Biz yamyamlar iyi biliriz ki sili salyası en çok olan sünnetli bir babadan tabii ki.Yağı ya da teri büyük bir tencerede ısıtın. Soğan ve biberleri tavada hafifçe kızartarak soteleyin ve ev yapımı similyalarınızla birlikte tencereye ekleyip karıştırın. Damak tadınıza göre baharat katın. Damak ve dudakları ekleyin. Yarım saat kadar hafif ateşte pişirmeyi sürdürün. Ayrı bir tencerede haşladığınız karbonhidrat değeri yüksek pirinçten de biraz koyduktan sonra servis yapın.

YERADAM'DAN KULAĞA KÜPE: Sağlıklı bir damak diş ipi ve tartar yok edici macun kullananlarda bulunur. Diş eti hastalıklarına yakalanmak istemiyorsanız, mahallenizdeki eczacı Esra Hanım'la iyi dost olun ya da onu araştırma ekibinize alın. Mahalledeki en sağlıklı damak kimde var, ondan daha iyi kim bilebilir ki?

YERADAM'DAN 2. KÜPE: Mek Donalds gibi abuk sabuk fast-food merkezlerinden beslenenlerin büllüklerinden uzak durun. Bamyanız ne kadar kaliteli olursa olsun çorbanızın içine edecektir. Benden söylemesi. Patlıcanlı yemeklerim için de aynı küpeyi kulağınızdan eksik etmeyin.
YERADAM'DAN 3. KÜPE: Stokta sünnetsiz bamya varsa, hiç değilse uçlarını keskin bir bıçakla alın. Böylece sünnet edilmiş olur, helal olur.

IMF ÇORBASI

4 Kişilik

Malzeme:

4 kase et
2 kase hindistan cevizi sütü
2 avuç Urfa (İsot) biberi
1 diş sarmısak
1 adet hindistan cevizi tohumu
1 çorba kaşığı mısır nişastası
2 adet James Bond çantalı Dünya Bankası ya da IMF yetkilisi (köpekbalıklarının damak tadına hitap ediyorlarsa, sizinkine niye etmesinler ki?)
1/2 kilo kadar ceviz ezmesi
1 avuç dolusu marihuana, ya da kokain

Ev yapımı etinizi ve hindistan cevizi sütünü biber, sarmısak ve hindistan cevizi tohumuyla karıştıra karıştıra kaynatın. Üstüne mısır nişastasını ekleyerek karıştırmayı sürdürün ki kavileşsin. IMF yetkililerini geniş mutfak masanızın üstüne yerleştirin ve püre haline getirin. Sonra da yavaş yavaş karıştırarak çorbanıza ekleyin. Ceviz ezmesini de üstüne boca edin.

Yemek hazır olunca üstüne IMF yetkililerinin köle ülkelerin lümpenleştirdikleri insanlarını bağımlı kılmak için ceplerinde taşıdığı marihuana ya da kokainden serpiştirin. Yemeğiniz servise hazır demektir.

YERADAM'DAN KULAĞA KÜPE: Ekonomik kriz gibi sorunlardan başınız ağrıyorsa bu çorba ilaç gibidir, baş ağrınızı şıp diye keser. Bu yemeği yapmak anayasamızın ya da ceza hukukunun hangi maddesine aykırıdır bilemem, ama IMF yetkililerinin canına okuyup onları mideye indirmek bu günlerde herhangi bir keyif maddesi kadar yasa dışı olabilir ancak.

GÜVEÇ

1 kişiye bir ay yeter

Bir kurban yakalamışsınız, bir de bakıyorsunuz ki adam kayış gibi sert, çiğne çiğneyebilirsen, ne yaparsınız? E-5 karayolunda bir hendeğe mi atıverirsiniz, travestilere, transseksüellere yaptıkları gibi? Yapmayın, bir yamyama yakışmaz bu. Yamyamların insan hayatının değerine hürmetleri sonsuzdur, böyle bir saçmalık yapmazlar. Bu sorunun çözümü kolay, adam çok sertse güveç yapın olsun bitsin.

Malzeme:

1 adam, adı Güven ya da Güvenç olabilir.
1 patates
3 kase stoktan büftek
1 kase doğranmış soğan
1 kutu domates salçası
un
3 kase dolusu it öldüren şarabı (eti itöldüren şarabı da yumuşatmazsa ben n'apiim?)

Güvenç'i küp küp kesip kuşbaşı yapın. Patatesin göz göz olmuş deliklerini oyup çıkarın, Güvenç'in gözleri kalsın, ellemeyin. Patatesle Güvenç'i buluşturun kazanda.

Şimdi de büfteği ekleyip Güvenç'i bir güzel karıştırın. Üstüne de soğanınızı, domates salçanızı ve ununuzu ekledikten sonra şarabı da döktük mü, güveci bir saat kadar ağır ağır pişmeye bırakın. Servis yaparken tabağı maydanozla süslemeyi unutmayın. Maydonozu yemeyin! Süs o, sadece süs!

YERADAM'DAN KULAĞA KÜPE: Her gün her gün de güvenç yenmez ya, öggh geldiyse n'apcaksınız biliyor musunuz? Benim yaptığımı. Geçen yılbaşından kalan artıkları derrin dondurrucudan çıkarın, devasa bir kazana atın ne var ne yoksa, şöyle 300 kiloluk bir güveç yapın evsiz barksızlarımızın, aç bilaç insanlarımızın karnı doysun. Hem hayır işlemiş olursunuz, hem de bugün elini yüzünü temizlediğiniz ve karnını doyurduğunuz yoksul, yarın sofranızda başlangıç yemeği olabilir, bunu sakın aklınızdan çıkarmayın ve kaz gelecek yerden tavuk esirgemeyin.

iştah açıcılar ve ordövrler

El ya da ayak parmak etlerini yemek kadar iştah açan bir şey yoktur. Bir el-ayak fetişisti olarak bunu bilir bunu derim. Aslında, vücudun bütün çıkıntılarını ısırıp koparıp çiğnemek gibisi var mı? Hele hele, yemeklerden önce ve Kavaklıdere şarabı eşliğinde İdil Biret'in ya da Pekinel kardeşlerin konserlerini izlerken. Pekin-eller daha çok iştah açar.

YERADAM'DAN KULAĞA KÜPE: Adı üstünde, iştah açıcıdır bunlar. Fazla tıkınıp da hemen doymayın. Diğerleri keyifli keyifli ana yemekleri yerken siz parmağınızı yalarsınız.

VEZİR PARMAĞI
5 Kişilik

Allahaşkına ne bu şimdi? Espri mi? Vezir Parmağı diyorsunuz, içinde tavuk parmağı bile yok. Kadın budu köfte diyorsunuz, geçtik kadını, buttan eser yok. Dilin böyle zevzekçe kullanılmasına nasıl sinir olduğumu bilemezsiniz. Bu tarifte %100 gerçek parmak kullanılmıştır. Kimse tek parmak yiyip kenara çekilmez, bu yüzden oldukça fazla parmak bulmanız gerekecek. Malzeme sıkıntısı çekerim diye endişeniz varsa size 3 kaynak önerim olacak. (1) İran'da 1979'da Ayetullah rejimiyle birçok hırsız ve yankesicinin elleri parmakları köktendinci kardeşlerimiz tarafından kesiliyor. Ya İran'a yerleşin -ki bu biraz risklidir- ya da İranlı bir yamyam kardeş edinin. Size malzeme temin etsin. (2) Sanayi işçileri, ah işçiler, canım düzenimizin parmak sefalarıdır onlar. Bir yamyam olarak fabrika çöplüklerini iyi kurcalayın. Özellikle çelik, demir işçileri, madenciler, taş ocakları, arasıra da ağaç işleri, hızarcıları da ziyaret edin. (3) E, bir yamyam olarak yılda sürüsüne bereket insan öldürüp yiyorsunuzdur, hadi bazılarının on parmağı olmasın, yılda en az 200 parmağınız cepte. Düsturumuzu unutmayın: İsraf yok, acizce istemek yok! Bir av yakalar yakalamaz ilk işiniz parmakları kesip sıvı nitrojende dondurmak. Aman dikkat, bunu yaparken don yemesinler sakın!

Malzeme:
20 parmak
1 yumurta
2 kase un
1 kase ekmek kırıntısı
Tuz ve biber
2 çorba kaşığı az acılı biber sosu
3 kase mısır yağı

Parmakları kemiklerinden sıyırın.

Not: Kemikleri atmayın sakın. Harika rüzgar çanı olur, çın çın öterler sallandıkça. Ya da, ne biliim, çocuklarınıza verin çelik çomak (übülük) oynasınlar kızanlar, kızancıklar.

Yumurta, un, ekmek kırıntıları, tuz, biber ve biber sosunu iyice karıştırıp parmakları bu karışıma batırın. Parmakların üstünde biriken fazla sosu atmak için sallayın. Parmakları fazla sallamayın: "Süper egom musun lan seeen!" demesin konuklar.

Yağı 100 derecede ısıtın. Soslu parmak etlerini kızgın tavaya atın. Çıtır çıtır olana kadar kızarsın. Minik kaseler içinde servis yapın.

YERADAM'DAN KULAĞA KÜPE: İsterseniz Harley Davidson sürücülerinden yapın bu yemeği ve parmakları onların uçları kesik eldivenlerinin kesik uçlarına geri takaraktan servis yapın. Matrak bir yemek olur.
YERADAM'DAN 2. KÜPE: Tekrarlayın bakiim -elleri yıkamayı unutmiicaaz! Tabii ki kendi ellerinizi de yıkayabilirsiniz.

CAMOKA ACILI KADIN BUDU
14 Kişilik

Latince kökenli dillerden bihaber olanlara kültür kusayım biraz: Camoka, Karaoğlan'ın baş düşmanı ve ızbandut gibi güçlü demek. Yamyamlığa aşina olmayanlar için söyliyeyim. Homo homini lupus. Böylelikle, camokadan kastımız kadının butunun, but deyince de aklımıza kalça geliyor nedense, iyice dövülerek yumuşatılmasıdır. Bu yemeğe camoka homo lupus da denir, yani "Camoka karıyı lüpledi." Bu iştah açıcı ile ilk kez nerede tanıştım biliyor musunuz? Devlet Baba'nın çiftliğinde. "Çocukluğumuzda Ali Baabaanın bir çiftliği vaar," diye şarkı söylerdik ya, işte orası aslında Devlet Baba'nın çiftliğiymiş, büyüyünce öğrendik. Şişli'de bir şubesi vardı bu çiftliğin ve Gülay Hanım da baş sadist olaraktan elindeki kırbaçla mazoşistlerin kalçalarını yumuşatırdı. Camoka gibi güçlü bir kadındı, esin kaynağım odur. Benim ekleyeceğim tavsiye ise şu: Gülay Hanım'ı yakalayamazsanız bile, Semra Hanım benzeri birini bulun, kalçalarını kırbaçladıktan sonra iyice bir dekmikleyin. Eşşek tepmiş gibi olmalı butları.

Malzeme:
3 çorba kaşığı zeytinyağı
3 büyük soğan
5 diş sarmısak
1 adet kesilmiş dalak
2 1/2 kilo kadar taze döt
2 kase konserve domates
2 yeşil biber
2 çay kaşığı acı hint biberi
100 gr Arnavut biberi sosu
1/2 kase toz kırmızı biber

Geniş bir tavada zeytinyağını iyice kızdırın. Soğanları ve sarmısakları atıp iyice kızarana kadar soteleyin.

Daha önceden bir kazığa bağladığınız koca götü eşşek sudan gelene kadar tekmeleyin, bırakın can versin.

Dalağını bir blender'da kıymaya çevirin, 2.5 kilo kadar fileto kesin mabadından, başka bir tavaya atın kızaradursun, üstüne soğan, sarımsak ve diğer bütün malzemeyi boca edin. 3 saat kadar yavaş ateşte pişmeye bırakın.

YERADAM'DAN KULAĞA KÜPE: Ben tekmeleyemem ne demek ya? Ne biçim yamyamsınız siz... haer neyse, eğer siz dekmikleyemiyorsanız, camoka-

yı çağırın.
YERADAM'DAN 2. KÜPE: Eşşek sudan gelmiyor mu bir türlü? Kodum mu oturturum valla. Hasta mısınız nesiniz? Yahu, lafın gelişi öyle dedim eşşek herif.

PUF BÖREĞİ

Yakin arkadaşım Simil Yasıbut'tan naklen bir fıkra anlatayım önce: Temel evlenmiş. Ertesi gün yaşlı annesi evi toparlamaya gelmiş. Bir de ne görsün Temel çırılçıplak dolaşıp duruyor. Oğlum ha bu ne haldir daa? Anacım, bu aşk elbisesidur, demiş Temel daa. Yaşlı kadın yukarı çıktığında bakmış gelin de çırılçıplak daa. Ha bu ne haldir daa? Anacım, bu aşk elbisesidur, demiş gelin dee. Yaşlı kadıncağız da, yaşlı kocasını baştan çıkarmak için soyunup dökünmüş, çırılçıplak beklemiş Dursun ağayı. Dursun ağa eve geldiğinde karısını çırılçıplak iş yaparken görünce sormuş:Karı, ha bu ne haldir daa? Yaşlı kadın da aynı yanıtı vermiş haliyle: Aşk elbisesidur daaa! Bunun üzerine Dursun Ağa ne demiş daa?

"Bari ütüleseydin daa." demiş.

Şimdi bu fıkrayı laf olsun, torba dolsun diye anlatmadım. Puf böreği fikrini Dr. Hanibal Lecter'in oynadığı ilk filmden, Kuzuların Sessizliği'nden esinlenerek sizler için hazırladım sevgili okurlarım. Filmdeki aptal yamyam kurbanlarının derisinden elbise yapıyordu. Cahil, n'olcak! Halbuki o derileri bir güzel ütülesen, gevremiş deri üstüne tıpkı annemin ve komşularının kış hazırlıkları sırasında yaptığı gibi su serpiştirsen ve bohça içine sarsan, karlar yağarken, insanlar düşer düşer ağlarken nefis puf böreği yapmak istediğinizde temel malzemeniz hazır olur, di mi ama? Bunu akıl etmek için laz olmak gerekmez. Hadi tarife geçelim daa.

4 Kişilik
Malzeme:
1 adet geniş omuzlu, geniş göğüslü bir ızbandut
200 gram un

2 çay kaşığı helal tuz
2 yumurta
6 çorba kaşığı su
1/2 limonun suyu
2 kahve fincanı erimiş katı yağ (evde kalmamış demeyin, herif ne güne duruyor?)
8 çorba kaşığı rendelenmiş beyaz peynir
4 çorba kaşığı rendelenmiş kaşar peyniri
Peynirle karıştırılmış maydanoz (dere otuyla yapmayın! İğrenç olmayın, allerjim var bu ota)
Yarım litre sıvı yağ (kızartma için)

Önce kurbanınızın sırt ve göğüs derisini haşlayın, sonra cımbızla bütün kılları tek tek ayıklayın ve yıkayın. Tuzlayın, bir daha yıkayın. Bütün deri hastalıkları felan akıp gitsin. Mantarlı börek tarifi yapmıyoruz herhalde. Yumuşayan deriyi havuz gibi açın. Tuz, yumurta, su ve limon suyunu da ekleyerek iyice hamur haline getirin. 20 dakika dinlendirin. Şişe gibi uzun yuvarlayın. 16 parçaya bölün (Dört kere dört on altı eder de ondan). Yarım santim kalınlığında tabak gibi açın deri tabakalarını (Araplar, "varak" der varak, evrak'ın tekili yani)

Açılmış hamurun bir tanesininin üstüne kurbanınızın göbek nahiyesinden aldığınız bir tatlı kaşığı erimiş katı yağ dökün ve tahta kaşığın tersiyle yayın yağı. Her hamura aynı işlemi uygulayın. Üst üste 6 hamur yerleştirin. Yedinci hamuru daha genişçe açın. Öteki 7 parçayı da aynı şekilde hazırlayın. Bir bezi ıslatıp suyunu sıkın (Lavaboya, hamurun üstüne diiil!) Hamurun üstünü örtün. 10 dakika dinlendirin (hamuru, bezi diiil!) Sonra bir merdane ile hamuru yassılaştırın. Oklava ile bıçak sırtı gibi incecik açın... (Hamuru açın, merdaneyi diiil!) 8 santim eninde uzunlamasına kesin (Diiil, diiil, merdaneyi diiiil!!!) Kesilen hamurun içine dörder santim ara ile ceviz büyüklüğünde peynir ve ağız tadınıza göre kestiğiniz kurban etinden koyun. Aralarına fırça ile (resim fırçası olmaz! Hay salak! Ebru fırçası hiç diiil!!) yumurta sürün ve hamur üstüne kapatın. Peynirler ortada kalsın. Sonra da bileşimi parçalara ayırın. Kızgın yağda kızartın, deri pembeleşene kadar yani. Sıcak sıcak servis yapın. Nefis iştahaçıcınız servise hazır demektir. (Salak!)

YERADAM'DAN KULAĞA KÜPE: Her ne kadar bu yemeği Kuzuların Sessizliği'nden esinlendim dediysem de matematiksel verileri bir matematik profesörü dostumdan aldım. Matematikten iki kez ikmaale kalmıştım, kesin bir yerde hata yapmışımdır. O kadar kusur kadı kızında da olur. Yerim ben o kadı kızını!

YERADAM'DAN 2. KÜPE: Kurbanınızı yanlışlıkla da olsa memleketinizin içine eden derisi kalın politikacılardan seçmeyin, uzak durun onlardan. Özellikle "Takalar geliyor allı yeşilliii" benzeri komik şiirler yazan şair bozuntusu dumurlu zarganalardan uzak durun. Onun gibi derisi meşini yoktur. Mazallah, her tür deri hastalığı da bulaşabilir böylelerinden. Takaların allısı iyi de, yeşil n'oluyor ha? Iğrenç! Pis otobur!

PEMBE İNGİLİZ PARMAK KURABİYESİ
4 Kişilik

Halk arasında İngiliş Finger Kıtır da denir. En iyi pembeyi nerede mi bulacaksınız? Tabii ki boya reklamlarında diiil. En iyi pembe kültür servislerinde çalışan çoğu ajan İngilizlerde bulunur. Tecrübeyle sabittir. Bu yemeğin püf noktası şu: Örneğin İngilizi bol bir kültür derneğinin fotoğraf sergisinde arkalarından yanaşıp kurbanlarınızı "Yes, this is a very nice!" diyerek onları neye uğradıklarını şaşırtacaksınız. Aman dikkat edin ciyak ciyak bağırıp size vurmaya kalkışırlarsa o güzelim pembe parmaklarını kırabilirler. (Evet ya, bir de bok varmış gibi ciyak ciyak bağırmazlar mı? Bağırırlar, bağırırlar, sonra susarlar, siz onlara aldırmayın.) Pembe İngilizleri çok sevdiğimi herkes bilir. Bana bu konuda "obsesyon yapıyor" diyenleri yerim ben! Kızgın tavada herkes pembeleşir ona göre.

Malzeme:
6 adet pembe parmak
6 adet sandöviç ekmeği (mayasız lütfen, kolestrolümü fırlattırıyor da)

Parmakları kesip kemiklerinden sıyırın bi güzel. Küçük bir sandöviç ekmeğinin içine ya da iki bisküvi arasına yerleştirin. Fırında 200 derecede pasta pişirir gibi 15 dakika pişirin. Bu kadar basit. Kıtır kıtır yiyin anacım.

YERADAM'DAN KULAĞA KÜPE: Bu tarifim sayesinde kokteyl partileriniz şenlenecektir. Tepsi içinde konuklarınıza sunarken "Bir parmak attırıver anacım," deyin. Güleceklerdir. Bir sonraki partide tepsiye onların parmağını attırıvereceğinizi bilemezler tabii.

YERADAM'DAN 2. KÜPE: Lütfen parmakları iyice yıkayın. Kim bilir nerelerine sokmuşlardır o nazenin parmakları. Kulaklarına falan... Iğrenç!

ÖDÜLLÜ PATLAK BAŞPARMAK

10 Kişilik

Ben meşhur olmadan önce, Örovizyon finalleri sırasında malikhanemde 20-30 konuğuma parti verirdim. Şampanya içer, ordövr yer gösteriyi izlerdik. Bir düşünsenize, o boklu bilgiç eleştirmenlerden oluşma konuklarınızdan daha iyi yemek mi olur? Bu iştah açıcıyı patlamış mısır gibi düşünün, sadece bir farkla, malzemesi konuklarınızın başparmakları. Her ülkenin şarkısı bittikçe başparmaklarını kaldırırlar, "Harika!" derler muzaffer kumandan edasıyla. O parmaklar nefis patlar.

Malzeme:

30 başparmak (konuk başına 3 parmak düşsün diye, niyeyse?)
Erimiş tereyağı
Sıvı yağ
Helal tuz

Başparmakları alıyorsunuz ve kıllarını ayıklayıp temizledikten sonra derilerini soymadan doğruca mısır patlatma makinesine atın. Bir taraftan da tereyağını eritin. Başparmaklar patlayınca sıvı yağ ile bir güzel yağlayın, birazcık da tuz. Patlamış başparmaklarınız servise hazır. Konuklarınız dinleniyor olacaklardır, artık başparmak kaldırıp sinirlerinizi tepenize çıkaramazlar. Zaplayın kanalı. N'apcaksınız Örovizyonu? San Remo şarkı yarışması daha iyi, onu izleyin.

YERADAM'DAN KULAĞA KÜPE: Bu kadar çok parmağı tek başınıza yiyemezsiniz. Ayrıca yalnız başınıza televizyon izlemenin keyfi nerde? N'apcaksınız? Bir iki konuğu ellemeyeceksiniz.
YERADAM'DAN 2. KÜPE: Mahallenizin tefecisi ya da tanıdığınız borsa broker'larının parmaklarının tadına doyum olmaz. Para ile oynayan parmaklar esnek olur. Örneğin, maaşınızı size iki dakkada sayan banka veznedarını da eve "Örovizyon finalini izleyelim mi birlikte?" diye çağırın. Gelecektir. Parmaklayın onu da bir güzel.

SOĞUK ADELE KEBAP
4 Kişilik

Siz de benim gibi adele delisi misiniz? Öyleyse hemen bir vücut geliştirme merkezine gidin, badi badi yürüyen ufak tefek genç bir badiciyi cezbedip kafalayın. Nasıl mı? "Cep herkülüm benim, sana cep telefonu aldım," deyin. Bu espriyi beğenmediyse, ya da siz beğenmediyseniz başka bir yöntem geliştirin. İyi be, armut piş ağzıma düş! Uşağınız mı var burda? Kafalanır kafalanmaz kloroformlayın aptiyi. Mutfağınıza attıktan sonra butlarından ince ince kesin. İyice yıkayın ki bütün steroidler gitsin. Guatr yapar çünkü. Adelelerini tel tel ayırın ve hemen buz üstüne koyun. Güç sizdedir artık, ama siz gene de soğuk adeleleri kursağınıza indirirken "Güç bendeee!" diye bağırıp da komşuları ayaklandırmayın. Şimdi iki saat size bir de ayak yemekleri mi tarif etcem?

Malzeme:
1 adet 10 kiloluk buz kalıbı
Dark bira
20 adet küçük adele
Kokteyl sosu ya da sarmısaklı dip

Birayı soğutun, adeleleri soğutun, kokteyl sosunun ya da dipin içine bandıra bandıra yeyin. Hangi şarkıyı söyleyeceğinizi tahmin etmişsinizdir. Edemediyseniz, şarkı röpörtuvarımıza bakın.

YERADAM'DAN KULAĞA KÜPE: Badiciler poz meraklısı olduklarından oralarına buralarına yağ sürmeyi marifet bilirler. Yemekten sonra ağzınızda acı bir tat kalmasını istemiyorsanız, badicinin bronzlaşmak için kullandığı yağların vücudundan tamamiyle gittiğinden emin olun, iyice silip yıkayın ve durulayın herifi. Buna üşeniyorsanız, döt adelelerinden yapın soğuk kebabınızı. "N'apıyon ya?" diye soracak olursa "Sıkı döt donda durmaz diye boşuna mı demiş atalarımız?" deyin.

MİDASIN KULAKLARI

Bu tarifin de iki esin kaynağı var. Çocukken Red Kit okurdum. Orada Kepçe Kulaklar ailesi vardı. Onların kulaklarını hep ham yapmak isterdim de, anacağızım kitap kemiriyorum diye beni bir psikoterapiste götürmüştü, "Bu çocukta kalsiyum eksikliği mi var nedir?" diye. Cehalet işte, psikoterapist ne anlar kalsiyumdan. İkinci esin kaynağım da, gençlik yıllarımda ağzımın suyu akaraktan izlediğim boks maçlarının kahramanlarından, şimdilerde hak yolunu seçen Mike Tyson, yani dünya ağırsiklet eski boks şampiyonu. Şimdiki şabalak. Şabalak tabii. Allah rızası için söyleyin kim ha kim, gözünüzün yağını yiyiim sevgili okurlarım, hangi salak boksör rakibinin en lezzetli, en kıkırdaklı parçasını ısırıp koparır da yemez ha? Hangi salak? Saaalak! Herifçioğlu insan anatomisinin cenabül mevlam tarafından bahşedilmiş en naçiz parçasını koparıyor ve tuft diye tükürüyor ağzından dışarı. Olacak şey mi yaa? İsrafın böylesi görülmüş şey mi? Salak sonra da gitti, karısını öldürdü zaten, hadi öldürdün, bari kaçarken Mek Donalds'a uğrama, di mi ama?... Ne? O arap, Tyson arabı değil miydi? Zenci olduklarından karıştırıyor değilim abi, tavada hepsi pembeleşiyor da ondan.

2 Kişilik
Malzeme:
1 adet kulak memesi
Buz
Çemen

Beni sünnet eden fellahın yaptığı gibi hep yanınızda taşıdığınız bir kabınız olsun, içi buz dolu. Kurbanınıza usulca yaklaşın, "Hey Uncle Tom!" diye fısıldayın kulağına doğru. Boy farkından eğilecektir size doğru, "Excuse me?" diyerek. Siz de "You excuse me!" deyip kulağını koparın. Kopardığınız kadarını buzun üstüne tükürüp koşmaya başlayın. Çemene banıp soğuk yiyin. Boksör bulamıyorsanız, tek ders sınavında sizi çaktıran eski kulağı kesiklerden bir hocanızın kulağına küpe olsun diye de yapabilirsiniz bu iştahaçıcıyı.

YERADAM'DAN KULAĞA KÜPE: Açlıktan gebermediyseniz kulak kıllarını ayıklamayı unutmayın. Eczacı Esra'ya sorun, ayıklamak canınıza tak ettiyse, kimyasallar var, Nair falan, yani No Hair, ondan sürün, birkaç dakika bekletin ve yıkayın. Kulak tertemiz ve kaymak gibi olacaktır.

YERADAM'DAN 2. KÜPE: Midas dedik diye "Midas'ın kulaklarııı, eşşek kulaklarııı!" diye yana yakıla aramayın herifi. Millet meclisindeki eşşeklerin kulaklarını seçerseniz ekonomik kriz sonucu açlıktan bizar birçok insanı da sevindirebilirsiniz.

YERADAM'DAN 3. KÜPE: Konuğunuz Kayserili ise çemenli kepçe kulağa bayılacaktır. Bayılan Kayseriliyi yabana atmayın. Ertesi gün mantı yaparsınız ondan.

tatil ve bayram yemekleri

Memleketimiz tatil ve bayram cenneti de. İki gün çalışırsak beş gün ense yapıyoruz. Silli bamyamız kol böreğimize denk yaşıyoruz yemin olsun. Bunu yakınma olarak almayın, ben halimden hoşnutum.

Tatil zamanı yaklaşıyor. Halkımız pek yakında denizli denizsiz tatil yerlerini istila edecek. Yamyamlar ve kurbanlar... her yanda olacak. *Elimi sallasam ellisii, başımı sallasam tellisiiii!* E, gurmeniz Yeradam da size tatil ve bayram yemek tarifleri vermezse olmaz, di mi ama? Herkesin sevdikleriyle bir arada yaşadığı unutulmaz tatil anları vardır. Benimki 1965 yılbaşı tatiline denk gelir. Eş dost oturmuş Hülya Koçyiğit'li Kartal Tibet'li *Kınalı Yapıncak* izliyoruz. Dilsiz kızı züppe zengin veledi iifal ediyor, o da sonra peruk takıyor, peruk takınca ve janjanlı entariler giyince dilsiz olduğu anlaşılmıyor, Kartal onu tanıyamıyor. Yeni yapıncak, kınalarını saklayaraktan Kartal'ı baştan çıkarıyor. Tecavüzcü Coşkun olmadığı için o zamanlar bu görevi başrol oyuncuları üstleniyorlardı. Etin tadını böylece damağına yerleştiren yamyam başrol oyuncuları 60'lı yılların arabesk sinema anlayışından sonra çoğaldı. Bu furyanın sinema tarihindeki önemi özellikle biz yamyamlar açısından yadsınamaz. Peki bu filmlerin soframızla ilgisi ne diyecek olursanız, şöyle oluyor: Bu filmlerin hayattaki oyuncu, senarist ve yönetmen kadrosunun adreslerini saptayın, dayanın kapılarına. Ne kadar koltuk değnekli karakter, ne kadar mankafa senarist ve yönetmen varsa büfemizin listesine ve ev yapımı et stoğumuza katabiliriz. Tatiller ve bayramlar stoğumuzdaki ve damak zevkimizdeki çeşitlilik açısından çok önemlidir.

Üç büyük tatil ve av dönemi için önerilerim şöyle: Kurban Bayramı, Yılbaşı, Sünnet Düğünleri (toplu olanları tercih edin, bayram diye ben buna derim), sömestre tatili, yaz tatili, kış tatili, hani bunun ilk tatili.

Tatil yemeklerini yol yemeklerinden ayrı tuttuğuma bakmayın. Yol yemeklerinin hepsini tatil ve bayramlarda da yapabilirsiniz.

Hadi, happy holidays! Unz doz trez, alle alle alleeeey!

kurban bayramı

Yeni evli genç bir kadını kocasının yakınlarının öşür öşür ilk kez yemeğe gelmeleri kadar korkutan bir an olamaz. Kayınbaba, kaynana, görümce, aman yarabbi. Kurban bayramına denk getirirler yemeği bir de. Kurban da kesmek zorunda kalırsınız, evin bereketi artsın diye; kosala kosala ve allah allah nidalarıyla evinizi basarlar, bereketiniz artacak derken betiniz benziniz atar. Ama sakın telaşlanmayın, ilk yemek aynı zamanda son yemek de olacaktır. (İncil'e gönderme!) Ne demişleeer, "Kaynanayı n'apmalı, kaynar kazana atmalı, yandım gelin dedikçe altına odun atmalı." Hiç üzmeyin canınızı, o katı mı katı cadalozu bütün gün çamaşır tokacıyla bir güzel yumuşatırsınız, olmadı uzun uzun ağır ateşte pişiriverin.

Ama gözünüzü seveyim dikkat edin yara bere olmasın kayın akrabalarınızda. Bir de, içlerini güzelce dolduracaksınız, içli kaynana, içli kaynata, içli görümce yemekleri böylece hazır olur. Doldururken de dikkat etin iç kaviteler temiz ve kokusuz olsun. Baktınız hâlâ kokuyor, üzülerek söylemeliyim, atın dışarı, gitsin. Yoksa, kokusu bir gün çıkar.

YERADAM'DAN KULAĞA KÜPE: Kaynana ve görümceyi bir arada yemenin avantajı bir oturuşta iki lades kemiğiniz, iki de kaval kemiğiniz olmasıdır. Lades kemikleriyle eğlenir, kaval kemikleriyle de yemek sonrası konuklarınıza percussion konseri verirsiniz.
YERADAM'DAN 2. KÜPE: Kayın akrabaların yemeğe gelmesinin ikinci avantajı sürüsüne bereket pembe eti stoklayabilmenize olanak tanımalarıdır. Toplu sünnetleri bayramdan saymamın nedeni de budur.

KABAK GRATEN

6 Kişilik

Malzeme:

1 adet kabak, yani baş (körpe görümceden daha iyi olur)
1 adet ince kıyılmış soğan
2 çorba kaşığı katı yağ
250 gram yağsız kıyma (aynı akrabadan olması şart değil)
2 domates

Helal tuz
Su (Susuz yaz günlerini hesaba katın ve el altında su bulundurun lütfen)
Graten sosu:

1 kahve fincanı erimiş katı yağa 2 kahve fincanı un ile karışmış 500 gram kaynar süt ekleyin. İyice karıştırın. 5 dakika pişirin. 2 yumurta sarısı (kaynatanınkiler ya da bayram değilken sizi öpen eniştenizinkiler) ekleyip karıştırın.

Temizlediğiniz kelleyi, yani kabağı mandibulasından (altbükeç) ikiye ayırın. Bir tencereye koyduğunuz su içinde ağzı kapalı olarak arada sırada tencereyi sallayarak 10 dakika kadar öldürün kelleyi. Bir başka tencerede kızdırdığınız katı yağda soğanı 2 dakika, eti de 10 dakika kavurun. Domates, su ve tuz ilave edin, iyice karıştırın. 15 dakika ağır ateşte pişirin. Bir tepsiyi katı yağ ile yağlayın. Kabağın iki yarısını da yanyana koyun. Üzerine kaynananızdan aldığınız kıyma ve suyu (kaynananızın suyu da olabilir, çeşme suyu da) ekleyin. Dere otu falan serpiştirmeyin. İğrençleşmeyin. Ağır ateşte yarım saat kadar pişirin. Üzerine graten sosu ilave edin, yayın iyice. 2 kahve fincanı kaşar peyniri rendesini de serptikten sonra 10 dakika fırında kızartın.

YERADAM'DAN KULAĞA KÜPE: "Yandım gelin!" dedikçe altına odun atamazsınız bu durumda. Fırının altına odun ancak batıl inançlı gelinler tarafından atılır. Kaynanaların re-enkarne olmaları olanaksızdır. Gelinlere duyurulur.
YERADAM'DAN 2. KÜPE: E, altı kişilik bu yemeği tek başınıza götüremezsiniz. Ya komşuları ya da öteki gelinleri çağırın yemeğe.

ETLİ SULTANİ

5 Kişilik
Malzeme:
3 çorba kaşığı katı yağ
2 ince kıyılmış soğan
250 gram kuşbaşı
Helal tuz
3 çay bardağı su

1 kilo sultani bezelye
10 çay bardağı kaynar su
1 çay kaşığı karbonat

Kaynanayı kuşbaşı doğramak gibisi var mı? Sizi bu zevkten mahrum edemezdim.Bir tencerede katı yağı kızdırın. Soğanı 2 dakika kavurun. Eti ilave edin. Su bırakacaktır, o su çekene kadar 10 dakika kadar kavurun kaynananın etini.

Kaynananın sırf geğirmek için kullanıp midenizi ağzınıza getirmesine sebep olan karbonatı ve 10 bardak suyu bir tencereye dökün. İçine daha önce ayıkladığınız bezelyeleri ekleyip haşlayın. Sonra, haşlanmış bezelyeleri yıkayın. Başka bir tencereye aktarın. Ortasına yukarki paragrafta hazırladığınız malzemenin hepsini ve suyu ekleyin. 2 saat kadar pişirin.

YERADAM'DAN KULAĞA KÜPE: Yemekte erkek konuk yoksa, öteki gelin ya da gelinlerle geğirme oyunu oynayabilirsiniz. Karşılıklı geğirirken accayip eğlenirsiniz.

YERADAM'DAN 2. KÜPE: Bezelyeleri yemeyin. Kaynananızın kulağına küpe yapın. "Ha ha, etli sultaniye bak!" deyin, gene eğlenin.

ANANASLI YILBAŞI DÖTBUT

10 Kişilik

İnsanın en lezzetli yeri butudur. Nereden bulacağız demeyin, elinizin altında. Musluk tamircilerinden daha iyisini mi bulacaksınız? Musluk tamircilerinin hoşalakları da pek hoş olur. (Bkz. Sözlükçe: Erbezi). Elektrik, doğalgaz ve su sayaçlarını okumaya gelen konuklarınızı da değerlendirebilirsiniz. Evinizi tadilata alın, fayans, laminat parke vb. döşeyicilerine de bir şans tanıyın. Kargo servis elemanlarını da yabana atmayın. (Postacılar olmaz, biraz arar bulurlar sizi.) Seyyar satıcılar ve şampuan anketleri doldurtmak için kapı kapı dolaşan sabileri de unutmayın. Alıngan olurlar, unutulmak hiç hoşlarına gitmez. "Tamircinin hoşalağı hoşalak da bizim hoşalağımız toşalak mı?" diye süpper sansitifçe ve de naifçe remarklarda bulunurlar. Gücendirmeyin garipleri. Alın içeri.

Kışın musluklarınız dondu, kanalizasyon borularınız tıkandı. Çağırın en yakın tesisatçınızı. Öyle diiil! Islık çalarak çağrılır mı herif? Manyadınız mı? Bari balkondan "Ben yamyamım!" yazılı bir bez sallandırın ha! Telefonla ya da e-mail ile de çağırmayın. İzinizi sürer bulurlar sizi adamı tahtalıköye yolladığınızda. Başka bir işe giderken adama el kol sallayın, "Excuse me, what's the time please?" falan diyerek dikkatini çekin ve "Evimdeki bütün borular dondu usta," deyin. Adam evinize gelir gelmez boruya eğilince de butlarını uzun uzun süzün. Bakın bakalım, butları olmuş mu, kocaman mı, sıkı fıkı mı? Mutfak masanız üzerinde iki adet muslukçu butundan daha güzel manzara olur mu anacım yaa?

Malzeme:
2 koca götbut (6-7 kilo kadar)
Karanfil
1 kase kahverengi şeker
2 kilo kadar ananas dilimleri
2 şişe burbon

Butun derisini yüzün, baklava şeklinde kesin ve içine karanfil döşeyin. (Çiçek değil, baharat!) Üstüne de şeker gezdirin.

200 derecede 30 dakika fırında pişirin. Üstüne ananası dökün. Butun iç ısısı 140 dereceye düşene kadar fırında dursun. Geniş bir tepsi içinde sıcak servis yapın. Kırmızı şarabı da unutmayın. Yemekten sonra Zevki Süren beyin konserini izlerdik eskiden her yılbaşı. Şimdi uzaklardasın sevgili Müren... Nur içinde yatasın... Olsun, bir demet yasemen yoksa siz de tombala oynayın.

YERADAM'DAN KULAĞA KÜPE: Butların ısısını dötsel nahiyeden ölçün. Ses çıkaramazlar nassossa. Vücut ısısı en iyi oradan ölçülür, bilirsiniz çocukluktan.
YERADAM'DAN 2. KÜPE: Ama yetişkinlerin basurlarına dikkat edin. Kanamalı basur pıhtılarının tabağınızda hoş duracağını söyleyemem.

SARAY USULÜ DOLDURULMUŞ PİLİÇ

4 Kişilik

Malzeme:

1 su bardağı pirinç
3 çorba kaşığı katı yağ
1 tatlı kaşığı kıyılmış soğan
1 çorba kaşığı kuş üzümü
2 çorba kaşığı beyaz fıstık
4 çorba kaşığı kıyılmış ciğer
1 büyük domates (soyun ve kıyın)
Karabiber, tarçın, yenibahar
Helal tuz
1 çay bardağı et suyu ya da su
Yarım piliç
4 adet yağlı kağıt
4 kaşık katı yağ daha

Önce İstanbul'daki saraylardan birinde bir piliç ayarlayın, diskoya götürün. Kammaan evri baadi, şeyk it to the left right diye diskoda dans ederken bir piliç kafalayın. İkiye bölün. Hatunların kolları kemikli olur, kol kemiği hariç bütün kemiklerini temizleyin ve but kısmını pirzola demiri ile iyice dövün.

Ayıklanmış pirinci 1 saat ılık tuzlu suda ıslatın. 4-5 kez yıkayın, süzün. Katı yağı bir tencerede kızdırın ve sarartın. Soğanı ekleyin. Bir dakikaya yakın kavurun ve geri kalan malzemenin hepsini boca edin tencereye. Kaynatın. Bir başka tencereye katı yağ koyun. Kızdırın ve pirinç ilave edin. 3 dakika karıştırarak kavurun. Öteki tencerede kaynamış duran harcı da ekleyin. 2 dakika kaynatın. Ateşi kısın ve 20 dakika kadar pişirin. Harç hazır.

Adı önemli değil pilicin but kısmının üstüne 3 çorba kaşığı pilav koyun. Göğüs kısmını üzerine kapatın. Dolma gibi kenarlarını sıkıştırın, kol kemiği yukarı kalkık dursun, böylece yağlı kağıtların ortasına yerleştirin ve sarın. Üstüne bir kaşık yağ daha koyun ve fırında yarım saat daha pişirin.

YERADAM'DAN KULAĞA KÜPE: Pilicin öteki yarısını saklayın, bayram mı yok? Yemek yerine kolilemeyi aklınızdan bile geçirmeyin. Ölüsevici misiniz yoksa?

BAHÇEVAN KEBABI

4 Kişilik

Malzeme:

500 gram kemiksiz bahçevan kuşbaşı
2 çorba kaşığı katı yağ
1 tatlı kaşığı salça
Helal tuz
3 çay bardağı su
2 adet orta boy havuç
200 gram taze fasulye
250 gram minik taze patates
2 adet dolmalık biber
1 adet kabak

Tatil yerlerinde bahçenizin düzenlenmesi için tuttuğunuz kendi bahçevanınızı değil komşunun bahçevanını bir akşamüstü ay buluta girdikten sonra çağırın gelsin. Derhal kafalayın herifi kabağından, yani kafasından. Kabağı haşlayıp ayrı bir tabakta sofraya süs olarak getireceksiniz, kebapla bir ilgisi yok.

Bahçevanın etlirini tencerede kızdırdığınız katı yağda pembesi kahverengine dönene kadar kızartın. 10 dakika kadar yani. Un ve domates salçası ilave edin. Karıştırın. Tuz koyun ve ağır ateşte yarım saat kaynatın.

Bütün sebzeleri temizledikten sonra patatesli top gibi top gibi soyun. Diğer sebzeleri kesin, kıyın. Ete ilave edin. 1 saat kadar hafif ateşte pişirin. Üzerine dere otu serptiğinizi görmiim! Katı yağ ile yaptığınız pilav ile birlikte servis yapın.

YERADAM'DAN KULAĞA KÜPE: Yemeğe kattığınız sebzeyi yemeyin. Öteki tabakta süs duran bahçevanın ağzına tıkayın. Sofrada nefis bir görüntü oluşur. Gülmeyin, yemek ciddi bir iştir. Ayrıca erkek kısmısı daha alıngan olurlar, kendilerine gülünmesinden hazzetmezler. (Bir arkadaşım bi keresinde tutturmuştu, "Ay n'olur havuçları da kulaklarına tıkalım," diye de çok yadırgamıştık.)

SIĞIR FİLETOSU DİYANA

4 Kişilik

Malzeme:

250 gram yağsız sığır diyana kuşbaşı
2 çorba kaşığı katı yağ
1 çay fincanı rendelenmiş soğan, havuç, kereviz
1 defne yaprağı
2 çay kaşığı salça
3 çorba kaşığı un
Helal tuz
5 çay bardağı su
8 parça fileto
1 çay kaşığı katı yağ
1 çay kaşığı ince kıyılmış soğan
1 çay fincanı ince doğranmış mantar
1 kahve fincanı konyak

Diyelim Didim'desiniz ve İngiliz turist kaynıyor bu beldemiz. Gözünüze Diyana isimli bir İngiliz avrat kestirin. Malzeme bölümünde ölçülerde çoğunlukla çay bardağı, çay kaşığı kullanmamızın sebebini anladınız böylece. Soğuk İngiliz'den sıcak yemek yapacağız. Lady Di hatırına. Ah o kaza olmasaydı Diyana'dan ne büftekler, ne filetolar çıkarırdım ben. Neyse elde olanla yetinmek bizim meziyetimizdir. Az tamah çok ziyan getirir. Gene de gözünüzü dört açın kraliyet ailesinden muşmula suratlı biri altınkumlar üzerinde güneşleniyor olabilir sere serpe. "Sahilde o hoş buseleri aldığım akşaaaam!" diye şarkı söyleyerek yaklaşın, kafasına donk diye bir şey indirin. İngiliz bunlar kriket sopası daha uygun olur diye kriket sopası aranmayın, bu kadar decorumcu olmayın, açsınız, sopa ya da stoktan bir cop da işinizi görür. Şimdi Kraliyet ailesinden birini nereden bulayım, ayol bende o kadar para ne gezeeer diyorsanız, tarifte Diyana sözcüğü geçiyor diye ille de İngiliz saplantılı olmayın benim gibi, kendi ortadirek soylularımız ne güne duruyor? Memleketimizin zenginliğinin yüzde yetmişi üç beş ailenin elinde değil mi? Malzeme sıkıntısı çekmezsiniz. Neyse, kurbanınızın diş ve damaklarını çıkarmayı unutmayın sakın. İngiliz bunlar, her tür diş eti, damak hastalığı olur bunlarda. Pistirler pis! Bir de bize barbar, yamyam derler. Halt etmişler. Kurban olsunlar bize.

Kızgın tencerede etleri katı yağ ile renkleri pembeden mora dönene kadar kavurun. Un ilave edin. İki dakika daha kavurun. Sebzeleri, salçayı, tuzu ve defne yaprağını ekleyin ve karıştırın. Ağır ateşte ara sıra karıştırarak 3 saat pişirin. ("Çüş! 3 saat mi?" demeyin, bir yandan da D.H.Lawrence'ın *Leydi Chatterley'in Aşığı*'nı okuyabilirsiniz, iştah açar.) Roman bitip de etler pişince etleri saklayın, yemeğin salçasını süzün. Romanı rafa kaldırın.

Kızgın tavadaki katı yağda filetoları 10 dakika pişirin. Soğanı ekleyin. Tavayı birazcık yana doğru eğin, konyak dökün ki alev parlasın. Parlatamazsanız, parlatırlar gülüüüm! Baktınız parlamadı bir kibrit çakın tavaya, hemen alev alacaktır. Mantarları ilave edin, sonra da etleri alt üst edip çıkarın tavadan. Sosunu ve kremasını da ekleyin. Kaynatın ve aynı tava içinde sofraya taşıyın yemeği. Tabağın yanına garnitür olarak da pilav koyabilirsiniz ama sade pilav kimin umrunda.

YERADAM'DAN KULAĞA KÜPE: Ingilizin muşmula dış görünüşlerine bakıp da meyve sebze tadı gelecek ağzınıza sanmayın. Ettirler onlar et. Sadece hısım akraba evliliği yüzünden böyle olmuşlardır.
YERADAM'DAN 2. KÜPE: Duydum valla: "Değer mi hiç, değer mi hiç!" diye şarkı söylüyorsunuz. Değer tabii. Hem de canınıza değer. Sığır gibi bir Diyana bulmuşken bunamayın.
YERADAM'DAN 3. KÜPE: Top 20 listemize giremedi, ama biraz Irlanda, Iskoçya aşığı iseniz benim gibi ya da sevgili ustam Jonathan Swift gibi, o zaman bir Irlanda halk şarkısı söyleyin yemek sırasında konuklarınıza. Dillere destan pub şarkısı, "O Danny Boy!" olabilir örneğin.

SİCİLYA USULÜ SALÇALI DANA BİFTEĞİ

4 Kişilik

Malzeme:

8 parça İtalyan dana büftek

3 çorba kaşığı rendelenmiş katı yağ
1 soğan
1 kereviz
1 havuç
1 diş sarımsak
1/2 limon kabuğu
1 defne yaprağı
1 çorba kaşığı salça
1 tatlı kaşığı un
Helal tuz
3.5 çay bardağı su

Hep İngiliz turist arayıp durmayın. Yani, benim kadar da saplantılı olmanız gerekmiyor. Her söylediğimi de hadis belleyip uygulamanız gerekmiyor ya. Memleketimize akın akın İtalyan da gelir. Kaş'a gidin, Bodrum'a gidin. "İtalyana feroooo!" ya da "Komes tai!" diyerek bir İtalyan danayı kafalayıverin anacım.

2 kaşık katıyağı tavada kızdırın. Büftekleri de 2 dakika alt üst ederk kızartın. Sonra da pişirmek için kullanacağınız tencereye aktarın. Tavaya 1 kaşık katı yağ daha koyun ve rendelenmiş sebzeleri ilave edin. 1 dakika kavurun. Salça ve un ile karıştırın. Hepsini tencereye nakledin. Tuzu ve suyu da koyduktan sonra 1 buçuk saat ağır ateşte pişirin. Ayrıca pişirdiğiniz erişte ile sıcak servis yapabilirsiniz. Kime mi? Ertesi günkü yemeğiniz İngilizlere.

YERADAM'DAN KULAĞA KÜPE: Bu küpe zekanıza hakaret olabilir ama gene de söyliyeyim, İtalyanları kafalamak için Fatih Kerimli, Fiyorentinalı bir sohbet başlatın Bodrum kalesinde. Sonra büfteği mideye indirirken de "Bene bene!" deyin. Kibarlık sizde kalsın.

TOPLU SÜNNET BAYRAMI YEMEKLERİ İÇİN BKZ. "Silli Bamya" vb. iştah açıcı yemek tarifleri.

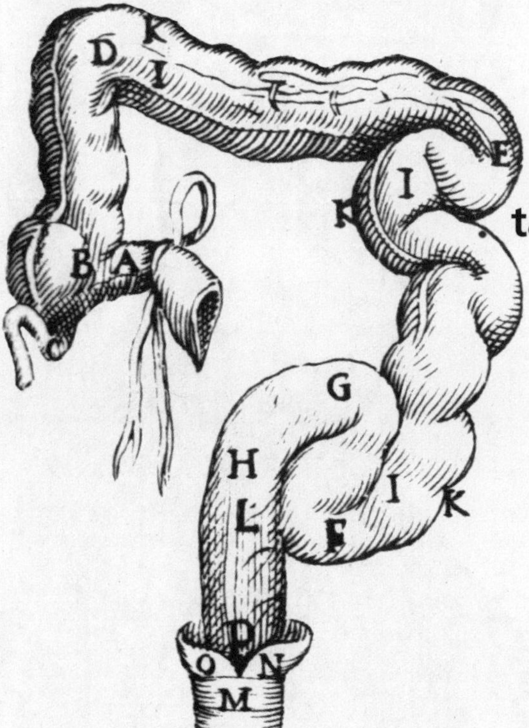

favori
tariflerim

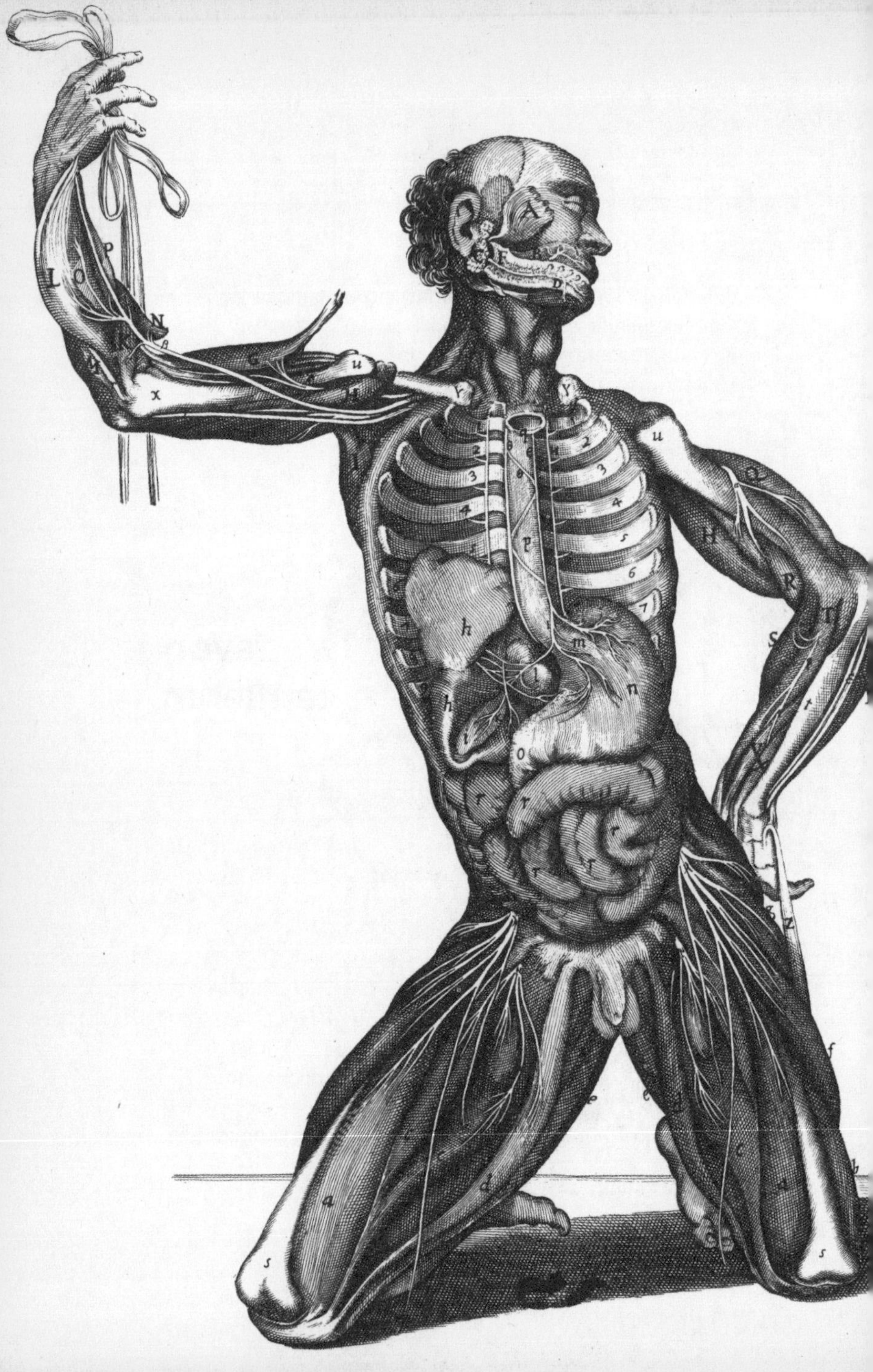

A
F
D
P
L
O
N
K
M
x
u
Y
Q
H
R
S
T
h
m
n
p

tıbbi bilgi

Ben İngiltere'deyken sevgili arkadaşım Simil Yasıbut—ki Simil inanılmaz çevrecidir, paranoya derecesinde neredeyse— daha yıl 1989 idi, ama bulaşıkları çiçek özünden yapılma ve içsen bile vücuda zarar vermeyecek sıvılarla yıkıyordu. Ondan öğrendiğim kadarıyla milyon falan yıl önce evrim hâlâ sürerken, yani insanın atası maymunlar yamyam olmaya doğru giderkene yolda bir yerde ot yemenin yanlış olduğunu öğrenmişler. Daha doğrusu atalarımızdan Brötanyalı Mösyö Nean d'Hartale "Ne la bu? Yeşil yeşil? Marslı mıyız biz? Biz Dünyalıyız ve et yeriz. Böyleyken böyle," demiş ve bu sözleri Londra Yum Yum Müzesi'nde (British Museum'un arkasında hemen) altın harflerle sergilenmekte. Her yıl buraya binlerce turist akın etmekte ve ben onları ham yapmaktayım Simili ziyarete gidiyorum ayaklarında. Haer neyse, günlerden bir güün, diye başlamicam bu sefer... Ne bulmuş Mösyo d'Hartale (ismi de dilimize çevrilebiliyor, bir ilahi rastlantı bu ki onda da bir Canıtın var: Mösyö Cüneyt Yüreklibatur. Ben kuantum fizikçileriyle aynı görüşü paylaşıyorum, kesinlikle yazgı dediğimiz bir ortak bilinç var, bir kutsal ruh. E pluribus unum.) evet şeyi bulmuş... insan vücudunun ot değil et yemeye ayarlı olduğunu. İlahi tasarımın ete doğru evrim istediğini söylemiş. İngiltere'de bulunduğum süre boyunca—ve istatistiki veriler de bunu doğruluyor, Joe Macks de yad etmiş—yılda yaklaşık yirmi bin kişinin uyluk sokumundan, yani anal distörbütör duhuliyesinden havuç, paldırcan, yer elması topluyorlarmış. Tarım böyle yapılmaz. Bunu İngilizlerin bilmemesi çok doğal, adamlar bir adada oturuyor. Çayır çimenden başka bir şey yetişmiyor ki. Sebze mebze de hak getire. Bulunca da, mal bulmuşa dönüyorlardır. Oralarında buralarında saklamak istiyorlardır n'apsın garipler? Dünyanın en yaşlı ülkelerinden biridir İngiliztere. Tarihi açıdan değil, yaşlı insanları açısından. O yüzden de kol böreği gibi çeşitli kol yemekleri yapmak için epey dolanmak lazım. Gerçek İngilizden zor bulursunuz. Trafalgar Meydanı'nda dön ki bulasın bir tane genç kol. İngilizlerin kolları crinkle perdeler gibidir. İki saat ütülesen bana mısın demez. (Bir yemek tarifimde buraya da uygun düşecek bir Temel fıkrası anlatmıştım). Haer neyse, Nean söylediydi İngiltere'de yılda yirmi bin vaka saptanmış. Ne vakası diye soracaksınız tabii. Yılda yirmi bin kişi vücutlarının münasip buldukları yerlerine sebze tıkıştırmaktan acile kaldırılıyorlarmış. Bu İngilizlerin derdi ne allahaşkına ya? Tarım ülkesi değiliz derler, bu kadar sebzeyi nerden bulurlar bilmem? Aslında kınamıyor, hatta yadırgamıyorum bile. Sebzenin adresi doğrudur. Sebze dediğin zaten boktan bir şeydir. Ama duhuliye değil de exit olsa daha iyi olurdu. Sebzeyle düzüşmek heralde yalnızlığın çok uç boyutları. İnsan sıcak bir but bulamaz mı? Tabii ama sebze sessiz. (Sebzelerin Sessizliği diye bir kitap da yazmalıyım.) Etli butlu yaratıklar öyle mi ya? Ciyak ciyak bağırırlar, oranı buranı ısırır, tırmalarlar. Bu İngilizler işte böyle anacım, sizden tuhaf olmasınlar, tuhaflar vesselam. Sabah sabah et yemeleri (bacon&eggs) ve pembe et olmaları dışında pek tutar yanları yok anacım... Sebze ha?... Hey yarabbim! Fakat, Türkiye acil kliniklerin data verilerine girdim internetten (mümkündür!) bizde daha fazla bu vakalar. Üstelik bizde sebze bol (hele Meclisimizde) ve de İngiltere'ye kıyasla daha ucuz olduğu için, halkımız orasına burasına sebze sıkıştırmakta İngilizlerden mahirmiş. "Çünkü," diyor diyet uzmanı doktor arkadaşım Mahir Kandaş, sebze sağlığa yararlı diye çıkarılan otobur söylentileri üzerine halkımız orasına burasına sebze sürmeye başladı. Parklarda bile görüyorum, iyice düşkün olanları basurlarını ota çerçöpe sürerek iyilişterebileceğini sanıyor.

İngilizler ve sebzeler deyince aklıma tabii ki meclisimizin değerli ve eğerli sebzeleri gelmiyor. Nedense sebze deyince aklıma hep Kıbrıs gelir. Oysa Kıbrıs, yani benim gördüğüm Kuzey kısımları, Gazi Mağosa, Kahraman Maraş, Şanlı Urfa, Haso Girne, Kol Karpaz ve Allı Yemeni kent ve kasabaları. Duyduğuma göre de Rumlar Güney Kıbrıs'ta (Sahi Kıbrıs'ın güneyi nasıl ölçülür?) "Pullu Yemeni" koymuşlar yarısı Kuzey'de kalmış bir illerinin adını. Biz de dağlara taşlara bayrağımızı çizerekten, asaraktan onlara dağlardan seslendik... "Fahiş Yemeni" koysaydınız baari, onu öyle demezleeer, peynir ekmek yemezleeeer!" Allı Yemenimiz şanlı bayrağımız dalgalandıkça dağlarda, dağları görmezden gelemez Yunan tohumu. Zaten atalarımız ne demiş "Ayıdan post, Yunandan dost olmaz." E, hal böyle olunca da Türkün Türk'ten başka dostu olmaz. Bu yüzden ben, aklı başında bir yamyam olarak Kıbrıs'ta öğrendiğim ve aklımdan hiç çıkmayan ve tad olarak bizim "Sülüman Fırında"yı anıştıran yağlı bir yemek tarif edeceğim size. "Şeftali Kebap." Rejim yapanlar uzak dursunlar. Hem Kıbrıs, İngiliz ve Amerikalı bulmak hiç mesele değildir. Gazi Mağosa girişindeki sevgili Erik'in barına gidiniz, canım Erik'cim, tontişim... bir gece Şeftali Kebabımı yemişim, nefes nefeseyim, daha ağzımı bile silememiştim ki baktım kaldığım otelin kapısında polis arabaları. Girmedim tabii, bir önceki gece yediğim patlıcanlı piliç pilavından sonra izimi sürmüş olabilirler endişesiyle arka sokaklardan tuttum Erik's Bar'ın yolunu. Sağ olsun, bana kapısını açtı, barın arkasındaki odasında uyumama izin verdi. Sabaha kadar kaşındım nedense, ama olsun. Karakolda patlıcan oturtma yemekten iyidir.

ŞEFTALİ KEBAP
400 Kişilik
Malzeme:
1 adet Renktaş
Banna
100 kilo yağlı kıyma
maydanoz
soğan
karabiber

Bu yemeğe halk arasında 31 Kebap da denir. Şimdi efenim, bu yemekte sebze nerede, hani İngiliz? Yahu ne sıkıştırıyorsunuz? Her yemek adıyla müsemma mı olmak zorunda? Yani Alman Kek'te sadece Alman mı kullanırsınız, hem Alman yerine İngiliz kullansanız kim anlar, benim gibi gurmeler dışında. Ya da yemeğin adı Pabuçakis diye ayak kebap falan mı olmalı, ya da Bülbül Konağı ise o yemeğin üstüne bülbüller mi konmalı. Otur iki saat işin yoksa telgrafın tellerine bak mel mel ki gelsin konsun bülbüller. Haer neyse, uzatmiim, bu yemekteki şeftali aslında Şef Ali'den geliyor. Eğer uyduruyorsam gözüm önüme aksın, Kuran musaf çarpsın. Şef Ali'nin de bir restaurantı varmış. Anavatanın sebze yetiştiren çiftlik sahibi Ali Babası olunca, yavruvatanın da Şef Ali'si olmak zorunda. İşte bu yavru vatanımızın ünlü simalarından gerdanı gergedaan siması ve Afrodit soyunun Hunlarla karışımından oluşma siması Rafet Renktaş kırk yıldır Kıbrıs topraklarını belliyor ki sebze yetişsin. Kardeşim o topraklarda ne diye sebze yetiştirmeye çalışıyon. Şef Ali sebze yemeği yapmaz ki, sadece süs içinse onu da ananızın vatanı gönderir. Heralda yani. Biz neciyiz burda? Yani sanıyor musunuz ki sofradaki her şeyi bitirebiliyoruz. Aşkolsun, insan bi arar sorar, Şeftali Kebap'a koyacak maydanoz kalmadı. Şöyle meclis yörenizden kamberi genç bir her koka nane, sümbülü mis bir Çengelköy hıyarı gönderin dediniz de göndermedik mi?

"İşte bu ünlü tarım uzmanı Rafet Bey kırk yıldır Şef Ali'nin restaurantına gider ve onu kafaladıktan sonra birlikte 31 Perizyan içerlermiş (tabii, Rafet'in gafalamaktan anladığı başkadır). 31 Perizyan çok manalı bir içkidir şimdi. Gonyaktır. Gıbrıs Gonyağıdır. 31 rakamı da imalıdır. Gırk yıldır bu Rafet beyle biz mutluyuz ve onunla mastır basıyoruz İngiltere'de felan. Aldığımız bu mastır dereceleriyle de Gıbrıs'ın yemeklerinden nasıl tadılacağını öğreniyoruz dostlarımız İngiliz ve Yunan büyükleriyle. Bu arada, Rafet beyin de varmış bir mastırı... 31 Perizyan dalında almıştır mastırını. Doktora yapmayıp Gıbrıs'a hayırlı olmak istemiştir. Bu otuzbirli içkinin vabrikası Rum tarafındadır. Türk tarafı da içer, yasaktır, ama herkes içer, Rafet Renktaş beyin kendisi de içer," diye anlatıyor Gıbrıslı arkadaşım Cengiz.

Bir akşamüstü ay buluta girdikten sonra, 1974 yılından ve Vizontele gerçeklerinden çok sonra, Şef Ali bakmış ki bu Rafet hayırsızın teki, kırk yıldır geliyor, Afrodit gibi de bir karı bulmuş, 31'leri çekiyor çekiyor gidiyor. "Oh beah, enayi miyim ben, Afrodit'i sana yedirir miyim?" demiş Şef Ali ve karar vermiş bu Rafet'ten bir yemek yapmaya. Niye bu kadar beklemiş, daha önce niye akıl edememiş derseniz, Peter Greenaway'in filmlerini daha görmemişmiş o zaman. Benim için Kasap Muuttinle gelen vahiy, Greenaway'in "Aşçı, Karısı, Aşçı Yamağı, Aşığı, Eniştesi ve Dingili" adlı filmi ile gelmiş. O filmin sonunda da restauranttaki herkes restaurantın sahibi yer ya, pek korkmuş Ali usta ve demiş ki "Bu Renktaş denilen yakında beni de yiyecektir, o beni yemeden ben onu yesem daha iyi olacaktır." İşte "şeftali" sözcüğünün hikayesi bu. Bildiğiniz şeftali öyküleri anlatmadıysam ve hayal kırıklığına uğrattıysam sizi özür dilerim. Bir sonraki kitaba iişallah.

Yemeğe geç yemeğe diyorsunuz. Peki. (accayip yumyumize oldunuz, farkında mısınız?)

Şef Ali ne yapmış? Gene bir gece, Rafet "Aliiieh! Hani benim 31 Perizyanım civanım!" deyince Ali usta da "Gel bak burada 31," diyerek mutfağın arkasına çekmiş "Haniii, nerdeee haniiii?" diyen Rafet'i. Rafet kafasını içeri uzatıncaaa, Ali usta "Al sana otur bir!" diye kafasına 31 kere vurmuş Rafet'in. Rafet'in rengi atmış tabii. Taş gibi olmuş. Ali kafalamış adamı anlayacağınız. (31 Kebap denmesinin sebebi de budur) Sonra da hatır hutur ve çiğ çiğ yemek istemiş, ama usta bu, benim gibi gurme diil ki çiğ yesin kimi heyecan şaaptığı zamanlarda. Hünerlerini sergilemek istemiş veee, yarmış karnını. Yıllardır birikmiş karın yağlarını çıkarmış. O sırada da radyoda "Banna bannaaa versen, accık ucundan versen," gibi bir şarkı çalıyormuş. Ali usta bu yağın adını Banna koymuş. Karın yağı banna. (İtalyaanca gibi okursanız daha zarif oluyor, baaanna! Molte bene!)

Haer neyse, Rafet'in mumbarını da çıkarmış. İyice temizlemiş, yıkamış temizlemiş ama herifin pohu püsürü o kadar çokmuş ki günlerce yıkamış. Sonunda bol limonlu suyla da dezenfekte ettikten sonra mumbarın (Kıbrıs'ta *bumbar* diyorlar) içini gene Rafet'in yağlı yerlerinden kıyma ile doldurmuş, içine pembeleşmiş soğan, karabiber eklemiş. Yaprak dolması gibi sarmış sırt derisinden (deri işlemlerini ayrıca anlatmıştık başka tariflerde, yineletmeyin şimdi!) ve mangalda pişirmiş. Kıbrıs usulü barbekü ya da ızgara anlayacağınız. Günlerce kokmuş, Kıbrıs'ın her yanından bu kokuyu duyanlar akın akın gelmişler. Türkü, Rumu hepsi doluşmuş Şef Ali'nin Yeri'ne. Şenlikler birbirini izlemiş. Bütün Kıbrıs 40 gün 40 gece eğlenmiş. Şeftali Kebap yenilmiş, 31 Perizyan içilmiş. Onlar ermiş muradına, biz geçelim bir sonraki favori yemeğimize.

YERADAM'DAN KULAĞA KÜPE: Bu Rafet bannasını kavurup depoya kaldırın, aynı tadda şeftali bulamazsınız. Bunlar yüz yılda bir tane yetişir. Yemeğin tarifi de kuşaktan kuşağa geçmelidir.

EKMEK ARASI SİMİLYA

1 Kişilik

Malzeme:

1 adet similya
1/2 ekmek (içi çıkarılmış)
limon
helal tuz
karabiber

Turkish Hot Dog'da denir. Simil aradı da dün Mersin'den (bu herif de çat burada çat kapı ardında), "Allah seni inandırsın mirim, burada artık ekmeksiz yeniyor similya. O kadar çoğaldı, turistler kımıl kımıl solucanlar gibi, her yanda, büllükler fora dolanıyorlar," diyor. Üretim fazlası büllükleri denize döküyorlarmış.
Efenim malzeme hazır. Elini sallasan ellisi. Yaz günü sallayın elinizi, yakalayın bir similya, sıkın üstüne bol limon, gitti mi bütün püsürü, sili felan, tamaaam, koyun ekmek arasına, tuz ve karabiberinizi de ekleyin. Hart diye yiyin anacım. *Hart to hart*. Üstüne de tatlı niyetine Karamelli Aykek yersiniz (Eye Cake, gözlere karamel dökün olsun bitsin). Aykek sevmeyenler lokum yesinler. Turkish Delight. (Herkesin bir dilaytı vardır sanırsam.)

YERADAM'DAN KULAĞA KÜPE: Ekmeğin içini çıkarmayı unutmayın, ken-

diniz çıkarmayı hiç unutmayın. Tırnak araları simsiyah bir kokoreççiden yiyorsanız yani.
YERADAM'DAN KULAĞA KÜPE: Ekmek arası similya, ardından da aykek yiyenler artık yamyamlarla hep huzur içinde yaşarlar. Hiç tartışma çıkmaz. Bir dinginlik gelir, dingil similyasından yapılan hot dog'u yedikten sonra. Bazılarının ağzını bıçak açmaz. Lokum bile sokamazsınız ağızlarına. Seeing eye to eye (yamyamlar konuşa konuşa anlaşır) kinayesi buradan çıkmıştır.

PATLICANLI PİLİÇ GÜVECİ

4 Kişilik

Malzeme:

1 adet iri patlıcan (kuş başı kesilmiş) (ya da iki adet but similya)
1 adet piliç (temizlenmiş ve 8 parçaya bölünmüş)
2 domates (kuşbaşı kesilmiş)
2 adet ince kıyılmış soğan
2 1/2 bardak su
1/2 kilo taze fasulye
1 çorba kaşığı katı yağ (banna tarafından)

Daha mutfağa girmeden iyice kızışmış iri bir patlıcan ve piliç şeyk it to left right gelirler. Katı yağı kızdırın tavada. Patlıcanla pilice soğanı ve domatesi doğratın. Fantastik olsun bu yemek de canım. Yemeğinizin yemeği hazırlamanıza yardım etmenize izin veriyorsunuz. Kolaborasyon iyidir. Soğanı iki dakika kavurduktan sonra, gel bakiim ellerin kokmuş diye kandırın pilici (oysa piliç soğan kokulu elleriyle patlıcanı tutmuş kuşbaşı kesmek üzeredir)... ansızın ve gık çıkaramadan kafalanan pilici tavaya atıverin, cossss desin. Aman kim ayıklayacak şimdi iki saat. Beş dakika karıştırarak kavurun. İri patlıcanın ucunu kesin, derisini yüzün ve kuş başı doğradıktan sonra da geri kalan malzemeyle birlikte pilicin üstüne ilave edin. Bir taşımlık kaynatın.

Fasulyeleri toprak güvece dizin. Ortasına katı yağ koyun. Ağzı kapalı olarak kuvvetli ateşte kendi suyunda kaynayıp sararmış fasulyenin yanına, gene kendi sıvılarında morarmış piliç ve kızarmış patlıcan kuşbaşlarını güvece koyun. Suyu da ilave edin. 2 saat pişsin, sıcak sıcak servis yapın. Bu yemek soğursa bütün yağlar donar, iğreenç olur. Yanında mutlaka şömine ateşi ve beyaz şarap iyi gider. Yemeği hazırlamadan önce de konuklarınızı böyle kandırabilirsiniz.

YERADAM'DAN KULAĞA KÜPE: Tek patlıcan yerine, iki but similya bulduysanız, o zaman da pilici iki butun ortasına koyun. Pilicin bir bacağı havada olsun. Tabakta daha estetik ş'aapar.

ISPANAKLI DÜZTABAN FİLETO

1 Kişilik

Dünyanın kimi yerlerinde lebalep bolluk yaşanırken, başka yerlerinde insanların açlıktan kırılmalarını izlemek üzücü. E, insanlar açlıktan kırılıyorsa bu bizi de ilgilendirir çünkü etin en iyi kesimlerinden mahrum kalacağız demektir. Ama bu demek değil ki umudumuzu hepten yitirmeliyiz. Au contraire mösyo. Yani ne demek, tam tersi. Bazen en lezzetli yiyecek ayağınıza gelir. Hakikatten... ayak diyorsam ayaktır, yeminlen!

Malzeme:

1 adet ayak tabanı, tercihan 45 numara
1/2 çorba kaşığı tereyağ
Helal tuz ve karabiber
1 adet kocaman yıkanmış ıspanak yaprağı
1 adet çekecek şeklinde kesilmiş limon

Söylemeye ne hacet, ayak tabanını iyice yıkayın. Sıcak suyla diiil. Soğuk suyla. Sıcak suyla yıkarsanız mantar iyice kaşınır. Unutmayın, ayak parmakları arasındaki mantarları ağıza almaktan daha kötü bir şey olamaz. Her şey ağza alınmaz. Tabanı tereyağı ile iyice bir sıvazlayın. Üstüne tuz ve biber ekin. Tabanınızı bi on dakika kadar buğulayın. Yumuşasın, mis gibi koksun.

Ayak tabanınızı ıspanak yaprağına sarın. (kendi tabanınızı

diiil, ay gene mi sen geldin salak) 2 dakika daha buğulayın, üstüne limon çekeceğinizden sıkıp servise hazır edin.

YERADAM'DAN KULAĞA KÜPE: Ayaklar, eller kadar pistir, olur olmadık her yere girerler, iğrenç, iğreeenç! Yıkayın, silin, kolonya dökün, yıkayın, silin, limon suyu dökün, tuzlayın, limonlayın... öff, her şeyin bedeli var anacım, fetişist olmanınki de bu. Yıka yıka ellerim İngiliz ellerine döndü, pespembe. Ay karides gibi oldu ellerim, ayak fetişistliğim yüzünden.
YERADAM'DAN 2. KÜPE: Yemekten sonra size tavsiyem, Daniel Day Lewis'in başrol oynadığı ve Oskar kazandığı Sol Ayağım adlı filmi izlettirin konuklarınıza, siz onların sağ ayaklarını götürün.
YERADAM'DAN 3. KÜPE: Bi dakkaaa! N'apıyorsunuz yaa! Taban derisini yüzdünüz, o ayak parmaklarını niye atıyorsunuz ki? Havuz baaşındaaa durmaa, çapkın karşımdaaa durmaaa... türküsünü söyleyerekten havuz sefanız sırasında o parmakları kemirmenin keyfini ararsınız sonra ha... hem bırakınız yürüsünler, yürümekle yollar aşınmaz diyen pek bi sayın pirimiz Sülü'ye bir sorun bakalım, o ayak parmakları kıymetli mi değil mi? Bir bilene sormadan yapmayın böyle şeyler yahu!

ŞİŞ KEBAP
8 Kişilik

Yaz yemekleri içinde en lezzetlisidir. Hele bir de yanında buz gibi 1992 Kavaklıdere şarabı varsa, ah yeme de yanında yat. Sebzeler değişebilir... soğan, minik acı biber, domates—ama yemeğinizin tadı damağınızda kalsın istiyorsanız, adı Bülent bir başbakan bulmanız gerekiyor. Kebap'ın bap kısmı... Bob Clinton gibi yani... hani sarmaş dolaş içine ettiler bu memleketin ya.. işte o BAP. Bülent, the Bap, bi bap bü lüü bap...!

Malzeme:
4 büyük domates
2 yeşil biber
2 kırmızı biber
4 soğan
2 kilo kadar Bülent
16 adet kebap şişi

Domatesleri, biberleri minik minik parçalar halinde kıyın. Bibapbülübap Bülent'in böğründen 2 kilo kadar eti kesip alın. Ben başbakanım diye bağırmasına da kulak asmayın. Eti bir santimlik kuşbaşı halinde doğrayın.

Şişleri elinize alın ve bir bir Bülent'e geçirin, yani bir kuşbaşı Bülent, bir de sebze parçası yerleştirin. Sebze parçalarını nerede bulabilirsiniz daha önce söylemiştim. Tekrarlatmayın bana her şeyi! Aslında her Bülent parçasından sonra iki parça sebze geçirseniz daha lezzetli olur.

YERADAM'DAN KULAĞA KÜPE: Çöpe yiyecek atmak yok, unutmayın. Sıcak mı sıcak bir yaz günü Kurtlarla Dans ettiği için Bülent'in her yanı tadından yenmez hale gelmiştir haa...
YERADAM'DAN 2.KÜPE: Sebzeleri yemeyeceksiniz. Kaç kez söylicaaam!

KOLİ KADİR BÜFTEK
2 Kişilik

Büftekseverler tartışabilirler, ince kesilmiş daha iyi olur, yok kalın daha iyi diye. Bana soracak olursanız, şöyle löp löp kallavi bir büftek gibisi yoktur. Kimden bulacaz böyle büfteği diye sormayacaksınız heralde... Rengin Civan, Murat Kemirel gibi hortumculardan nefis olur, ama onlardan bu eti nasıl koparacağız, zor olan bu. Onların kendisi yamyam zaten. En iyisi biz şimdilik bulduğumuzla yetinelim ve kalın mı kalın bir kazmadan çıkaralım büfteği: Etekli Kadir'den tabii ki. Kadir değil de hortumculardan çıkaralım büfteği derseniz başka bir sorun daha çıkacak, eti yumuşatmak gerekecek. Bunun için de bodrum, kiler, zerzemin gibi bir yer lazım. E, her evin altında var mı böyle bir yer bakalım, yok. Al kurbanını, sürüye sürüye bodruma götür, sonra as ayaklarından tavana, yumuşatacağım diye vur ha vur. Kadir'den çıkacak büftek sert olur, çiğne çiğne çenemiz çıkar demeyin, o öyle yumuşaktır ki aslında. O "godummu oturturum" görüntüsü altında löp löp yumuşak but vardır onda, hatta similyası da buttur allaama. Silli bamyası da iyi olur kesin. Onun eti her şeye kadirdir. Kolilerin piridir.

Malzeme:

1 kilo kadar Kadir
4 çay kaşığı pul biber
2 çorba kaşığı karabiber
1 çorba kaşığı tuzsuz tereyağ
4 çorba kaşığı konyak
1/2 kase stoktaki et
1/2 kase ev yapımı çırpılmış krema

Tokaç, ya da polis copunuzla büfteği iyice dümdüz olana kadar dövün. Pul ve karabiberle her iki yanını iyice kaplayın. Orta boy bir tavada tereyağını eritin ve Kadir'den iki parça atın kızarsın iyice. Büfteğin bir yüzü 2 dakika pişse yeter. Büfteğin tersi de kızarmak üzereyken Kadir'in fazla yağlarından biraz kesin ve tavaya atın, konyağı ekleyin. Bir kibrit çakın tavanız ve büftek alev alsın. Ne şenlik değil mi?

Derrin dondurucudan aldığınız eti, kremayı ve kalan biberi de atın, karıştırın ve büftekler üstüne gezdirip servis yapın. Servis sırasında da Shakespeare'in sonelerinden okuyun: "Shall I compare thee to summer's day Kadir..."

YERADAM'DAN KULAĞA KÜPE: Yumuşak olurlar bunlar diye Şişli civarında çalışan şarkıcıların büfteklerinden uzak durun, her kuşun eti yenmez, ummadık taş baş yarar, dikkat edin. Kadir bulamazsanız, saçları kırca birilerini bulursunuz merak etmeyin. Balta ya da kazmalıkta Abraham Kerkal'la yarışır o da.

EKŞİLİ TATLI DİL
6 Kişilik

Bu yemekle tanışmam şöyle oldu. Bir gün kolumun altında Bülent ÖğürSoy'un albümü eve giderken, "kalbi duuuraksız haykırışlardaaa bir delikanlı" bunu Fransız öpücüğü istediğim şeklinde yorumlamış. Her kuşun eti yenmez! Her kuşun kuşu yenir salak! Nasıl hızlı kopardıysam çocukcaazın dilini, çocuk öyle bir höğürtü kopardı ki sanırsınız Hakan Taşyiyen, Ferdi Tayfur taklidi yapıyor. "Güz gülleri gibiyim, hiç bahar yaşamadıım" diyerekten eve gittim. İşte şimdi o dilden mülhem yarattığım yemeğin tarifini sizinle paylaşıyorum efenim.

Malzeme:
2 kilo dil (bunun için 6 yetişkin bulmanız gerekecek, ya da Jim Carey, onu bulamazsanız Reha Mıhtar her an her yerde bulunur, hayır da işlemiş olursunuz, millet türbenizi bile diker valla)
1 çay kaşığı kudret narı sirkesi
1 çay kaşığı tarçın
3 diş sarmısak
1 çay kaşığı zencefil
1 kase kırmızı şarap

Soğuk suyla dilleri güzelce yıkayın. Yavaş ateşte kaynatın, üstünü örtün, 3 saat kadar tıkırdasın. (Bu yemeğin kötü tarafı da bu. Tıkırdayan diller çok komik bir görüntü oluşturuyordur kesin, ama izleyip gülemiyorsun, tadı kaçıyor yemeğin diye. You just can't have everything!)

Kocaman ve derin bir tavada sirke, tarçın, sarmısak ve zencefili karıştırın, tıkırdamaya devam etsin. Fırını 250 dereceye kadar ısıtın. Hıyar bıçağıyla dilin arkasındaki kıkırdakımsı şeyleri kesip atın. Dili dilimleyin, sosa banın ve kabarana kadar fırında pişirin. (Saçmalayıp da iyice kabarsın diye karbonat falan dökmeyin üstüne sakın!)

Üstüne kırmızı şarabınızdan dökün ki dil eski pembeliğine kavuşşun. Pembeee, gönlüm sendeee!

YERADAM'DAN KULAĞA KÜPE: Yamyam literatüründe en sevdiğim özdeyişlerden biri de "Yamyam kullandığı dilden belli olur,"dur. Diliniz ne kadar pürüzlü olursa, tadı da o kadar güzel olur. Dilin pürüzlü olup olmadığını anlamak için elinizle diil, dilinizle bir bakın, daha kolay anlarsınız.
YERADAM'DAN 2. KÜPE: Milletvekillerinden uzak durun, dilleri çatal olur. Onlar, şeytanla iştigal eden Faustlardır.

SAYIM CİĞER ŞİNİTZEL
1 Kişilik

"Tüm zamanların" (bunun da ne demek olduğunu hâlâ çıkabilmiş değilim, ama olsun bu kitaba yakıştı) en ünlü yemeği pirimiz Hanibal Lecter'in biberli ciğeridir. Bir gün Floransa'da operaya gidiyorduk birlikte, derin bir soluk alıp şöyle dedi: "Ya Yusuf ya, canım sayım memuru çekti... evet sayım memuru yemeli." İyi ama, sayım beş yılda bir oluyor, diyeyim dedim, Dr. Lecter şöyle o buz gibi sesiyle karşılık verdi: "Bekleyen Derviş muradına ermiş. Öyle istediğin zaman bulamayışın alacağın hazzı artırır biir, ikincisi de sayım yeni yapıldı diye telaşlanma, bir fiyaskoydu, yakında bir daha yapılacakmış. Ama geçen sayımda gelen gençlerin gelmesi olanaksız. Pek tatlıydılar. Keşke biraz ayırsaydım, ne biliim sayımın bu denli çabuk yineleneceğini," dedi. Tarife gelelim:

Malzeme:
1 ciğer
1/2 kase süt
1/2 kase un
Tuz ve biber
2 kase kuru

Hâlâ pıt pıt atan ciğeri 2şer santimlik dilimler halinde kesin. 30 dakika süt içinde bekletin. Unu tuz ve biberle karıştırıp ciğer parçalarını şinitzel, ya da balık yapar gibi banın karışıma. Dilimleri geniş bir tavada 5 dakika kızartın, çevirin öteki yüzü de kızarsın 5 dakika. Kırmızı şarap da yanında harika gidiyor.

YERADAM'DAN KULAĞA KÜPE: Bir alkoliğin ciğerini seçmeyin. Ama alkoliği de hepten yabana atmayın. Ziyan etmeyin. Sadece ciğer yemekleri yapmayın ondan. Patlak parti veren arkadaşlarınıza götürün o ciğerleri. Accayip kafa bulurlar.

SARMISAKLI AYŞE KADIN FIRINDA

4 Kişilik

Ayşe kadını duyunca gene fasulye var sandınız, ama yanıldınız. Bu Ayşe başka. Dişi Homo sapiyen'lerin en çok yakındığı şey erkek olanlarının göğüs delisi olmaları. Oysa ben hayatım boyunca dişilerde en çok bacak sevmişimdir, ah o uzun bacaklar. Hele sarmısaklı framboaz sosuyla.

Malzeme:

1 çift Ayşe kadın bacak (Adının Ayşe olması tabii ki şart değil)
Helal tuz
6 diş sarmısak
1 1/2 kilo kadar framboaz jölesi

Fırını önceden 300 dereceye kadar ısıtın. Bacakları helal tuz ile ovun. Hah, ovun ovun. Deriyi sıyırın ve içine daha önce ince ince kıydığınız sarmısakları koyun. 2 saat kadar fırında pişirin, üstüne framboaz jölesini boca edin. Bacaklara saldırmadan önce 15 dakika soğumasını bekleyin.

YERADAM'DAN KULAĞA KÜPE: Yemekten arta kalanları konuklarınız istemeye utanabilirler. Düşünceli bir ev sahibi evinde mutlaka naylon torba ve aliminyum kağıt bulundurur, paket yapar verirsiniz konuklarınıza.
YERADAM'DAN 2. KÜPE: Bacakların sahibi Ayşe kadın değil de Avrupalı bir kadınsa, gözünüzün yağını yiyeyim fırına vermeden önce bir güzel ağdalayın. Hani şu varil şeklinde olup da üstünde çam ağacı resmi bulunan yapışkan madde. Küçükken evdeki kadınlar için özel yapılmış bir çeşit çam balı zannederdim ağdayı, neden bana vermiyorlar diye hayıflanırdım. Bir de kadınların bu balı niye banyoya girip yediklerine hiç akıl erdiremezdim. Neyse, unutmayın ev sahibini konuğun tabağındaki bir kıldan daha çok ne utandırabilir ki. Ha, bir de bacakların sahibi bir İskandinav ise gözünüzü üstünden ayırmayın. Özellikle Norveçliler çok çabuk yanıyor. İşin yoksa yoğurt sür kurtaracağım diye güzelim bacağı. İğreenç!

LİMONLU JENİFIR LOPET

8 Kişilik

Kabul ediyorum, ben iri kıyımlardan hoşlanıyorum. İnsan dediğin kapı gibi olmalı. Aşırı şişman kadınlardan hoşlandığımı mı söylüyorum? Sanmam. Şöyle dombalak mı dombalak bir kurbanı akşam yemeği için kovalamaktan bahsediyorum ben. 2 metre boyunda 150 kiloluk, löp löp et kurbanınızı gel seninle kumları sayalım, top oynayalım hatta, diyerek in cin top oynayan bir kumsala götürün. Koşma başlayınca ona yüz metre avans verin, o sadece sizin kovaladığınızı zannederken birkaç arkadaşınız da ava katılsın, bu kurbanınızın genlerinde ya da kolektif belleğindeki ve uzun süredir bastırılmış av anılarının canlanmasını sağlar. Sofraya konuk olarak çağırdığınız konuklardan bayanlar, av esnasında boş durmasınlar, çalı çırpı toplasınlar, derin bir çukur kazsınlar, sahilde o hoş buseleri aldığınız akşamüstü bir ateş yanacak ve tadına doyum olmaz bir lopet partisi unutulmaz hatıralarınız arasına katılacak. Niye mi Jenifır Lopet? Mutfağımızın mültimedya yönetmeni bu sıska yellozla başka türlü ilgileniyor, onun yemekten kasti başka bir şey. İğreenç, iğreeenç! TV'da bu kadının üstündekileri yavaş yavaş çıkarıp atışını izlerken o başka türlü yemek istiyordu kadını, ben başka türlü. "Lopet'im benim!" diye haykırınca "Neden olmasın?" diye oturdum bu tarifi yazdım. İyi de ettim.

Malzeme:

4-5 kilo kadar derrin dondurucudan hazır et
2 limon
5 acı mı acı biber
2 diş sarmısak
2 şişe soda
1 adet jenifır löpet (Gerçek bir löpet olmalı, 10 cm karelik bir alanda 2 kilodan az et olmamalı.Löpetinizi gel seninle sek sek oynayalım, diyerek ıssız bir sahile götürün...Ne? Anlattım mı? Kusura bakmayın, kendimi alamıyorum, yiycam seni jenifır,

yiycaam seni... gel burayaaa!")
1 elma (elmayı alma! Cennetten kovulursun der Cenifır, ama yamyamız biz cennet kimin umurunda Cenifır'la bir hayat varken)

Ateşi yakın. Geniş bir tencere içinde dolaktaki hazır etlerinizi limon, biber, sarmısak dişleri ve bir şişe soda ile iyice karıştırın, karıştırın, iyice kaynasın. Kaynadıktan sonra tencerenin altına daha fazla odun modun atmayın, az ateşte 20 dakika daha tıkırdamayı sürdürsün. Derin kaselere dökün.

Rosto dilimleri halinde kestiğiniz Cenifır'ı evire çevire pişirin, en az 15 dakika kızarmalı. Üstüne daha önce pişirdiğiniz limonlu yahninin üstüne yerleştirin.

Elma mı? Ha, o süs için. Jenifır'ın ağzına tıkın elmayı. Sofrada iştah açan bir görüntü olsun.

YERADAM'DAN KULAĞA KÜPE: Gerçek Löpet bulmak istiyorsanız biraz paraya kıyın ve Miami, Las Vegas, Atlantic City ya da Los Angeles'e gidin. Amerikalıların miskin tekkeleridir buraları ve löpeleri tadından yenmez. Obesite bir Amerikan laneti olabilir ama biz n'yam n'yamlar "olaya" böyle bakmıyoruz haliyle.

YERADAM'DAN 2. KÜPE: İkinci şişe sodayı atmayın fazla diye. Her şeyi anlatmam mı lazım? Jenifır Löpet'i yedikten sonra gaaaark etmeden olur mu? Böyle bir yemeği hazmetmek kolay mı? Yemekten sonra konuklarınızla Cenifır Gark Akapella yapın, accayip keyifli oluyor. Konuklar operadan arkadaşlarınızsa ya da müzisyen ise çok sesli ya da düet de yapabilirsiniz. Acapella olması şart diil.

SESSİZ KUZU FIRINDA

2 Kişilik

Kuzu diye neye denir? Bir yaşından küçük koyuna, di mi? Bir yamyam için yaşın hiç önemi yoktur. Biz, debelenip debelenip sonunda mücadeleyi bırakıp teslim olan kurbanların hepsine kuzu deriz. Fransız ordusu, İngiliz ordusu, ismi lazım değil futbol takımlarınız, her askeri darbeden sonra teslim arabeske edebiyatı yapan hazımsız eski devrimciler... devrimci dedim de ağzımın suyunu akıtan bir kuzu adayı var bugünlerde... bu adamı kuzulaştırmazsam bana da yamyam demesinler... Meksika'nın yeni komandante'sinden söz ediyorum. O maskeyi çıkaracak ve bir davette, ya da operada karşılaşacağız nasıl olsa. Asiler dağdan inip eve girdiler mi kuzuluğa kayıtlarını yaptırırlar. Yakındır, pek yakında soframa düşer o da. Bir tarif de onun için şimdiden yazayım.

Malzeme:
1 kuzu göğüs kafesi
2 çay kaşığı tereyağ
1 ince doğranmış orta boy soğan
1 diş sarmısak
2 dilim portakal

Tereyağını eritin ve soğanı sarmısak ve portakal dilimleriyle soteleyin. Kuzunuzu bu sosla terbiyeledikten sonra 300 derece fırında 30 dakika pişirin.

YERADAM'DAN KULAĞA KÜPE: Bu yemeği keyifli yapmak istiyorsanız sessiz olun. Çıt çıkmamalı. Sessiz kuzunuza saygıda kusur etmeyin. Hem ayrıca, çocuk uyuyor anacım. Acapella'nın sırası mı şimdi. Biz sana her yemekte acapella mı yap dedik, Cenifer manyağı!

ETEK BÜFTEK BALDIRAN
1 Kişilik

Gene mi Kadir, diyeceksiniz. Değil, meraklanmayın. Kadir saplantım falan yok. Bu yemeğe oturmadan önce genç ve güzel bir kadın davet edin evinize. Mesela, senfoni konserinde ikinci kemanlar arasında çalmadığı zamanlarda gözünü sizden ayıramayan sarışın olabilir. Ah Mahler, sen nelere kadirsin! Evinize gelip de sofranın sadece bir kişi için kurulmuş olduğunu görünce biraz şaşıracaktır, buna siz şaşırmayın. Yoksa ben şaşırırım.

Ama benim kadir kiymet bilir sevgili okurum, bir kadını kendi eteği ile boğuyor olmanız misoginist olduğunuzu göstermez ki. Kadın düşmanı niye olayım canım? Pekala soslu etek büftek havamda olamaz mıyım yani? Hem etek giyiyor diye kadın damgasını niye vurdunuz ki? Etek giyen erkek yok mu? İskoçların koç gibi erkekleri neci? *Cesuryürek*'te düşmana götlerini gösterenler kadın mıydı? Komserim Şekspir, Gertrude Stein, mezuniyet tez çalışmam George Eliot, bunlar da etek giymediler mi? (George Eliot'un da kadın olduğunu tez yazarken öğrenmiştim de pek utanmıştım. Hocam Oya Hanım, olur mu Yusuf, hiç bu George'dan kol böreği olur mu, demişti de, yer yarılsa da içine girsem olmuştum vallaa! O da manyak mıymış neymiş, madem adın George, ne diye kadın oldun?)

Malzeme:
1/2 kilo kadar baldır büfteği
2 çorba kaşığı tuzsuz tereyağ
1 çay kaşığı sarmısak
1 soğan
1 kase depodan et

Eteği kaldırın, çıkarın. N'apıyorsunuz mösyö? diyerek bağırmaya başlarsa eteği ağzına tıkayın. Etek altından, baldırın en ballı yerinden yarım kilo kadar büftek kesin. Büyük bir tavada tereyağı eritin, üstüne sarımsak ve soğan ekleyin. İyice kızarsınlar.

İkinci bir tavada, baldıran büfteğinizi soteleyin. Ev yapımı kuşbaşı etinizi de soğan-sarmısak sotenizle karıştırın, pişirin ve sonra da baldıran büfteğin üstüne boca edin.

YERADAM'DAN KULAĞA KÜPE: Harika bir ilk randevu yemeğidir. Ya da yemek randevusu. Yazlık yerlerde hep mayoyla dolaşıldığından bu yemek pek akla gelmez. Ama isterseniz tanga ile de yapın baldıranı ama tanga ile hatunu boğmak zor oluyor. Yanlardan hava alıyor kurban ve debelenme süresi uzun sürüyor. Herkes size bakıyor falan...amaaan! Uğraş dur işin yoksa.

YERADAM'DAN 2. KÜPE: Eteği çıkarmakta güçlük çekerseniz, hazırda bir yastık, ya da havlu bulundurun... Tülbent olmaz.

UFAK KABURGA TAVA

2 Kişilik

Orhan Pamuk'un Beyaz Kale'sine bayılıyorum. Ne zaman ufak kaburga havama girsem romanı baştan okurum. Herkesin Orhan Pamuk sevme sebebi farklı olabilir, benimki Cüce Recep'in kısa kaburgası.

Malzeme:
1 kilo kadar İtalyan usulü minik domates
4 diş sarmısak
1 çorba kaşığı maydaanoz, aman iyi... isterseniz bir avuç olsun
Soğan
Rosemary (Biberiye tabii ki, ama kız ismi gibi ya, daha çok hoşuma gidiyor. Sahi, insanın hoşu neresidir? Yenir mi? Lezzetli midir bari?)
Tarçın
1/2 kase sıvı yağ
1 bücürün göğüs kafesi
2 kase kırmızı şarap

Geniş bir kase içinde önce domates, sarmısak, maydanoz, soğan, tarçın ve biberiyeyi karıştırın. Orta boy bir tavada yağı kızdırın. Minik minik kaburgaları kızgın yağın içine atın. Coss! Ah sesini severim senin.

Sosu kaburgaların üzerine gezdirin. Şarabı için diye tavsiye ettim. Az önce 1 1/2 metrenin altında bir adamı öldürdünüz diye içiniz sızlıyorsa suçluluk duygunuzu gidermenizde şarap en iyisidir. Şahsen benim böyle bir meselem hiç olmadı, ama sizin olabilir diye söylüyorum.

YERADAM'DAN KULAĞA KÜPE: Sirkleri bunun için severim. Bir iki bızdık vatandaş bulunur show'da. Bir de bu yemeğin üstüne şey filmini izleyin... neydi hani bir cüce ile travesti dost oluyorlardı da beyoğlunda... ay neydi o filmin adı.

ÜZÜM SOSLU KEMİKLİ KAMBER
10 Kişilik

Bu tarif yamyam için felsefî bir soruyu da beraberinde getiriyor. Kamber Kenç kuş mudur, sebze mi? Sıradan sorulara verdiği yanıtlara bakacak olursanız Banu Kalkan ile aynı kategoriye koyabilirsiniz, meclisten tekerlemeleri, atasözlerini hitabet sanatının doruklarında okuyuşuna bakıp da hemen yanlış bir sonuca varabilirsiniz: Kamber Kenç, sebzedir ve ciğeri beş para etmez, diyebilirsiniz. Ama Darwin'e danışacak olursanız, ya da herhangi meşhur bir kuşbilimciye, göreceksiniz ki onda sebze özellikleri olduğu kadar kuş özellikleri de var. Dolayısıyla yenebilir. (1) Bir kere, kuş kadar beyni olduğundan yenebilir, (2) Götü sıkıştığında lafı bulandırıp kaçması da yenmesini gerektirir, (3) Dennis Bakkaya onu beğeniyormuş gibi yapıp gündemde kalmaya çalışıp da fiyatını artırırken, Kamber Bey kendi yansımasına hayran aynadan aynaya koşturur. Yenir yenir, kuştur, sebze değil.

Malzeme:
1 kemikli Kamber Kenç
3 ince kıyılmış ufak soğan
4 çorba kaşığı zeytin yağı
1/2 kase kuru üzüm
Tuz ve damak tadınıza göre biber
1/2 kilo evdeki stoktan tavuk eti

Orta ateşte kızmış zeytinyağı içinde kamberinden ayırdığınız kemikleri soğanlarla bir güzel soteleyin. Sonra diğer malzeme ve tavuk etiyle birlikte pişirmeye devam edin. İyice kızarsın. Şimdi de kamberi güzelce kızarana kadar soteleyin. Üstüne kuru üzüm sosundan da gezdirdiniz mi, üff!
Kambersiz düğün olmaz, unutmayın. (Bu espriyi bekliyordunuz biliyorum. Öyle her şeye gülmeyin, küçük diliniz görünüyor. Dil sote havama sokmayın beni durup dururken! Yerim sizin o pembe dilinizi!)

YERADAM'DAN KULAĞA KÜPE: Kamberi deliğinden nasıl mı çıkarırsınız. Atın bir olta. Hemen gelir. Oltanın adının Deniz olmazı gerekmez. Herif aynalı sazan. Her oltaya atlar.
ETOBUR'DAN 2. KÜPE: Bu yemeği yerken, Küçük Ev ve/ya da bir tane Brezilya dizisi izlemek harika oluyor. Tek sorun bu filmlerin yemek saatinize denk gelmiyor olması. Ne yani, fındık ya da kuş beyinliler prime time izleyicisi olamaz mı demek istiyorsunuz ha?

TARÇINLI MALKOÇOĞLU SALATASI
2 Kişilik

Daha ortaokuldaydım Malkoçoğlu'nun İntikamı'nı izlediğimde, içim kıpır kıpırdı medarı iftiharımız bu ali kıran baş kesenin serüvenlerini ağzımın suyu akaraktan izlerken; daha sonra Cesuryürek'i gördüm ve o mel mel bakan Braveheart denen hırsızın Cüneyt Tarçın'ı taklit edişine çok kızdım abi, zorla değil ya. Ama Malkoçoğlu'nu izlerken de kederlendiğimi anımsıyorum. Bu kadar gavur öldürüp de hiçbirinin tadına bakmamak olur mu? Cüneyt Tarçın'dan mülhem yemek tarifi fikri işte böyle geldi aklıma.

Malzeme:
1 yürek
2 avuç içi

Malzemeyi iyice yıkayın, buzlukta soğutup öylece servis yapın. O sırada isterseniz "Those were the days my friend, we thought they'd neeeever end..." söyleyin.

YERADAM'DAN KULAĞA KÜPE: Önce doooru banyoya, o elleri yıkamadan olmaaz! Kendi ellerinizi diiil! Yiyeceğiniz elleri ve avuçları. Yüreği yıkamayın, bütün tadı gider. Vitaminleri de akar, alyuvarları da. (Avuçlarımda hâlâ sıcaklığın var şarkısı burada olmaz, hayal gücünüz sıfır, yani içinde avuç geçiyor diye o şarkıyı mı söyleyelim şimdi. E, avuç havuçla da uyak yapıyor diye istersen bir de avucun yanında havuç da kıkırdat he! Manyak kazma!)

İMAM BAYILDI
2 Kişilik

Bir adet imam bulun. Hanibal'in yaptığı gibi mendilinize ya da peçeteye eter damlatıp imamı bayılttıktan sonra yiyin. Bekletmeyin ayılabilir.

YERADAM'DAN KULAĞA KÜPE: Unutmayın Müezzin uçuverdi, kanadın açıııı veeeerdi... diye türkü söylüyorsa absürd bir imamdır, yamyamdır. Onu geçin.
YERADAM'DAN 2. KÜPE: Atasözünü unutmayın. İmam osurursa, cemaat pıçar! E, bu durumda da sofranızın tadı kaçar. Osurtmadan bayıltın imamı.

ÇENGELKÖY HIYARI SALATASI
1 Kişilik

Parmakları Çengelköy hıyarı gibi minik minik ve yeşil olan birini bulun. Koparın o parmakları birer birer, adamı da öldürün abi. Sonra da bi güzel yiyin, özellikle baş parmaklarını.

YERADAM'DAN KULAĞA KÜPE: Bu yemekten sonra Toni Morrison'dan Sevgili adlı Nobel ödüllü romanı okuyun. Nefis gidiyor üstüne. Filmini de Kuzuların Sessizliği'nin yönetmeni çevirmiş. Kusma sahnelerini yemekten önce seyredin. Yemekten sonra birinin höğüre höğüre kusmasını izlemek iştah açmıyor. Yeşil yeşil bir sürü şey çıkıyor kızın ağzından, iğreenç, iğreenç. (Iğrenç olan kusmuk diil...yeşil!)

DİLİMLENMİŞ TOŞPİL
4 Kişilik

"İnsan kendini bazen toşpil gibi hisseder," atasözünü anımsarsınız. Ne demektir bu, gelin size bir test yapayım, bakalim biliyor musunuz?

1. Bir şekerleme firmasının sloganıdır.
2. Kavga sırasında hayatta kalabilmek için uydurduğum bir laftır.

3. Banu Alkan'ın intikam çığlığıdır.
4. Lezzetli bir yemek sonrası kurabiyedir.
5. Hepsi.

Kendinizi toşpil gibi hissediyorsanız, birkaç tane yiyin. İyi gelir. İki tür toşpil vardır. İlki kasıkların 15 santim kadar güneyinde bulunur. İkincisi de, hamamlarda peştamal altında bulunur. Nerede bulursanız bulun, önemli değil, dilimleyin ve servis yapın.

YERADAM'DAN KULAĞA KÜPE: Hamamda toşpil ararken dikkat edin, keseciler arasında müttiş bir dayanışma vardır, hem bizden de olabilirler. Toşpilinizi kollayın.

KARIŞIK TOŞPİL FIRINDA

Dünyanın önde gelen gıdacıları toşpilin besin değerini öve öve bitiremezler. Futbol hayranları oyun sırasında toşpil yemeden duramazlar. Fındık yiyoruz ayağına yatarlar, kestane yiyoruz derler, ama yoook, yemezleeer! Eve bedava ve tazesini getirebilecekken, bayatlamış fındığa, kestaneye bu kadar para saymak salaklık değil mi? Siz en iyisi mi stadyuma yakın bir yere park edin arabanızı, maç izlemeye gelenlerden taze toşpil topladıktan sonra eve naşlayın, doğru eve, fırın başına.

Bu yemeğin halk arasında "Patlıcan Fırında, Patlıcan Oturtma, Kodum mu Oturturum," gibi amiyane karşılıkları varmış. Bana yakışmaz böyle tarifler. Toşpil daha elit yamyamların kullandığı bir sözcük. Aaah pilli, toşpili pilli pilli, amaaan da pilliiii! en sevdiğim şarkılardandır.

YERADAM'DAN KULAĞA KÜPE: Futbol izlemeye gelenleri en kolay sosisli sandöviç yerken avlayabilirsiniz. Onlar sosisleriyle oyalanırken siz toşpilleri götürürsünüz.
YERADAM'DAN 2. KÜPE: Toşpilleri bekletmeyin. Hemen paketleyip yemeğe hazırlayın. Nar gibi toşpilin tadına doyum olmaz.
YERADAM'DAN 3. KÜPE: Yamyamlar arasında ırkçıya rastlayamazsınız. Bizim için bütün toşpiller tek renktir. Pembe. Karışık toşpil tavsiye etmemin sebebi bu.

OKURLARIMA ÖZEL NOT: Favori yemeklerinizin tariflerini bana yollayın anacım. Bir yamyam yaratıcı olur, yoktan yaratır yemeğini. Her yamyamın bir favorisi vardır.

yol yemekleri

yol üstüne

Bir insansever için yol hayat demektir. Çayır Köpekleri (Lawn Dogs) filminde Trent ile küçük kız nehrin kenarında Trent'in kamyoneti üstünde çılgınca bağırırlar: "Bu benim nehrim," diye. Huckleberry Finn ile Jim de Mississippi nehri üstünde yol almazlar mı? Helen, uğruna yola düşenler olmasa Menelaus'a geri götürülebilir miydi? İpek Yolu'ndan baharatı deyr-ül zafaran üzerinden yurdumuza da getiren gezginler boşuna mı getirdiler. İnsan insan içindir sevgili okurlarım. "Böyle buyurdu Yeradam," dersiniz ilerde ben iyi sıhhatte olsunlara karışınca. Nehir gibi deryalara akar bizim yolumuz da. Yol, insanın yaşam yolculuğudur, belleğidir. Yola düşmek, öyleyse, bir yamyamın yapabileceği en akıllıca iştir. Yol üstünde bizler buğday ambarına düşmüş tavuklara benzeriz. Bir yamyamın yanında her zaman bulunduğu yerin karayolu haritası, otobüs, tren, uçak tarifeleri ve gittiği yerlerin yerel, etnik yemeklerinin kılavuzu, pazarlarının kurulma günlerinin, festival ve yerel bayram zamanlarının dökümü bulunmalıdır.

Cennet mekan yurdumuz yerel ve etnik mutfağımız ile de pek ünlüdür. Yetmiş yedi milletten oluşma yurdumuzda bu Anadolu ne yemekler görmüştür. Ne yazık ki hepsini yemişiz.Yerimizin darlığı yüzünden yerel ve etnik yemeklerin hepsinin tarifini veremiyeceğiz burada. Türkiye mutfağının zenginliği kitaplara sığmaz. Ünlü yemek ansiklopedisi *Mey Dans La Russe*'a bile sığmaz.

Kabul edin, Amerikan mutfağı ülkemizi istila ettiğinden beri kimse *but similya fırında, kol böreği* falan yemez oldu. Mekli, nagıtlı yiyeceklerden sonra ancak *silli bamya* yapılabiliyor Türk büllüğünden. Bu da hepimizi canından bezdiriyor elbet. Bu yüzden Türk'ün similyasını güçlendirebilmesi için özellikle, bazı yerel yemeklerimiz ilâç gibidir, tavsiye olunur.

Çeşit çeşit insanın tadına bakmak şansını bizler ancak yollarda ve bir de her tür insanın kaynadığı metropollerde yakalarız. Yakalanmadan tabii ki. Bir yere sabitlenmek yamyamın harcı olmamalıdır. Yamyamın yaşam harcı yollardadır. İşte bu bölümde yol yemekleri konusunda kulağınıza küpeler ve yol üstünde tadına bakabileceğiniz yerel ya da etnik yiyeceklerin tariflerini bulacaksınız. Yemek belleğimizi yaşatmak için bu yola başvurmayı doğru buldum. Şimdi yerel yemeklerimizden bazılarının tarifini vereyim size de güçlenin azıcık.

Yolunuz açık, kısmetiniz bol, sofranız bereketli olsun. Hadi bakiim **Bon voyage!** Yerim ben sizi.

1. karayolu yemekleri

1.1. Karayollarında Izgara

Yurdumuzda karayollarında insan telef oluyor diye yaygara koparıyorlar, otoburlar n'olcak! Yeni bir yasa çıksa, cezalar artırılsa n'olcak? Her şey güllük gülistanlık mı olcak? tarihin hangi döneminde insan hayatı daha çok önemsenmiş ki. Türkiye'mizde de dünyanın her yerinde olduğu gibi, eşsiz ve ileri görüşlü büyüklerimiz sayesinde biz yamyamlar haklarımızı her zaman koruyoruz. Bu sayede yakında AYB'ye (Avrupa Yamyamlar Birliği) bile alınacağız. E-5 vb. karayollarında telef olan insanlardan ızgara yapıldığını duydum. Karayolu civarında piknik yapan bir sürü aile gördüm. Eve götürmeye bile gerek görmeyip yol kenarında kurdukları sofrada hallediyorlarmış ızgara ziyafetini.

Yasalarda herhangi bir değişiklik olsa **dahi** (geçen gün bu sözcüğü daaahi diye uzatarak telaffuz eden birinin *ağzını yedim!*) biz yamyamlar toşpilimizden aşşaaaa Kassımpaşşaaa. Yasaları, kuralları bütün incelikleriyle bilmek bizim için en önemli koşullardandır. Dünyayı kendimize göre döndürebilmek için gedikleri, yol ve yordamlarımızı ayarlayabilmek için; kısacası hayatta kalabilmek için...

Amerika'da ya da İngiltere'de bazı özel yamyam yerleşim merkezleri dışında araba kullanmak bir eziyet. Bir tek allahın kulu yola atlamıyor, herkes yaya geçitlerini, alt geçitleri kullanıyor, olacak şey değil. Neredeyse ölüyordum acımdan, ama Allahtan bir yamyam için sadece yol yemekleri değil aslolan.

Yol yemeklerinin heyecanı ve eğlencesi çoktur. Şükür yurduma döndüm de yurtdışındaki gibi jogging falan yapan birine "kazara" toslayıp, "Ay pardon! Ben doktorum, onu hemen bir özel hastaneye götüreyim," gibisinden yalanlara paydos.

Yapacağınız ilk şey, şöyle çift yönlü bir karayoluna bakan bir otelde oda tutun. Mesela Ankara-Istanbul karayolu üstündeki Bolu-Kertoğlu Tesisleri ideal bir yer. O ne kalabalık. En son geçişimde anonsçu karıyı yedim. Cılız bir şeydi ama oradan her geçişimde aynı tonötüm yanlışıyla "Kertoğlu Dinlenme Tesisleri iyi yolculuklar diler," derken İ'yi vurguluyordu, yani "Kötü yolculuklar dilemez" demek istiyor gibiydi. Ne yaptım? Gittim, tanıştırdım kendimi, Ben Dr. Hanibal Lefter, demedim tabii. Ben "Profesör Yeradam," dedim. "Buyurun hocam," der demez ben bunu sofraya buyurun şeklinde yorumlayıp karının ağzını *ham yaptım*. Ben hep bunu bilir, bunu söylerim. Biraz tembel yamyamlar, yani mutfakta saatlerce uğraşmaktan hoşlanmayanlar, aslımıza rücu edelim diye ayrı bir grup oluşturup *sinirimi tepeme çıkaranlar*, onlar bu yöntemi önerirler hep. Yamyam mutfağının zenginliklerini bir kenara itip, eti o anda, yerinde yemekten hoşlanırlar. Primitivist modernistler n'olcak! Ben de zaman zaman onlar gibi düşünmüyor değilim. Bu kızcaaz da çok tahrik ediciydi, Hanibal'in hemşirenin kulağını koparması gibi. E, karı da ikide birde gelip kapıyı dinliyordu heralda. Kaba saba, lüzumsuz, olmasa da olur insanları yemek için zaten fazlaca zaman ve emek harcamaya gerek yok. Onları *here and now* şeklinde tüketin efenim. Ama özel yemek yemek de hayatı güzelleştirir.

Salına salına, ağzı ayrık ayran budalası gibi gezen tipleri, vızır vızır hızlı trafik akan ve az ilerdeki üst geçidi kullanmayıp büyük bir fedakarlıkla midenize giden yolda karşıdan karşıya geçmeye çalışan insanları gözleyin. Donk. İşte pazar ızgaralığınız hazır.

YERADAM'DAN KULAĞA KÜPE: Unutmayın, diş bakımınızı ihmal etmemelisiniz! Sık sık fırçalayın dişlerinizi, diş ipi mutlaka kullanın, o inci beyazı dişlerinizi hep koruyun. Size en çok lazım olan onlardır. Diş macunlarının diş bakımı programlarını mutlaka uygulayın. Sakız çiğnemek de iyidir.

1.2. Otobüs Yemekleri

Dünya literatüründe Trafik ya da E-5 Yemekleri diye de anılır. Türkiye otobüs yemekleri cennetidir. Bu yüzden büyük bir olasılıkla Hanibal uçakla Türkiye'ye gelip yerleşecek. Tek elli mek elli, ama idare etcek artık. Türkiye'de belki sıkılır diye endişeleniyorum. Her kurban o kadar hazırlop kucağına gelecek ki, adam işin heyecanını özleyecek gibi geliyor bana.

İyi bir yamyam daha önce de söylediğim gibi biraz yaratıcı olur, bu hayat memat meselesi değil mi, simbiotiktir bizim varoluş düzeneğimiz. Farklı türlerle bir arada yaşamayı öğrenebiliriz ama aynı türden olanları öldürüp yemektir düsturumuz.

Düşünsenize yılda 40 bin kişi kara yollarımızda telef oluyor. Yazık değil mi? Niye telef olsunlar. Açın televizyonu, özellikle Reha Mıhtar TV kaza haberlerini özel salya efektleriyle veriyor. Atlayın gidin Konya yoluna kaza yerine. Yahut da Karayolları Daire Başkanlığı'nda kazaların en çok nerelerde olduğunu (buna *trafik debisi* de denir) gösteren haritalar vardır. Alın o haritayı, konuşlanın örneğin Konya yoluna, Bolu'ya... "Ben gidiyorum Bolu'ya düş peşime gel" diye yamyam arkadaşlarınızı da çağırın. Kaza mahalline vardığınızda mümkünse bir yardım kuruluşunun üniformasını giyin, ya da beyaz bir önlük: "Çekilin, ben doktorum, hemen acile yetiştireyim yaralıyı," deyin. Trafik yetkililerine yardım ediyormuş gibi yapın. Zaten memleketimizde kimin neci olduğu hiç önemli değil. Yaralılardan bazılarını kurtarıyormuş gibi yapıp oracıkta öldürenler vardır ya işte onlar kesinlikle yamyamdır. *Fight Club* filminde klüp üyeleri arttıkça nasıl tanıyorlardı dünyanın her yerinde kendilerini. Ağız burun darmadağındı ya öyle. (Aslında böyle bir klüp bizde de kurmak iyi olur, etin yumuşatılması için mutfakta harcadığınız zamandan, elektrikten tasarruf edersiniz.)

Yurdumuzda ambulansta sağlık görevlisi olmak yamyamların en sevdiği iştir. Düşünsenize, Ankara'daki bir yamyam arkadaşım anlatmıştı. Siyasal Bilgiler Fakültesi önünden karşıya geçmeye çalışan bir adama araba çarpıyor. İmdat telefonu geliyor arkadaşıma. Arkadaşım da koşturuyor kaza mahalline tabii ki. Adama araba çarpmış zaten, ekonomik kriz çarpmış, yaşlı bir emekliymiş, e bu adamcağızı kurtarmak gerek gelecekteki muhtemel değil Allahın emri başka çarpmalardan. Yapacağınız ilk iş, diyor arkadaşım, sedyenin kayışlarını gevşetmek. Gene sağolsun Reha abimiz gösterttiydi de kazazedenin arkadaşımın sofrasına nasıl gittiğini görmüştüm. Kayış gevşetince, sedyeyi kaldırdığınızda emekli olsun olmasın her tür zede donk diye yere bir kez daha çarpıyor. O zamana kadar ölmemişse, donktan sonra ölüyor. Can çekişiyorsa, acılarından kurtuluyor. Daha ne?

Ambulans işinde en fazla birkaç kez gevşetebilirsiniz kayışı. Sonra işinize son verirler muhtemelen. Torpil bulun, "Sedyeler eski ben n'apiim, SSK bunca trilyonları boş binalara yatırırken biz sağlık görevlilerini düşünmüyor Reha abi, bize haksızlık ediliyor," diye ortalığı birbirine katın, hem meşhur olur kaset falan yapar, hem de yediğiniz önünüzde, yemediğiniz arkanızda olur. Olursa eğer isim babanız olayım, adınız "Velvela!" olsun. Ama tutun ki atıldınız işten. O zaman da asansör tasarım şirketi kurun. Ya da ünlü asansör firmalarının Türkiye mümessili olun. Gerisini de ben anlatmıyayım. Bir yerinde yapacağınız teknik bir ayarlamayla 12. kata çıktığını zannettirebilirsiniz asansör yolcusuna. Ayna koymayın diyeceğim ama bu zorunlu. Asansör yolcuları bilmez ama o ayna "Asansör kattadır ve adımınızı içeri atabilirsiniz," demektir. Ama yolcu, özellikle besili bir paralı gün misafiri, ev sahibine "Hadi şekerim haftaya bende görüşürüz, bay baaay!" derken asansör gelmiş mi, kapı açılmış da ayna niye görünmüyormuş, onu mu düşünecek? İçinden de "Cadaloz, kaç kez söyledim dereotu sevmediğimi böreğin içine gene koymuş. Gelecek hafta ben de sana maydonoz yedireyim de jokerleri çaldığımı göremeyesin ağzın yüzün şişerken," derkeeen, adımını sofranıza giden boşluğa atacaktır. Ölmezse arkadaşınızın çalıştığı ambulans servisini çağırın. Asansör boşluğuna düşenlerin kurtarıldığını gördünüz mü hiç? Kurbanın kafasını asansör boşluğuna vura vura yukarı çıkarın ve kayışı gevşetilmiş sedyeye yerleştirirken asansör boşluğuna yolcuyu bir kez daha düşürün.

YERADAM'DAN KULAĞA KÜPE: Asansör boşluğuna adamı düşürürken, "Amaan!" diye bağırmayı, hemen ardından da yamyam olmadığından emin olduğunuz öteki görevliyi de "Dikkat etsene biraz," diye azarlamayı unutmayın. Reha abinin TV kameraları karşısında foyanız çıkmasın ortaya diye.

1.2.1. Özel Bistro Yemekleri

Pahalı otobüs şirketlerinin, özellikle İstanbul-İzmir, İzmir-Ankara, Ankara-İstanbul arasındaki business line dedikleri servislerin saatlerini bilin. Bu üçgenin onların şeytan üçgeni olduğunu anlamaları uzun sürecektir. Malum Türkiye tuhaf işlerin, biz yamyamların planlı programlı işlerinin "Kısmet, Allah böyle istedi, ölüm Allahın emri, taksirat" benzeri laflarla kadere bağlayıp yolcu yolunda gerek demeleri şarttır neredeyse. Gerçi bu genel bir insan özelliğidir, biliyorsunuz. İkarus mitinde de anlatıldığı üzere, güneşe ulaşmaya çalışırken, balmumundan kanatları eriyor ve Ege'ye düşüyor. Ama Breugel'in tablosunda da anlatıldığı üzere hayat devam ediyor. Evet yolcu yolunda gerek.

Pahalı otobüs şirketlerinde yağlı müşteriler olur diye öneriyorum ama bizde o para ne gezeeer, biz neredeyse yaya gideceğiz her yere demeyin hemen. Bu oturduğu yerden bir telefonla trilyonlar götüren bu iş adamları servislerinde yağlı, eti butu dolgun insanlar olur. Uçaktan korktukları ya da kefenin cebi olduğunu sandıkları için otobüsle seyahat ederler. Diyelim parayı buldunuz ve bu servise biniyorsunuz. İki katlı bu otobüslerin birinci katını genellikle bistro yapıyorlar, yani masalar var, yolculuğunuz boyunca yiyip içebiliyorsunuz. Otobüste sigara içme yasağını da nasıl deliyor bu servisler biliyor musunuz? Kaptan köşküne alıyorlar sigara içmek için can atan yolcuyu. Bu köşk yolculardan ayrı daracık bir mekan. Bu hemen hemen hepsi etobur olan yağlı müşterilerden sanıldığınız için, ya da servis elemanlarının size bir gün işlerinin düşebileceğini, ya da sizin kendinizi ayrıcalıklı hissettiğinizde götünüzün tavana vurduğunu bildiklerinden, ya da haarr neysa... kaptan köşküne alırlar sizi sırayla. O daracık mekanda yakışıklı ve semirgen bir bey oturur. Şimdi pop quiz zamanı.

SORU: Bir yamyam için lüks servislerde aşağıdakilerden hangisi olmak daha iyidir?
a. Yolcu
b. Şöfer (kaptan diyorlar ama onlar bal gibi şöfer)
c. Muavin
d. Bistro servis elemanı
e. Hepsi

Görüyorsunuz, benim pop quiz'imde "Hiçbiri" diye bir şık yok. Benim defterimde bu sözcük yer almaz anacım. Bu böyle biline. Elbetteki doğru yanıt "Hepsi" olacaktı. Şimdi a'dan d'ye seçenlere tek tek önerilerim olacak. Böylece e'yi seçenlere de kendiliğinden öneriler gelmiş olacak. Onlar şimdi anlatacaklarımı, ya da kulağınıza takacağım küpeleri biliyorlardır zaten.

1.2.1. a. Yolcu Yamyamlara Küpeler: Unutmayın, eğer yolcuysanız ve amacınız dostlarınıza bir ziyafet vermek ise, otobüse hep birlikte binin. Bence doğumgünü partinizi, mezuniyet kutlamanızı, ya da yamyamlıktaki bilmem kaçıncı yılınızı Bistro'da kutlayın. En az kırk kişinin yolculuk ettiği otobüsteki yolcuların 20-30 tanesi sizin partinizin davetlisi olabilir. Konuklarınız daha önceden onlara dağıtacağınız ankette "Bayan yanı istiyorum, erkek yanı istiyorum, çocuk yanı istiyorum," gibi tercih belirtebilirler. "Farketmez," diyenleri pek severim.

Cep telefonlarınızı kapatıp otobüse binin, siz hemen Bistro kısmında bir masa kapın, bir arkadaşınız da olsa iyi olur yanınızda. Konuklarınız da yolcuların arasında kaynak yapmış olmalı. Bir süre şarabınızdan yudumlayıp servis elemanlarıyla enseye tokat döte parnak bir samimiyet kurun ve onlar sizin etrafınızda pervane olmayı ayrıcalık sanmaya başlamışken çağırın sizi kesmeye çalışan görevliyi ve "Sigaram geldi Tunç," deyin. "Benim adım Tunç değil ki," derse "Ay ben senin adını da yerim," deyin. Kıkırdayacak, olmayan bıyığının altından gülümseyecek ve "Şimdi efeeem!" deyip kaptan köşküne seyirtecektir. İki saniye sonra, "Tamam efeeem, kaptan bey sizi bekliyor," diyecektir. Tunç'a teşekkür edip gidin yakışıklı kaptanın yanına oturun.

Kaptan köşkünde oturduğunuz süre içinde içki eşliğinde sohbetle gelen yakınlık sonucu *kaptanı kafalayın.* Dikkat yamyam terminolisinde yanlış anlamaya en müsait deyimlerdendir bu. Kaptanı tavlayın demiyorum. Onu emellerinize alet etmek üzere ikna edin de demek istemiyorum. Kaptanı haklayın demek bu. Yamyam çocukları konuşmaya başlar başlamaz öğrendikleri iki heceli sözcükler arasında ilk sıralarda yer alır "Ka-ka". Elbette bildiğimiz anlamına da kullanırlar, ama bu kaptanı kafalamak deyimimizin baş harfleridir de aynı zamanda. KK. "Adam olan çocuk bokundan belli olur," biz yamyamların buluşudur. Kaptanı beğendiyseniz ve öldürmeden önce Jenifır Lopet'e yaptığınız gibi başka türlü de bir yiyeyim öldürmeden önce diyorsanız, o zaman daha dikkatli olun. Kaptanın cinsel tercihi olmayabilirsiniz. Bu uyarım kadın ya da erkek bütün yamyamlaradır. Tecrübeyle sabittir. Öyle her kaptanın eti yenmez. Ama bu eyleme de biz KK2 deriz kısaca. Yani ne demek, *kaptanı kolilemek*. Kısaltma kullanmak bizim hayatımızda şarttır. Zamanı iyi kullanmak bir yamyamın daha çocukken öğrenmesi gerekir bugünün düzeninde. Amerika Birleşik Devletleri'nin ilk metal parasının üzerinde ne yazıyormuş, biliyor musunuz? *Il fugio*. Yani *time flies*. Yani *vakit nakittir*.

ABD yamyamlar cennetidir. *Çünkü neden?* Gerard Depardieu'lü *1492* filminde de gördünüz birçok kitapta, belgede okudunuz gördünüz, Amerika'nın kuruluşunda yamyamlar yerlileri yamyam zannedip ham yaptılar. *Çünkü bu yüzden.* (Karnım acıkınca, anlattıkça da ağzım sulanınca dilim bozulur. Allerji gibi bir şey bu, birazdan geçer) Adamlar işi biliyor. Her şeyi daha hızlı yapıyorlar, daha hızlı da yiyorlar ve nasıl da semiriyorlar. En güzel etler, en güzel yağlar hep onlarda. Bu yüzden biz yamyamların ziyaret etmesi gereken ilk yer Amerika.

İngilizcedeki *Party Time* terimini de biz yamyamlar bulduk. Anlamı, hadi bistroda parti verelim dostlar. Kendi aramızda kısaca Pii-tii (PT) deriz biz...

Duydum valla duydum dediğinizi. Peki ya (iii-tii'yi yani kısaltmasıyla ET'yi de siz mi buldunuz? E, aynalı sazan okurum benim, elbette mi diyeyim. Açıklama mı yapayım. O film biz yamyamların en sevdiği filmdir. Çünkü *ET* sözcüğü kafalara iyice yerleşti. Ayrıca, beyni biraz bacak arasına doğru meyletmiş yamyam arkadaşlarım öteki ET filmini, şu pornomsu olanı daha çok seviyorlar ama bana göre biz yamyamların toplum dışına itilmişliklerini en iyi vurgulayan, bizlerin ayrıksı tipler olduklarımızı anlayabilecek... ne biliim birkaç psikoterapist, belki bir iki meczup... Ay, meczup dedim de aklıma geldi, geçenlerde Ankara Abdi İpekçi parkından geçiyorum gece vakti, baktım yerde kanlar içinde bir meczup. Ya başka bir yamyam işini yarım koyup kaçmak zorunda kalmış, ya kendi kendine ağaca toslamış, sarhoş dedim, eğildim yardım etmek istiyormuş gibi. İki adım ötede de park bekçisi bankta horluyor. Zavallı meczubun elinden tuttum, hiç kokmuyordu niyeyse. Başladım sağ elinden başlayarak çıtır çıtır iştahımı açmaya. Kendine geldi. Canım yaaa, hiç *panik* falan *yapmadı* yanii, çok *harika* bir meczuptu, *şok* bile *olmadı*. Henüz yemeye başlamadığım öteki eliyle saçımı okşamaz mı? Ah canım, canım yaaa! Bedenine bile yabancılaşmış buu, diye düşündüm, bırakayım garibi, Hanibal gibi tek elle idare etsin dedim, ama ben yamyamım abi, katıksız bir hümanistim ve kendime ihanet edemem. Ah ulan meczup, ben sana türbe yaptırmaz mıyım? Yaa, meczuplar gibisi yok. Ekonomik durum, deprem meprem derken, felaket felaket üstüne... n'oluyor? Bizi anlayan ayrıksıların, kafayı üşütenlerin sayısı artıyor.

YERADAM'DAN KULAĞA KÜPE: Bu arada hemen belirteyim, kafayı üşütenlerin beyin salatasını yapmadan önce Os frontale'den -yani beynin alın kısmından, ya da burun deliklerinden yukarı sinüslere doğru iki şiş sokun önce. Beynin havalanması üşüten kafanın tabağınızda sulanmasını önleyecektir.

Evet, ne diyordum... sinemada otobur manyaklara karşı bir sıfır öndeyiz böylece. Onlar da boş durmuyorlar biliyorsunuz, Kızarmış Yeşil Domatesler gibi birçok film yaptılar, ama hiçbiri ET kadar sükse yapmadı. Hem Kızarmış Yeşil Domatesler filmini izleyenler bilirler, bir Museviler bir de biz iyi sızarız aleyhimize çalışma yapılan yerlerde işleri lehimize çevirmek için. Filmin adına bakıp otoburlar için bir film diye koştura koştura gittiyseniz hayal kırıklığı ile çıkmışsınızdır filmden. Filmin senaristi bizdendi, otobur sandılar. Son anda kazanda kaynatılan kötü adamı kadınlar afiyetle yediler, hatırlarsanız. O film, otoburların yatırımlarıyla bizim için yapılmış bir klasiktir.

Çenem düştü biliyorum, ama seyahat etmeyi çok severim ve bu konu açıldı mı, en sevdiğim yemek, kol böreği gelir aklıma. Onu da bir sonraki bölümde anlatacağım, tasalanmayın. Kitabın sonuna geldik hâlâ kapaktaki ikinci yemek gelmedi diye surat asmaya başladıysanız diye söylüyorum.

Evet, kaptanı tercihe göre koliledikten, hemen ardından da kafaladıktan sonra kaza yapmamak için onu kenara itip direksiyona siz geçin. Genellikle akşamüzeri yola çıkan bu servislerde güneşin batmış olmasına, aysız bir gece olmasına da dikkat ederekten bindiğiniz otobüsü zifiri karanlıkta tarla, dağ, bayır farketmez, ıssız bir yere çekin. ("Dağla bayır seniin olsun, büyük yelken banaa kalsın diye tersinlemeli bir şarkı da söyleyebilirsiniz!") Arabanın yoldan çıkıp ara yollardan ormanlık bir yere gittiğini fark eden uyanık yolcuları kafalamak da partinize çağırdığınız konukların görevidir. Söyleyin elleri armut toplamasın. Yemek kitaplarımızdaki ***Orman Kebap, Kaptan Şiş, Monşonlu Kaptan Karamel*** zamanıdır. "Monşon da neyin nesi?" diye soracak olursanız... bilmem. Ben bu son yemeği hiç yemedim. Güzel diyorlar. Kaptanın bir yeri olabilir, sanırsam. Fakat iyi bir yamyam, yamyam yemek kitabındaki her yemeği tatmadan hakkın rahmetine kavuşmamalıdır. Zamanınızı iyi kullanmalıdır. Yamyam yemek kitabındaki her şeyi denedim, hepsini yedim diyorsanız, o zaman yaratıcı etkinlikler klübümüzün üyesi olun ve yeni bir yemek de siz geliştirin. Benim hayal gücüm zayıftır demeyin. Çarpmıyım valla. Milyarlarca insan var, yeni bir yemek türü geliştirme sıkıntısı çekilir mi hiç? Kim yetiştirdi sizi, otobur manyaklar mı? Uçağınız otoburlarla dolu bir adaya mı düştü de beyninizi mi yıkadılar orada, ya da siz beyninizi mi yediniz he?. Öyle bile olsa, derhal bir ruh hekimine görünün, yamyamlıkta yüksek lisans programlarına falan katılın, doktora yapın ne biliim ben anacım. İyi bir yamyamın beyni yıkanmaz anacım, iyi bir yamyam olsanız o adadaki bütün otoburları etobura dönüştürürsünüz. Siz onların beynini yıkarsınız. Beyinleri yıkar yıkar ziyafet çekersiniz kendinize. Alet edevat yok diye tasalanmayın. Bizim kitabımızda insanı çiğ yemek de caizdir.

Orman partiniz keyifli sofranız bereketli, yemeğiniz de afiyet olsun.

YERADAM'DAN KULAĞA KÜPE: Sizinle birlikte aynı adaya düşen otoburların hepsini yemeden ateş mateş yakmayın. Geçen gemi ya da uçak, helikopter benzeri şeylere el mel sallamayın. Bitirin hepsini, ondan sonra çağırırsınız. Bir yamyam ancak çaresiz kalınca yardım ister. Hanibal pirimiz n'aptı? Kendi elini kesti. Neden? Onun gibi yüce bir yamyamı anlamak zordur. Birçok ağzımıza layık şabalak "Ayy, kadına kıyamadı, ona aşık da ondan," falan dedi, hiç sanmam, hatta imkansız. Biz onun türbesini yaptırır mıyız öyle olsa, daha yaşarken her yere heykellerini diker miyiz... Amerika'da özellikle. Aslı astarı yok anacım. Biz yamyamlar aşık olamayız. Hanibal'im derrin dondurucum, çok iyi bilir üçüncü bölüm çekilirken sette kaç kişiyi götürecektir. Bu kadının bu yüzden onu yakalamak için koşturmayı sürdürmesi gerekiyor herhalde. Hem hangi elini kesti? Sol. Sağ elini bir sonraki bölümde sık sık kullanacaktır gene. Filmin sonunda kol sarılıydı dikkat ettiniz mi? Çocuğa beyin verdi, öteki polisin beyninden yanında götürdüğü kısmı, ama dikkat ettiniz mi tepside bir sandviç vardı. Kesin Vezir Parmağı -ah onun parmaklarından Vezir değil, Padişah Parmağı olur—yapmıştır ve kendi parmaklarını yiyecektir uçakta. Aaa, uçaktaydı değil mi? Üçüncü bölümde uçak düşecek abi, ben size söyliyeyim, hostesi yerken, ya da pilotu... uçağı bir göle, ormana indirir. YERADAM demişti dersiniz, kahinlik var bende, bebekken okumuş üflemişler beni, ha şuraya yazıyorum, Hanibal'im amiralim o uçakta Kol Böreği malzemesi görmediyse ben de otobur oliim. Kuzuların Sessizliği'nin sonunda neredeydi sanıyorsunuz? Gene Afrika'da bir yerdeydi. Fildişi Sahilleri gibi bir yerdi... gözüm bir yerden ısırdı o sokağı. Bir iki kol böreği götürdüydüm ben de oralarda, epey oldu ama hayal meyal de olsa hatırlıyorum.
YERADAM'DAN 2. KÜPE: Hâlâ ehliyet almadınız mı? Aman acele edin. Doğum gününüzde yolcu olarak bistroda parti vermek istemez mi insan?

YERADAM'DAN 3. KÜPE: Ucuz otobüslerde de besili tipler olabilir. Genellikle karbonhidrat ve otla beslendikleri için etleri pek lezzetli olmaz, yağları da damağınıza yapışır kalır, ama aklınızda olsun, insan eti insan etidir, yamyamsın sen, yamyam kal, bulmuşken bunamayın, otobüsün özellikle en arka sırasından alın yerinizi, beş altı kişinin yanyana oturduğu yerden. Bazen orayı satmazlar, muavin yanınıza gelir uzanır ve uyur. Başını size doğru koyar, ayaklarını da pencereye dayarsa, delikanlı uyur uyumaz boynuna -önden ya da arkadan farketmez—usta işi bir darbe indirin, boyun kemiğini kırın. Sonra boyun ve baş kaslarından iki omuzdan başa doğru yürüyen en büyüklerini hart diye koparın. Çocukcağızın gıkı bile çıkmayacaktır. Gece zaten kim duyacaktır. Herkes osura osura uyumaktadır zaten. (Bazen tersi daha doğru gibi geliyor: Uyuya uyuya osuruyorlar yani.) Şöfer bile uyuyor olabilir. Birazdan beklenmedik bir ziyafet çekebilirsiniz kendinize. Haer neysa... Çocuk görgüden nasibini almamış cinsinden ise ve ayaklarını size doğru uzatmışsa, üstüne battaniye örtüyormuş ayağına yatın ve gene kafalayın herifi. Battaniyenin altından çıkan ayaklarından başlayın. Buna ayağa yatmak denir dilimizde. (Çorapları çıkarmayı unutacak kadar gözünüz dönmüş olamaz! Bir de lütfen parmak aralarını iyi kontrol edin. Yanınızda taşıdığınız minik feneri parmak aralarına tutun, bakın mantar falan olmasın. Onun ayak mantarlarının sizin damağınıza sıçradığını ve uzun süre tedavi gördüğünüzü bir düşünün, hastalığın ilerleyip dişlerinizi döktüğünü falan, allah göstermesin... ne yaparsınız dişsiz! Bir yamyam her şeyden önce diş ve ağız bakımını gözetmelidir. Bu ayak barnakları arasındaki mantardan sote de olmaz.) Ayak parmaklarından yukarıya doğru yemeyi sürdürün. Eve götürmeniz şart değil. Karnınız doyunca bir yerde durun. Otobüs kaza yapmazsa tabii. Yaparsa da daha iyi, hem yediğiniz adam kazada gitti süsü verebilirsiniz, hem de yardım ediyormuş gibi yapıp bir kazazedeyi mutfağınıza atarsınız.

1.2.1. b. Yamyam Şöferlere Küpeler: Yineliyor olabilirim ama iyi bir yamyam her tür motorlu aracı kullanabilmelidir, ancak Cambridge gibi yerlerde bisiklet kullanmak işe yarar. Oranın entel İngilizleri motorlu araç yerine bisiklete biniyorlar da ondan. Uzun yollarda edindiğim yamyamlık deneyimlerime güvenin siz ve kulağınızı iyi açın. Türkiye'de şöferseniz, hiç ama hiç aç kalmazsınız. Hele bir de kamyon, TIR kamyonu ve otobüs ve de özellikle İstanbul'da minibüs şöferiyseniz hiç tasalanmayın, basın gaza abi. Yemek birazdan çıkacaktır önünüze. Ya da aracınızın içindedir, yemeğinizi istediğiniz yere götürüp yiyebilirsiniz. Yamyamlardan şöfer olmayı beceremeyenler de genellikle taksiye binerler. Taksi şöferlerini yerler. Hırsızlık süsü vermek için de üstlerindeki parayı alır, sonra karşılarına ilk çıkan mendilci çocuğa verirler ama işin bu kısmını kimse bilmez. Biz paraya hiç önem vermeyiz.

Lafı gene dağıtmayayım. Meslek olarak şöferliği seçtiyseniz şunu unutmayın ki yaptığınız kazaların süs kısmını da öğrenin. Yamyam özel sürücü kurslarımız vardır. O kurslarda yamyam şöferlere yaptıkları kazaları süsleme sanatı da öğretilir. İkebana gibi. Yapıyorsunuz bir kaza, birazdan polis gelecek diye acele etmeyin, süsleyin sofranızı da öyle yiyin yemeğinizi. Bi kere her şöferin elinin altında bu yemek kitabı bulunmalı. Kaza mahalline görevliler gelene kadar akşam olur, siz alasından bir yamyam sofrası—çilingir sofrası halt etmiş yanında—kurar, üstüne de aslan sütünüzü bilem içersiniz. Hiç telaşa kapılmayın.

YERADAM'DAN KULAĞA KÜPE: Hem şöfer, hem de yamyamsanız, özellikle "Party Time boys!" diye dolananlara dikkat edin. Kaptanı kafalamaya gelenlere yamyam olduğunuzu belli edin ki sadece kolilesinler sizi.
YERADAM'DAN 2. KÜPE: Bolu Kertoğlu tesislerinde verdiğiniz molayı biraz uzun tutun. Herkes inmeyecektir, özellikle gece yolculuklarında otobüs içinde uyumayı tercih eden yolcularınız olacaktır. Kertoğlu tesislerinin mutfağında bu yolculardan bir ikisiyle tüm şöferlere, muavinlere ziyafet çekebilirsiniz. Mola bitince de, yolcu gelmedi, herhalde burda indi, zaten eşyalarını da almış, deyin. Diğer yolcular işkillenmesin. "Gitti gider, döner mi bilmem!" diye de bir şarkı tutturun.

1.2.1. c. Yamyam Muavinlere Küpeler: Yamyamsınız ve de otobüs şirketlerinde muavin olarak çalışıyorsanız, kaptanın da yamyam olması hayatınızı kolaylaştıracaktır. İşte o zaman, hayat bayram olur. Gece yolculuklarına pek talip çıkmaz muavinler arasından, siz hemen atlayın, ben sadece gece servisleri isterim diye. Sadece geceleri yolculuk isteyen bir kaptan bulursanız bilin ki o da yamyamdır.

Yamyam muavinin yapmaması gereken tek şey yolcularla fazla samimi olmaktır. Çünkü fazla samimiyetten maraz doğar. Yüz ver kediye gelsin etsin halıya anacım. Yamyamsın unutma, kolicibaşı değil. Her yağlı yolcuya elini ver, kolunu kurtaramazsın, olmaz anacım.

YERADAM'DAN KULAĞA KÜPE: İnsanın kendi kokusu kendine gelmez. Yolcular siz yanlarından geçerken burunlarını tutuyorlarsa hemen koltuk altlarınızı silin, iç çamaşırlarınızı değişin aşağıda ya da ilk durakta. Burnunu tutan yolcuyu Kertoğlu tesislerinde kaptanla birlikte mideye indirirken sofra adabına uygun temizlikte olmak lazım. Yemek ciddi bir iştir. İlerde kaptan olabilmeniz için de giyim, kuşam, temizlik kurallarına uymanız gerekir. Sofrada iştah kaçırıcı bir koku her şeyi berbat eder. Sofraya tertemiz ve mis gibi oturun, ellerinizi de yıkamayı unutmayın. Bir de lütfen sofradayken dişlerinizi karıştırmayın. Bak yahu, bir eliyle de ağzını kapatıyor... ben bilmiyor muyum o kürdanı kanırta kanırta dişlerinin arasına sokuşturduğunu, herifin birkaç siniri kaplamanla dolgun arasına sıkıştı belli, tahmin edemez miyim, gözlerimin önüne getiremez miyim sanıyorsun ha! Iğrençsin, iğreeeenç!

YERADAM'DAN 2. KÜPE: Yolcular sizin cep telefon numaranızı isterse "Ben sizi arayayım," deyin. Onların sizi yemekteyken aramalarını istemezsiniz herhalde. Ama siz onları istediğiniz zaman arayıp yemeye çağırabilirsiniz. Size uygun olan zaman emin olun ki onlara da uygun olacaktır. Dişlerinizi fırçalayıp da gidin. Evde başkası olmadığından emin olun. Içeri girer girmez sizin mis kokulu ağzınızda Fransız öpücüğü antrenmanları yapmak üzere ağzınıza daldığında karşılık verin ve Fransız usulü uygulayarak dilini hürülüp diye götürün. (Biliyorsunuz, dili de fırçalamış olması yemeğin tadını artırır, dolayısıyla yemeğinizle tanıştığınız yolculukta sohbet konusunun ağız ve yemeğinizi daha lezzetli kılan diğer sağlık önlemleri olmasına özen gösterin. Lafı değiştirmek isterse yolcu, siz dönün dolaşın dil, damak, diş bakımına getirin, sigara içmeyenleri tercih ettiğinizi, sigara içenleri öperken kül tablası yalıyormuş gibi olduğunuzdan söz edin. Sizi kolilemeyi aklına koyduysa sigara içmeyi bırakacaktır. Hayırlı bir iş yapmış olursunuz. Neyse, kurbanınızın dilini höpürdettikten ve onu kafaladıktan sonra tabahat yeteneklerinize göre sofranızı kurun. Bazen iki muavin birden gelin kurbanın evine, iki kişi beklemiyorsa biriniz dışarda bekleyin, kurban kafalandıktan sonra girsin içeri. Ne de olsa tabahat bir sanat, yemek ise bir ritüeldir. Karşılıklı kadeh kaldıracağınız biri olmalı.

1.2.1. d. Yamyam Servis Elemanlarına Küpeler: Kaptanla, muavinle danışıklı dönüşüklü çalışıyorsanız, işiniz daha kolay olur, bunu yinelemekte fayda görüyorum, ama özellikle Bistro servis elemanıysanız, yolcularla muavinlerin tersine son derece yakın olun ki bol bol içsinler, sızsınlar, hatta onları sigara içirmek üzere kaptan köşküne de götürebilirsiniz. Bu kez kaptanı kafalamak yerine, yolcuyu kafalarsınız. Siz de dikkat edin ki yolcular arasında yamyam kardeşleriniz olmasın. Ava giden avlanır, aman diim. Tarihimizdeki bu tür olayları esefle karşılıyorum. Savaşta insanların kendi gemilerinin bacalarından içeri bomba atmaları gibi bir yanlış bu. Siz de yolculuk sırasında yeterince karın doyurduysanız, sarhoş yolculardan bazılarının telefon numaralarını alıp sonradan şeker, kurban bayramı ziyaretlerine gidebilirsiniz.

BİR KARAYOLU YEMEĞİ KLASİĞİ: KARIŞIK SUSURLUK İSKENDER

Yağlı güreşleriyle de tanıdığımız Susurluk karayolunda tarihe geçmiş bir kazada Mersedes'ten çıkanlardan mülhem yemeğimdir. Benzeri görülmemiş bir yol yemeğidir.
Susurluk yakınlarında olmanız şart değil. O meşhur kazadan esinlendik dedikse de gidin oraya konuşlanın demedik. Ama Mercedes şart olabilir. Bunun için de Pilkent benzeri özel müesselerin Hızarcılar aile fertleri, Tansue Chilla, Cahit Çağla, Tonton Tantan, Sülüman Bababut ve yeğenleri vb. İskender meraklısı yollara düşecektir. Onlar bir gün mutlaka bir Mercedes içinde elinize düşeceklerdir. Sabırla bekleyin. Kırk yılda bir gerçekleşmesi yemeğin pahalı ve özel olmasını sağlar. Mahmutpaşa dolarcıları gibi elini sallasan ellisine çarpar.

Kaza olmasını bekleyemezseniz, bu çok özel yemeği bir gün yiyeceğinizi bilerek önemli bir devlet büyüğünün yanına müsteşar falan olun. Yıllarca planınızı çaktırmadan uygulayın, ta ki o özel insanlar aynı Mercedes'e binsinler. Tansue'nun kartlaştığını düşünüyorsanız, bir artiz kızı, Denis Hakkaya'yı atıverin arabaya. Kaza olması ritüelin bir parçası, yoksa arabada boğma, buğulama falan da yapabilirsiniz ama bu Susurluk anısına düzenlediğiniz ve belki de sevgilinize aşkınızı kanıtlayabilmenin en güzel yoldur. Unutmayın, John Updike'ın karısını yemeyi tahayyül ederken yazdığı *Wife-Wooing* öyküsünün sonunda da dediği gibi "Verilmesi beklenen armağan vermeye değmez," ya da bir başka deyişle, en güzel armağan gizlice verilendir. Düşünsenize bir Hanibal Türkiye'ye geliyorsa FBI ajanı sevgilisine kesinlikle bu yemeği sunmak üzere geliyordur. Bir yamyamın idealidir, *once in a lifetime* yenebilecek bir yemektir de ondan. Hanibal bunu bilir. Biz de memleketimizin böylesine nadide yemekler konusundaki zenginliğini yabana atmayalım. Avrupa Birliği'ne katılmamız ya da turizmde üst sıralara yükselebilmemiz böylesine vatanımıza özgü yerel yemekleri bütün dünyaya tanıtmalıyız.

Neyse, kaza oldu. Kaza olur, tıpkı *shit happens* gibi. Kurbanlarınız yağlı güreşlerde olduğu gibi al takke ver külah olmuşlar. Zaten aliminyum kağıtta pişmiş tavuk gibi olmuşlardır, arabaya polisten önce yaklaşırken şu pehlivan tekerlemesini söyleyin: **Alta gelirsen apış, üste gelirsen yapış.** Bunun anlamı şudur, hepiniz bu Mercedes'e binerken neler hayal ettiniz amma evdeki hesap çarşıya uymadı ve *tufaya geldiniz.* Üstteki Mercedes'in tavanına yapışıp kızarmıştır, alttakinin apışmış gözlerinden nefis bir tatlı yaparsınız. Bu nasıl olur, ama, ama...der gibi bakan gözleri ham yapmak gibisi var mı ya? Hem de o gözlerin yıllardan beri böyle bir anı yaşaması için uğraştıysanız, verdiğiniz emeğin meyvelerini devşiriyorsanız...

Onlardan en sevdiğiniz bütün iştah açıcılar, ara sıcaklar, ana yemekler, tatlılar yapar, sevgilinizi çağırırsınız. Mercedes'in plakasını da masanın ortasına koymayı unutmayın ki sevgiliniz inansın size. Bu yemekten sonra, bir başka yamyamın sevgilinizi götürmesi olanaksızdır.

Bu yemeğin üstüne yapılabilecek en güzel şey, gece saat 9'da ışıkları söndürüp sevgilinizi kolilemek, ya da el ele "Susma, sustukça sıra sana gelecek," mitingine katılmaktır. Tok karnına katılacağınız bu miting Susurluk Usulü İskender ritüelinizi tamamlayacaktır. Artık ölseniz gözünüz açık gitmezsiniz.

2. tren yemekleri

Ah o Mavi Tren'de yediğim yemekler. Yolculuk hem daha güvenlidir, hem de yemek çeşidi boldur. Başkent Ekspresi, Anadolu Ekspresi, Fatih Ekspresi vb. trenler en iyisidir. Uzun yol olsun, gece olsun... hatta kış olsun.

Kışın çünkü kar yolları kapar ve tren bir yerlerde saatlerce bekler. İşte o duraklama anı sizin ziyafetiniz için biçilmiş kaftandır. Başkent Ekspresi bildiğim kadarıyla gündüz gidiyor, ama tren tuvaletleri kurbanınızın tadına bakacağınız ideal yerlerdir. Ben bir keresinde tren tuvaletinde önce kolilediğim bir kurbanımı (ki tuvalete gelmeye ikna ancak kolileneceklerini bilirlerse geliyorlar) yedikten sonra temizlik faslını uzun tutmuşum, görevlinin biri kapıya dikildi, ne yapıyorsunuz orada diye tutturdu. Ben de içerden kimliğimi söyledim de öylece çekildi kapımdan herif.

Anadolu Ekspresi çingene vapuru gibidir. Her yerde durur ve çok sık yolcu değiştirir. Burnu kokuya ve gürültüye hassas olmayan yamyamlara önerilir. Yoksa burnunuz düşer alimallah. En uzun yolculuk bu olduğu için birkaç öğün rahat rahat yersiniz.

Doğu hattında çalışan Kurtalan Ekspresi'ni de pek methediyorlar. Bu yaz kısmetse doğu illerimizin yerel yemeklerinin tadına bakmayı deneyeceğim.

Tren yolculuklarında dikkat edin, Eskişehir'de haşhaşlı ekmek ve ayran satan adam hep değişir. Neden diye hiç düşündünüz mü? Ben haşhaşlı ekmek, ayran satan adamları pek severim. Yerim onları ben. Sabahın köründe karga bokunu yemeden uyanıyorsunuz Eskişehir'de herifin ciyak ciyak bağırışına. O haşhaşlı çöreğini yemezseniz, ayranından da içmezseniz gözünüz arkada kalacakmış gibi bağırırlar kafirler. Dayanamıyorum, büyülenmiş gibi iniyorum trenden, adamın haşhaşlı çöreğini yiyor, ayranı içiyorum. Eskişehir tren istasyonunun tuvaleti de bayağı geniştir. Ama insan her gün baklava yese bıkar, di mi? Çörek ve ayrandan da gına geldi bir süre sonra, ben biraz maymun iştahlıyım galiba. Hem, Eskişehir istasyonunun bu geleneğinin dibine darı ekmek üzere olduğumu farkettim. Bir süre çörekçileri rahat bırakacağım ki geleneklerimiz devam etsin. Bu sıralar Bistro gözdem.

Gene de, kesenize en uygunu tren yemekleri ise, ara istasyonlarda inecek gibi yiyin kurbanınızı. Yani diyelim Eskişehir'de inin. Karşı istikamete giden trene binin.Bostancı'da inin bir banliyö treninde için Kanlı Nigar'ınızı. Yemeğin her evresini de tek trende halletmeniz gerekmez. Tren mi yok bu memlekette.

Restoran vagonlarında dikkatli olun. Karşı masada oturan

kurbanınızı kesmeye başlayın. Sizi gözüne kestiren garsona dikkat edin; o da sizi götürmek istiyor olabilir. Gözlerinizi o kadar devirmeyin, devingen gözleridir bir yamyamı hemen ele veren. Kurbanınıza "Seni koliliicem," sinyalleri gönderin. Sonra da tuvalete gidiyormuş gibi yapın, kurbanın yanından geçerken kaşınızla (dikkat kafanızla değil, garson anlar) tuvaleti işaret edin. Arkanızdan seyirtip gelecektir. Bir kısmını tuzlayın da kokmasın. (Bu taktik uçak yolculukları için de geçerlidir, özellikle okyanus üstündeyken kimin kiminle tuvalete girdiğine kimse bakmıyor. Ama otobüs yolcularına tavsiye etmem çünkü Bistro çok küçük bir mekan ve bir başka yolcu ile ya da servis elemanıyla tuvalete girerseniz salaksınız demektir. Yakayı hemen verirsiniz ele. Tutun kendinizi biraz. Her şeyin yeri ve zamanı var.)

3. uçak yemekleri

Evet, uçakla seyahat eden yamyamlar çok dikkat etmelidir. Otobüs ve tren deneyimlerini aynen burada da uygulamaya kalkarlarsa yakayı ele verirler. Kaptanı kafalayacaksanız ve uçağı da uygarlıktan uzak bir yere indirecekseniz, araba ehliyetinden başka şeylerinizin de olması gerektiğini unutmayın. Paraşütle atlamaktan da anlamanız gerek.

Uçakta başka yamyam yoksa, uçağı dağa indirirseniz birkaç gün açlıktan sonra yamyam sayısı artacaktır. Sonradan olma yamyam arkadaşlarınız olacaktır, sevindirici bir iş yapmış olursunuz.

Doğrusunu söylemek gerekirse, ben uçakla seyahat etmekten nefret ederim. Ikış tıkış oturmak bana hep ıslahane, mapushane günlerimi anımsatır. Gezinme alanınız da F tipi cezaevi alanından farksızdır. Ama o uçakta verilen yemekler yok mu? İğrenç, iğreeenç! Yemek mi lan onlar! Sebze lazanya, tavuk şinitzel, fileto diye jilet gibi kesilmiş bir hayvan eti. Ağzıma bile komam ben onları. Ama uçak kaza yaptımı da uçak yemeklerinin alasını yersiniz. Tabii siz hayatta kalırsanız.

En ünlü uçak kazası bildiğiniz üzere, üstüne iki de film çevrilen 1972 yılındaki kazadır. Hani şu Uruguay futbol takımı Ant Dağları'na düşmüştü de donma tehlikesiyle karşı karşıya kalan kazazedeler kar fırtınası da bir taraftan bastırınca, kimse de imdatlarına gelmeyince, bütün umutları da bir bir sönünce... işte o anda hayatta kalma içgüdüsüyle hayatta kalan on altı kişi unutulmaz bir ziyafet çekmişlerdi kendilerine. Şimdi birkaç küpe size:

YERADAM'DAN KULAĞA KÜPE : Uçağın yere zorunlu iniş yapacağı, bir yerlere çakılacağı anlaşılır anlaşılmaz görevliler, hostesler, aklı başındaki yolcular paniğe kapılan yolcuları yatıştırmaya çalışacaklardır. Siz tam tersini yapın, "Öleceğiz, hepimiz öleceğiiiz!" diye ciyaklamaya başlayın. Uçak felaketi filmlerinde böyle bağıranlar kesinlikle yamyamdır, neden mi? Çünkü panik halindeki yolcuların beyni adrenalin kesesine komut verir: "Dışarı hormon fışkırt, hormon fışkırt!" diye. Kan basıncı, yani tansiyon yükselir ve karaciğer glükoz salgılar. Yani ne demek bu? Beden kendi etini yumuşatmaya ve tatlandırmaya başlamıştır. Uçak yere çakılınca, ya da zoraki bir dağ başına inince et doğal yöntemlerle çoktan yumuşamış olacaktır. Yeme de yanında yat. (Bu atasözümüz kinayelidir, ciddiye almayın sakın! Olacak şey mi yahu, kurbanımızı yemicez de yanında yatcaz.)
2. KÜPE: Uçak tuvaletine hostes çekiştirmeyin. Hele kısa yolculuklarda her an çalışmak zorunda olan ve bir saniye boş durmayan hosteslerden birinin eksikliği hemen anlaşılır. Kendinize ve toşpillerinize hakim olun.
3. KÜPE: Uçak yolculuklarında tercih edeceğiniz ülke kesinlikle ABD olmalıdır. Her yere uçakla gittikleri için ve götlerini hiç kaldırmadıkları için acayip yağlı katana gibileri hep uçaklarda olduğu için, saatlerce koltuklarında oturup kendilerini sizin için besiye çekenlerine en çok Amerika'da rastladığım için. Kaza sırasında uçağın bir yerine ilişip orada sıkışıp kalırlar. Bu ağzınıza layık yağ depoları iyi insanlardır, bırakın otursunlar.
4. KÜPE: Kazada ben de ölürsem ya diye korkudan, ya da paranız yok, neyse, herhangi bir sebepten uçakla seyahat edemiyorsanız, uçak yemeklerinden neredeyse hiç yararlanamazsınız. Kırk yılda bir bir uçak kazası haberi alırsanız, fırsatı kaçırmayın, hemen atlayın arabanıza ve kaza mahalline gidin. Kaza yerine varır varmaz, üstünüze hemen bir görevli üniforması geçirin, sizi AKUT'tan falan sansınlar. "Kimsin, n'apıyon burada?" diye soracak olurlarsa "Ben Şahap Cenabettin, cesetleri teşhise geldim," dersiniz olur biter. Muhabbet sırasında kesin "Nerelisin?" diye sorarlar. N'apcan? Baharatımı ona göre mi ayarlican? Demek gelir içinizden, ama tutun kendinizi. Sükunetini korumayan yamyam sukut-u hayale uğrar. Onlara Çemişgezekli olduğunuzu söyleyin. Kimse ora neresidir bilmez, hal böyle olunca da başka soru sormazlar. Kendinizden emin bir eda da takınmak için bir yandan da sigara tüttürün. Hem Türk milleti gelen Çemişgezekli de olsa yardıma gelmiş madem, Allah razı olsun demeyi marifet bilir, siz de bir cesedi kaptığınız gibi evin yolunu tutarsınız. Yolda yerseniz

de yol yemeği olur, evde yerseniz de.

5. KÜPE: Bir yamyam asla ev satın almaz. Araba alır, hem de kamyonet gibi olanlardan. Ya da en iyisi karavanla dünyayı dolaşmak... Paranız varsa karavanızı takın arabanıza... Yanınıza da şöyle fıstık gibi bir yamyam sevgili...Düşün yollara... Yerleşik düzen bizlere göre değildir. Göçebe olduğumuzu unutmayın. Yörüklerin şahıyız biz. Bu yüzden, Floransa gibi yerlerde şöyle kısa bir süre kalayım diyorşanız kiradan, otelden şaşmayın sakın. Bir vukuatta polis eliyle koymuş gibi bulur sizi. Ben ayrıca şuna inanırım ki, insan zaten bu beden içinde de kiracıdır, di mi?

6. KÜPE: İyi bir yamyam ayrıca bilir ki iyi bir yolcunun fazla eşyası olmaz. Bir sırt çantası, bir de temel alet edevat çantası yeter.

7. KÜPE: Akıllı bir yamyam ayrıca bilir ki yolda nadiren de olsa yemek için bazı harcamalar yapacaktır. Daima nakit yapar ödemesini, kredi kartlarından, seyahat çeklerinden uzak durur. Kolayca izimizi sürerler de ondan. Ayrıca kasaları önünde uzun kuyruklar oluşan büyük alışveriş merkezlerinden uzak durur, düşünsenize sadece kimyon ve şarap almışsınız ve önünüzdekinin mutlaka kredi kartı "Yetersiz bakiye" sorunuyla karşı karşıyadır ve bekletir sizi. Bu durumda yapacağınız iş yemek planınızı değiştirmektir. Deyin ki önünüzdekine, "Afedersiniz, şu kimyonu da alışverişiniz arasına koyayım ve ödemenizi ben yapayım müsaade ederseniz?" Bir yemeğe davetliyim, hatta keşke siz de gelseniz, alışverişinizi arabamın bagajına koruz, sizi evinize bırakırım yemekten sonra..." Kim hayır der ha? Salak mı millet, hele bugünlerde...

4. özel tur yemekleri

Biliyorsunuz Türkiyemiz turistik açıdan bir cennet. (Turist için değil, biz yamyamlar için... Turizm mevsimini nasıl iple çekiyorum bilseniz) Hemen her mevsimde her yöremize tur düzenleniyor. Pintilik etmeyin katılıverin bir tura, ille de deniz ürünleri diye tutturmayın. Çok külfetli oluyor onlar, denizden bir sürü baldırıçıplak arasında seçmek zor oluyor. Bir Karadeniz turuna çıkın ve örneğin meselaaa hamsili ekmeğin tadına bakın, hımmm mah! Adıyaman ve çevresini dolaşıp Nemrut Dağı'na tırmanır Kommagene Krallığının sırlarını merak ederseniz Basma Köfte yemeden ayrılmayın oralardan. Bu güzelim yemeğe Sarımsaklı Pognik de derler. Çocukluğumun en güzel yemeklerinden Keşkek, hem Niğde, hem Ağrı'da kurulan sofraların baştacıdır. İstanbul'dan Papaz Yahni, Balıkesir'den Dağar Kebap, Bursa'dan Kestane Yemeği ya da Gerdaniye, Afyon'dan kol böreğinin bir çeşidi olan Patlıcan Böreği, Aydın'dan Kağıt Kebabı, İzmir'den Ciğer Kapama, Isparta'dan Kabune, Amasya'dan Galle ya da Ayva Galiyesi, yani yahnisi... ay aklıma geldikçe bazı bezlerim salgılama faaliyetine geçti... Kastamonu'dan Yoğurtlu Paça Dondurma, Ordu'dan Pancar Çorbası, Samsun'dan Tas Kebabı, Trabzon'dan Hamsi Kuşu, Ankara'dan Papara, Kayseri'den mantı ve Arapaşı, Kırşehir'den Cullama (tabii ki tavuk eti kullanmayacaksınız!), Arap nüfusumuzun yoğun olduğu Hatay, İskenderun, Adana, Mersin gibi illerden Şheyhudı, Hamis, Lagos Şiş ve Tantuni. Gaziantep'ten Pirpirim Aşı, Mardin'den Etli Ekmek ve Kişke, Siirtten Varakkaak ya da Kaaktari, Şanlıurfa'dan Bostana (gerçi içinde et yoktur ama biz yamyamlar uyarlama ustasıyızdır da)... Hangi birini sayayım, tarif edeyim. Ben bu memlekete hastayım. Hele Güney ve Güney Doğu... Herkes biliyor artık, ben bu Güney ve Güney Doğu illerimizin yerel yemeklerinin meftunuyum. Al işte, meftun dediniz de aklıma geldi, gene yoldaydım ben bu yemeği yediğimde. Ankaralı fotoğrafçılar olarak GAP Turu'na katılmıştık. Kürtler çok misafirperver. Biz Türklerin misafirperverliği dünyaya nam salmıştır amma Kürtlerimizin konukseverliği yanında bizimkinin esamesi okunmaz anam. Ben Niğde'liyim, yarım ağız teklif ustasıyız biz, konukseverin âlâsını bizden iyi kimse bilmez, benimle iddialaşmayın. Hadi bakalım, yol yemeklerine buyrun. Tabanlarınıza kuvvet.

MEFTUNE

4 Kişilik

Malzeme:

1/2 kilo kol kürek tarafından et
1/2 kilo patlıcan (bu yörede bir kişiden elde edilebilir)
2 adet domates
4-5 yeşil sivri biber
2 çorba kaşığı sade yağ
1 su bardağı sumaklı su
2 bardak su
2-3 diş sarmısak

Helal tuz

Diyarbakır'ın meftunesi harikadır. Yirminci yüzyıl bitmeden çıktığımız GAP gezimiz sırasında öğrenmiştim. Diyarbakırlıları unutmam mümkün değil. Biz yamyamlar bu yörenin insanlarını yemeyi pek severiz. Meftunuyuz onların, yineler dururum. Sürmeli ve yeşil gözlü, zeytin gözlü esmer, sarışın... ah ah! Hele o yağız ten! Öf öf... abidesi dikilesi yaratıklardır. Neyse, yemeğin tarifine geçeyim ben.

Sumaklı suyun içine 1 tatlı kaşığı tuz atarak 15 dakika bekletin. Similyası but bir Diyarbakırlının patlıcanının derisini soyun, kuşbaşı büyüklüğünde doğrayın. Tuzlu su içinde patlıcan parçalarını bir süre bekletin, acısı, kokusu, içinde birikmiş maisi çıksın iyice. Tuz aynı zamanda prostata da iyi gelir, yani prostatın patlıcandan çıkmasına yardımcı olur. Kurbanınızın kol kürek tarafından aldığınız eti satırla parçalayıp yıkadıktan sonra derince bir tencereye yerleştirin. Üzerine kuşbaşı patlıcanları yerleştirin. Domatesin kabuğunu çıkarın, dilimleyin ve patlıcanların üzerine koyun. Yeşil biberleri de iri iri doğradıktan sonra ekleyin. Sarmısakları ayıklayıp dövün. Sumaklı suyla karıştırıp tencereye ilave edin. Katı yağınızı da parça parça aralara yerleştirin. Tencereyi ateşin üstüne koyun ve kapağını kapatın. Hafif ateşte 1 ile 1 1/2 saat arası pişirin, etler iyice yumuşasın. Sıcak sıcak servis yapın.

YERADAM'DAN KULAĞA KÜPE: Meftuneyi yapabilmeniz için gerekli olan geniş omuzlu ve similyası but vatandaşlarımız için Diyarbakır'a kadar gidemiyorsanız aklınızda bulunsun, onları Çukurova'da pamuk tarlalarında da bulabilirsiniz. Buralarda dolanıyorsanız okuyacağınız kitap Yaşar Kemal'in Ortadirek adlı romanı olmalıdır. Çukurova'ya göç eden Meryemce'nin insanlarına olan sevginizi pekiştirir.

2. KÜPE: Yemeğin içindeki sebzeleri yemeseniz de olur.

KBEYBET
10 kişilik
Malzeme:
1 adet heybetli bir İncirlik
2 kilo hamur
limon
pul biber
minik acı biber
karabiber

Arap asıllı vatandaşlarımızın ellerinden yedim ben bu yemeği. Ikbeybet diye okunur. Her yıl birkaç kez giderim Adana, Tarsus ve Mersin taraflarına. Bu denli güzel bir karışım nerede var ki? O insanların güzelliği, nefistirler nefis. Bakın, size yeminle söyliyeyim dünyada gitmediğim yer kalmadı, ben böyle lezzetlilerine hiçbir yerde rastlamadım. Havasında mı bir şey var, suyunda mı bilemeyeceğim ama here and now diyorsanız, hemen Löküs Adana'dan bir bilet alın koyulun yola. Bir de şu gerçek var, kimi diyarların insanından iyi büftek çıkıyor, kiminden iyi beyin salatası oluyor, kimi yerlerin deniz ürünlerinin tadına doyum olmuyor, ama bu güney illerimizde hepsi var anacım. Damakta fena kalıyorlar, çok fena bağımlılık yapıyorlar.

Bu Ikbeybet denen şey nefis bir sulu yemek. Mantı gibi de değil tam. İçli köfte diyor Araplar ama Güney Doğu illerimizin içli köftesi gibi de değil. Hamuru bir güzel açın. İnce ince kesin. Hı? Hamuru tabii canım. Ama sabredin, eti de keseceğiz ince ince... Tammam, tammaaam, eti de kesin sabırsız yamyamlar. Ne eti o kestiğiniz ha? Hemen her bulduğunuz ete saldırırsanız iki gün sonra, bu Ikbeybet Adana'da yediğime benzemiyor dersiniz de bilemezsiniz sebebini. Şimdi efenim, ben Ikbeybet'i İngiliz etinden de yedim, o da güzel oluyor. Bana kalsa her daim İngiliz yerim. Onlara doyamadığımı biliyorsunuz. Beyaz et deyince aklıma ilk onlar geliyor, ne yapayım benim de saplantım bu. Ama burası Adana. Götün götün İngiliz aramanın alemi yok, zaten buranın havası ile İngiliz beyaz eti pek uyuşmuyor. Burnunuzun dibinde nefis bir et deposu var. İncirlik üssü. Ikbeybet'in özelliği de heybetli heriflerin etinden yapıldı mı pek güzel olması. Konuklarınıza "Akşama heybetli bir ıkbeybet yiyeceğiz," dediniz mi kırk yıl hatırınız kalır, bunun karşılığını nasıl vereceklerini şaşırırlar. (Oysa, "ıkbeybet" sözcük olarak bana nedense dişil geliyor. Telaffuz edin yüksek sesle, birkaç kez, bakın, gözleri sürmeli, bal dudaklı esmer bir taze gelmiyor mu gözlerinizin önüne?)

İncirlik üssünden heybetli bir Amerikalıyı kaptığınızla eve getirin. Bu konuda taktik verirsem mesleğimi değiştirdiğimi sanırsınız. Herkes kendi taktiğini geliştirsin. Ne? Beyaz Amerikalılar da var, zenciler de mi? Yok ya, öyle miii? E, bungun okurum benim, dumur abidem... iki sebepten sinirimi tepeme attırdın gene. Biz kol böreği mi yapıyoruz da zenci umurumda olsun? İkincisi, daha öğrenemedin mi biz yamyamlar ırkçı değiliz! Seksist değiliz! Soy bakalım zencinin toşpilinin, kolunun derisini, altından siyah et mi çıkacak, pembe mi? Pembe elbette. Ah o pembe! Canına yandığımın pembesi. (Hakkaten niye kırmızı et derler? Halbuki pembedir bal gibi. İngilizleri bundan seviyor olabilir miyim acaba? Derilerini soymadan da her daim pembedirler. E, benim de her daim ham yapasım geliyor onları. Canıtın Swift ebeveynim de severdi kerataları! Aaa, **kerata!** Nefis bir fikir geldi şimdi aklıma. Bu kitap bitene kadar birkaç deneme yapayım da size bonus track olarak yeni bir yemek tarifi hazırlayayım. Kitabın ön kısımları dizilene kadar ben bu yemeği hazır ederim size. Kitabımın sonuç bölümünde, bir dipnota falan sıkıştırırım bu özgün yemeğimi – bendeki bu alçakgönüllülük de sizi baymıştır herhalde, sanki bu yemeklerin hepsi özgün değilmiş gibi, di mi?—Anladınız di mi fikri, aman ağzım sulandı gene. Kerata nedir, kerata? Ayakkabı çekeceği. Eeee? Topuk, topuk. Topuktan en iyi ne olur? Kerata Kebap? Topuk dolma? Ekşili Aşil Köfte? Neyse kitabın sonunu bekleyin anacım, bulurum bir şey. Birkaç deneme yanılmadan sonra tamamdır... bir ayak fetişisti olarak dikkatim iyice dağıldı gene)

Haer neyse, getirdiniz mi Amerikalıyı eve? "Sit down please," mi? Hasta mısın yahu? Demesen oturmaz mı sanıyorsun? Adamlar her daim *Help yourself* denmiş gibiler memleketimin her yanında. Adana'da mı tutacak görgü kurallarına düşkünlükleri? Salonda duran lengerideki incirlerden ikram edin. İncir her derde devadır. Kanserden ağız kokusuna... deyin. Birazcık bilgisi varsa, size kolim benim diye bakmaya başlamıştır bile. Bu yamyam önce ağzımı yiyecek galiba diye hevesleniyordur mecazi mecazi, oysa siz onu literally yiyeceksinizdir, haberi yoktur dingilin. Evet, dingilin tekiyse, ki genellikle öyle olurlar, incirler güme gider; evine girer girmez, haldır huldur, hatta labada lubada dooru Amerikan barı arayacaktır, gözü dönmüş zombiler gibi. Hele bir de İrlanda kökenliyse bu Amerikalılardan en kalitelisinden dut-kek yapılır. Löküs Adana'da çayın yanında servis yapılsa ne güzel olur. Haer neyse, Amerikalı içkisini aldı ve çükü toşpiline denk yayıp bacaklarını oturdu mu koltuğa abi? Eyvallah... arkasından yavaşça yaklaşın, "Oki dokiiii!" diyerekten adama sarılın, o zaten hazırdır kolilenmeye, ama eterli peçeteyle ağzını burnunu kapadığınızda anlayacaktır incirin faydalarını. E, biraz içki saçılacak ortalığa ama olsun. Ikbeybet için değer.

Butlarından keseceksiniz eti. Minik minik unutmayın. Daha minik! Unuttum ne dediğimi, nerede kalmıştık. Sometimes I get carried away by these Americans! Dunno why? Hamuru açmıştık di mi? Tamam işte, minik et parçalarını baharatlı, soğan ve sarımsaklı sosumuza banıp hamurdan dildiğimiz parçaların içine koyuyoruz. Unutmayın Kayseri mantısı gibi minik olacak her tane. Ama hamuru Kayseri mantı hamuru gibi kapatmicaksınız, öyle diill. Bohça kapatır gibi diil. Hamurun iki ucunu birleştiriveriyorsunuz, o kadar.

Bir başka kocaman tencerede et suyu, yağ kaynadı mı iyice? Atın ıkbeybet lokmalarını içine. Bolcana da pul biber. Damak tadınıza göre ayarlayın acılığını. İyice kaynadıktan sonra kısık ateşte bir 20 dakika kadar daha tıkırdasın incirine yandığım. Sıcak ve sulu servis yapınız. (Et parçalarını biraz büyük tutarsanız *Kişt* deniyormuş, onu da ayrıca tarif etmiim şimdi, belki başka zaman)

YERADAM'DAN KULAĞA KÜPE: Sit down please'miş! Allah sizi bildiği gibi etsin inşallah! Anacım Ingilizcenizi ilerletin, ya da bilmiyorsanız hiç vakit yitirmeden öğrenin. Ikbeybet yemeyene ben yamyam demem.

LAHME LA VARKA

10 Kişilik

Malzeme:

2 kilo kırmızı et

5 baş sarımsak

2 adet soğan

rakı

Lahme Arapçada et demek. La Fransızca dişil nesnelerden önce gelen bir belirteç, yani article. Burada aidiyet belirtiyor. İngilizce'deki of the'nın kadınların önüne gelmiş hali gibi Paris'te. (Yani, the flesh of the woman in red, cümlesinde olduğu gibi) Peki Antakya'da ve Arapça'da ne arıyor diye soracak olursanız, kulaklarınızı iyi açın. Bu bilgiyi hiçbir dilbilgisi kitabı yazmaz. Efenim, biliyorsunuz Kurtuluş Savaşımız sırasında Antakya ve civarından yurdumuzu o götüboklu Fransızlar istila ettiydi. İşte o işgal sırasında Arapça ile Fransızca biraz fazla ene mehebbek olmuşlar, yani "I love you, I love you, do you love me, yes I do," vaziyetleri. Ee, birincisi karın doyurma içgüdüsüyse, ikinci derecede önemi haiz dürtümüz doğalcılara göre uçkur olayı yani. Varak sözcüğü de Allah sizi utandırsın, hiç de sandığınız anlamlara gelmiyor işte. Altı üstü kağıt demek ya. Çoğulu da evrak oluyor ki evraklar diye çifte çoğul eki kullananları özel olarak yemeye çağıracağım bir gün. Geçen gün "Ay BeatlesLAR dağılmış ayol," dedi kadının biri otobüste. Otobüs hareket halinde olmasa ağzını yiyeceğim kadının ki bir daha konuşamasın. İçimden beddua etmekle yetindim: "Dilerim Bab-ı ali'nin büyük kapısı önünde atlı süvariler götürür seni inşallah."

Karton sözcüğünün dilimize katılmasını adına borçlu olduğumuz 1596-1669 yılları arasında yaşamış İtalyan ressam ve anatomi uzmanı Pietro da Cortona'dan esinlenilerek yerel mutfağımıza girdiği sanılan bu yemeğin yapılışına geçelim şimdi. Çok basit.

Kurbanınızın (*BeatlesLAR* diyen kadın olabilir) değişik bölgelerinden et parçaları kesilir. Yağlı kağıt üstüne konan bu etler taş fırına sürülür. 200 derecede yarım saat kadar pişen et fırından çıkarıldıktan sonra üzerine sarımsak ve soğan sosu gezdirilerek afiyetle yenir.
Yanında en iyi ne gider, aslan sütümüz rakı tabii ki. Sevgililer, eti yedikten sonra kağıda aşk mektupları yazabilirler. Depomda yeterince kağıt var. Yağlı kağıt olmaz diyene A5 birinci sınıf kağıdım da var. Bir gün yemeğe gelin bana, size biraz vereyim.

KURUS
5-6 Kişilik
Malzeme:
2 kilo kadar kıyma
1/2 kilo göbek yağı
köftelik kuru ekmek

Antakya yöresinden bir köfte çeşididir. Yamyam olmayanların hayvanın kuyruk yağı kullanmasına karşın, bu yemekte yamyamlar göbek yağı kullanır, kuyruklu insan olduğuna bazı şabalak inançlılar yemin edebilirler, ben görmedim valla billa. Oki doki, göbek yağı iyice dövülür, püre haline getirilir. Ufalanmış ekmek, pürelesmiş göbek yağı ve kıyma ile yassı yassı köfteler oluşturulur. Sonra tandırın üzerindeki sacın üstüne yerleştirilir ve en az yarım saat odun ateşinde ters yüz edilerek pişirilir. Bu yemek servis yapılmaz, konuklar kurus köftelerini kendileri sacın üstünden alırlar, erimiş göbek yağı ellerinden dirseklerine doğru aka aka yerler. Parmaklarını yememek için kendilerini zor tutarlar.

YERADAM'DAN KULAĞA KÜPE: Kendilerini tutamayıp parmaklarını yiyenleri tutmayın anacım.Yarınki yemeğiniz kendiliğinden çıkmaktadır. Sakin olun, gözleriniz bir ev sahibinin buz gibi dingin olması kuralını ihlal ediyor. Hanibal pirimizin gözlerini anımsayın. "Yaşasın yarınki yemek çıktı!" diye ışıldamasın gözleriniz hemen. Zilleri takıp oynamadığınız kaldı yahu. Telaşa mahal yok. Mukadderat bu. Cenab-ül mevlam kimi aç komuş ki seni kosun. Hadi afiyet olsun.

KEPSE

8 Kişilik

Malzeme:

1 adet tüyü bitmemiş delikanlı
1 kase ceviz
1 kilo pirinç

Arap yemeğidir. ("Gene mi?" demeyin, yiyeceksiniz, daha yok mu diyeceksiniz!) Kuzu çevirmenin yamyamcasıdır. Yeniyetme bir delikanlı ya da gelinlik çağına gelmemiş bir kız bulunur. Zor olan da bu kısmıdır. Kurbanınızın derisini soyduktan ve sakatat kısımlarını vücuttan çıkardıktan sonra kuzu kalın bir şişe geçirilip ateş üzerinde pişmeye bırakılır. Başka bir tepside pişmekte olan pirinç pilavı üzerine kuzunun etinden ellerinizle kopardığınız parçalar yerleştirilir. Üzerine havanda dövülmüş ceviz gezdirilir. Avuç avuç yenir. Konuklar dilerlerse "Avuçlarımda hâlâ sıcaklığın var," şarkısını söyleyebilirler.

YERADAM'DAN KULAĞA KÜPE: Önemli olan keyifli keyifli yemek yemektir. Konuğunuz şarkı söylerken kulaklarına bakıp durmayın. Hele hele, "Bet sesli herif, sendeki de kulak mı lan!" hiç demeyin. Bırakın söylesin şarkısını. Herkes söylemeli şarkısını. We are the world, icabında.

SEMBUSKET

5 Kişilik

Malzeme:

1 adet paranoyak Sünnî kocakarı (bu arada belirteyim, nüfus cüzdanımda benim de sünnî yazıyor, kime ne gerekse, sanki sünnî olursam hiçbir yamyam beni yiyemez, hey yarabbim!)
1 adet satır
2 kilo kadar hamur
1 kase eritilmiş göbek yağı

2 adet soğan
3 diş sarımsak

Antakya, Harbiye yöresinden Alevi Arapların bu nefis yemeğinin bir de öyküsü var. Alevi öğrencimin anlattığı öykü şöyle oluyor: Bir gün Arap Sünnî bir konuk geliyor ve yanında kaynanasını da getiriyor yemeğe. Alevi vatandaşlarımızın konukseverlikleri hepimizin malumudur. Fakat bu yelloz kaynana paranoyak zeminli de. Kadın ev sahiplerinin kendisini ısrarla yemeğe davet etmesinden, ondan da ye, bundan da ye demesinden işkillenir ve kendisini iyice doyurduktan sonra ev sahipleri tarafından satırla doğranıp ertesi gün başka konuklara yemek olacağını düşünür ve bir lokma bile yemez. Bu tarifi yamyam mutfağına katabilmek için üşenmedim gittim Harbiye'ye ve o paranoyak kocakarıyı buldum. Zaten etli butluydu, niye korkmuştu ki daha fazla kilo almaktan. Karıyı kafaladıktan sonra yemeği şöyle pişiriyorsunuz:

Hamuru iyice yoğurun. Minik minik hamur parçalarını koparın. İçine daha önceden biraz pişirilmiş minik kocakarı et parçaları koyun. Hamuru ikiye katlayın. Kendi göbek yağını eritip etli hamurların üzerine sürün. Fırında yarım saat kadar daha pişsin. Üstüne sarımsak ve soğanlı sosunuzu gezdirin. Tadına doyum olmayacak sembusket lokmaları servise hazır demektir.

YERADAM'DAN KULAĞA KÜPE: Cadalozu keserken, "Enuzu billaa himineş şeytaa nirraciiim..." demeyi unutmayın. Günaha girmeyin. Bu yüzden kimi yamyam aşçılar bu yemeğe Himineş Nom Nom da derler.

KARADENİZ PİDESİ

6 Kişilik

Malzeme:

2 kilo kadar karışık et
2 kilo kadar hamur
4 diş sarımsak
2 soğan

1 kase kırmızı pul biber

Kurbanınızın değişik yerlerinden devşirdiğiniz etleri kuşbaşı kesin. Geniş bir tavada 40 dakika kadar pişirin. Hamurlarınızdan da yaklaşık 30 santim uzunluğunda pideler açın. Pişmiş et parçalarını sarımsak, soğan ve acı biber karışımıyla birlikte pidelerin içine koyun ve pideleri kapatın. Taş fırında 15 dakika kadar daha pişsin. Minik tepsiler üstünde servis yapın. Üstüne tereyağı sürdükten sonra afiyetle yiyin.

YERADAM'DAN KULAĞA KÜPE: Karadeniz pidesi yerken "Temel'in biri bir gün..." diye başlayan belden aşağı bir fıkra anlatmayın, büyük görgüsüzlüktür.

BABAĞANDİÇ
2 Kişilik
Malzeme:
2 adet orta boy similya (ya da Hasan'ınki)
200 gram kuşbaşı et
1 kase un
2 diş sarımsak
1 soğan
1 kase kaşar peyniri
karabiber

Adana yöresinde Babağandiç, Antakya yöresinde Ebugannuç denen bu yemeği sıradan Türkler patlıcan dolma diye bilirler. Önce similyası but 2 kişi bulunur, ya da stoğunuzdan çıkarabilirsiniz. Similya sıkıntınız varsa, dara düştük gene diye telaşlanmayın hamama gidin. Tellak Hasan'ı tavsiye ederim. Kime sorsanız hangi hamamda çalıştığını söyler size. Onun yarma similyası iki kişininkine bedeldir. Hasan sizi keseledikten sonra kimseye duyurmadan eve davet edin. Hasan sizi kolileyeceğini sanır, gelir. Gelir gelmez Hasan'ı kafalayın. Similyasının derisini yüzdükten sonra ikiye bölün. İçlerini oyup çıkardıktan sonra suya koyun dinlensin. Sonra bir peçeteyle suyunu emdirin ve iki parça Hasan yarmayı kızgın yağda kızartın. Aynı anda Hasan'ınkinden oyup çıkardığınız parçaları Hasan'ın but nahiyesinden kuşbaşılaştırıp bir tavada pişirdiğiniz et parçalarını un, sarmısak ve soğan karışımıyla birlikte biraz daha pişirdikten sonra kızgın yağda pişmiş Hasan'ın iki parça similyasının içini doldurun. Üstünü kaşar peyniri ile kapatın. Cam tencere içine koyup 180 derece fırında 10 dakika daha pişirin. Babağandiç servise hazırdır. Cam tencere içinde Hasan'ınki daha iyi görüneceğinden konuğunuz tadına bakana kadar sabırsızlıktan ya da heyecandan gebermez inşallah. Karabiber lezzeti artırır, aklınızda bulunsun. Hamdım, piştim, yandım özdeyişimizin kökeninde babağandiç var derler.

YERADAM'DAN KULAĞA KÜPE: Babağandiçin kızgın tavayla buluşması sırasında yağ sağa sola sıçrayacaktır, dikkat edin gözünüze girmesin. Hanibal'in maskesini takabilirsiniz bu yemeği yaparken. Adana yöresinde yüzü gözü yanmış birçok vatandaşımızın olması bu yüzdendir.

MESİR MACUNU

En az 1000 kişilik

Malzeme:

Sürüsüne bereket büllük
Kazanlar dolusu bal
Tencereler dolusu her tür baharat

461 yıldır kutlanan mesir macunu şenliklerinden esinlenerek hazırladığım bu tarif çükü kalkmayan erkekler için bire birdir. Osmanlının erkeklik gücünü bu macundan aldığı söylenir. Padişah kudret macunu olarak da bilinen bu macunlardan yiyen sultanlarımız nice seferlerden zaferle dönmelerini bu macuna bağlamışlardır. Manisa halkı bunun için bugün bile birbirlerini ezerler bir adet olsun mesir macunu kapmaya çalışırken.

Önce sürüsüne bereket büllük değirmen taşları arasında öğütülür. Değirmen taşı bulamazsanız havanda dövün büllükleri. Dövülmüş büllük ezmeleri bir hafta kadar güneşte kurumaya bırakılır. Suyuna da isteyen pilav pişirir. Ezilmiş, kurumuş büllükler daha sonra bal ve baharat karışımı içinde iyice ovularak macunlaştırılır. Katılaşmış macun sündürülerek üçer santimlik parçalar halinde koparılır. Jelatin kağıtlara sarılır ve yüksekcene bir yerden halka deva olsun diye fırlatılır.

YERADAM'DAN KULAĞA KÜPE: Dikkat edin, macunu elinize yüzünüze bulaştırmayın. Macunlu ellerinizle gözlerinizi ovuşturmayın. Malzemeyle fazla oynamak körlük yapıyor derler, ne olur ne olmaz!

TANTUNİ

4 Kişilik

Malzeme:

1 adet taze yürek
300 gram elenmiş un
1 adet yumurta
Helal tuz
2 bardak su
1/2 limonun suyu
250 gram ciğer
250 gram böbrek
250 gram karaciğer
1 adet pankreas
1 adet apandisit
biber çeşitleri

Mersin yöresine giderseniz size yöre halkının ilk sorusu şu olacaktır: "Santana'dan tantuni yedin mi?" Siz de gözlerinizi belertip "Hö?" demeyin sakın. Santana yörenin en sevilen türkü grubudur, bir de tantuni dükkanları vardır... vardır vardır, neden olmasın. (Bu arada bir miti aydınlatmak isterim, Tantuni'nin Tonton Tantan Bey'le bir ilgisi yoktur, tümüyle safsatadır bu. Santana ile Tantana ayrı şeylerdir zaten.)

Önce *Santana'nın Yeri*'ne gidilir. Geceyarısı gidilir. Müşterilerden sona kalan dona kalacaktır ya, bekleyin işte son müşteriyi, dükkanı tam da kapatmak üzereymiş gibiykene gelen çakırkeyf müşteriyi "Gel gel, bak sana ne göstercem, mutfakta biraz tantuni kalmış olmalı, kara günler için saklamıştım," diyerek arka tarafa çekin. Orada önce kafasına bir tava indirin "Tannnn!" diye. Çakırı böylece kafaladıktan sonra yukarda malzeme olan saydığımız yerlerini çıkarın, yıkayın. Apandisitini iyi ayıklayın. Leblebi çekirdek kabuğu falan sıkışmıştır, yerken dişlerinizin arasına kaçar. Kalbi en son çıkarın. Hamurunuzu açın, yumurtanızı sürün üstüne. Önceden minik minik kuşbaşıladığınız ciğer, böbrek, pankreas ve apandisiti kızgın yağda kızartın. Üstüne tercihe göre biber felan atın. Hamurunuzdan dürümlük kesip sacda pişirin, sonra da dinlenmeye bırakın dürümlük sac ekmeğini. Ekmeğin sıcağı iyice gidince içine malzemeyi koyup dürümleyin. Servise yollarken limon ve tuzu da gönderin sofraya. Adamın yüreğini ayrı bir tabakta getirin sofraya. Tantuni üstüne, bu kitabın *Top 20* bölümündeki 20 numaralı şarkıyı dinlerken Santana'dan, hart diye bir lokmada götürün çakırın yüreğini. *Kalp kalbe karşıdır* atasözü ve *yüreği ağzına gelmek* deyimi bu yöreden çıkmadır. Yüreğin birinin ağzına gelmesi görüldüğü gibi yüreğin sahibi için pek hayırlı değil. Ama biz yamyamlar bayılırız yüreğin ağzımıza gelmesine. Hele o sol ve sağ giritlerden fışkıran taze kanın damağımıza yayılması... Aşk bu mu? Sevda bu mu? Hayat bu muuu? Kalp acı, dünyaaa hüzüüün, göz yaaaş doluuu! (Şu kitabı bir bitireyim, soluğu Mersin'de almazsam namerdim!)

YERADAM'DAN KULAĞA KÜPE: Yumurtanızı hamura nasıl süreceğinizi de ben anlatmiim isterseniz. Lafı bir tarafınızdan anlıyorsanız, o sizin sorununuz. Bir psikoterapiste görünün derim, ne diim!
YERADAM'DAN 2. KÜPE: Tantuni yerken yanınızda diş ipi bulundurun. Apandisiti ne kadar temizlerseniz temizleyin, bir şeyler kaçacaktır diş aralarınıza. Sofrada diş ipi kullanmak ayıptır. Kurbanınızı da diş ipiyle kafalamak acemi yamyamların yapacağı bir şeydir.
YERADAM'DAN 3. KÜPE: Cep telefonlarınızı da lütfen kapatın. Santana'ya ayıp olmasın.

DAĞAR KEBABI

6 Kişilik

Malzeme:

1 kilo orta yağlı Balıkesirli eti
4-5 baş arpacık soğanı
1 baş sarımsak
2-3 adet patates
2 çorba kaşığı domates salçası
6-7 çorba kaşığı katı yağ
8 adet kestane
1 tatlı kaşığı helal tuz
1 çay kaşığı kimyon
1 çay kaşığı karabiber
Su

Etleri iyice yıkayın ve uzunca bir çömleğin içine koyun. Balıkesir yöresinde bu kaba *Dağar* derler. *Dağarcık* sözcüğünün de buradan türetildiği söylenir. Gördünüz mü, yemek ile bellek arasındaki bağın gizemi de böylece çözülmüş oldu. Arpacık soğanları soyun, çömleğe koyun. Diş diş soyduktan sonra sarmısakları da koyun çömleğe. Patatesleri ve domatesleri de soyup dörder beşer parçaya böldükten sonra koyun dağarın içine. Salçayı suda ezip dökün üstlerine. Kestaneleri bütün bütün koyun. Tuzu, kimyonu ve karabiberi de ekleyin. Yağı ayrı bir kapta erittikten sonra çömleğin içine dökün. Tahta bir kaşıkla iyice karıştırın çömleğin içindekileri. Çömleğin içine malzemenin üstüne kadar su ekleyin. Çömleğin ağzını kapatın, bağlayın. Taş fırında ağır ağır 1 saat kadar pişirin. Yiyeceksiniz, "Daha dağar yok mu?" diyeceksiniz valla.

YERADAM'DAN KULAĞA KÜPE: Kestanelerin derilerini siyırmayı unutmayın. Unutursanız, yerken damağınıza yapışır.
YERADAM'DAN 2. KÜPE: Taş fırın yoksa, hanayınızdaki tandırda tüm mahallenin kışlık sac ekmeği ya da şepesi imece usulü yapıldıktan sonra tıpkı keşkek yapar gibi çömlek tandırın daha sönmemiş ateşinin içine de konabilir. Korlar iyice sönene kadar kalabilir. Dağar kebap ne kadar yavaş pişerse et de o kadar yumuşak olur.

GERDANİYE
4 Kişilik
Malzeme:
1 adet işadamının yağlı gerdanı
4 bardak su
Yarım su bardağı şeker
1 çay kaşığı helal tuz
1 çay kaşığı tarçın
1/2 kilo kestane

Kestaneli yemek tarif edince aklıma Bursa'nın bu ünlü spesiyalitesi nasıl gelmez. İstanbul'da meyvesiz pişirildiği için Kestane Yemeği ya da Tatlı Yahni diye de anılır Gerdaniye. Bursa'nın ünlü işadamlarından, örneğin tekstil devlerinden Cahit Çağla ya da benzeri birini kafalayın önce. Siz onun gerdanını almaya çalışırken adam boynunu aşağı doğru eğer de bıçak bir türlü boyun boşluğuna girmezse, "Hırtlık etme lan!" diye bağırın. (Bkz. Sözlükçe, Hırtlık) Gerdanı bütün olarak ya da üçe, dörde bölerek yıkayın. Derin bir tencere içinde haşlayın. Haşlanma sırasında suyun üstünde herifin püsürleri birikecektir. Onları delikli bir kepçeyle alın atın. Aman dikkat, bu gerdanlarda birikmiş hangi tüyü bitmemiş yetimin ahı tutar sizi bilinmez. Kestanelerin derilerini soyup yıkayın. Ayrı bir tencerede onları da haşlayın. Derin tenceredeki gerdan etleri iyice haşlanıp yumuşadıktan sonra tencereden çıkarın, et parçalarını kemiklerinden didik didik ayıklayın. FBI gerdanın sahibini Türkiye'ye teslim ettiği için iyice sinirlenmiş olabilir gerdan, sinirleri de cımbızla ayıklayın. Didiklediğiniz etleri ayrı bir kaba koyun. Üzerine şeker dökün. Haşlama suyundan da üzerine gezdirdikten sonra bir taşımlık kaynatın. Kestane, tarçın ve tuzu da ilave edin. Biraz daha haşlama suyu ekledikten sonra hafif ateşte yarım saat kadar daha pişirin. Sıcak servis yapın. Soğumaya gelmez, yağları donuverir alimallah.

YERADAM'DAN KULAĞA KÜPE: Bu yemeğin püf noktası işadamını doğru kafalamaktır. Boynun omuzla birleşme noktasından kafalayın adamı. Boy-

nun ortasından kesmek gerdanın yarısını ziyan etmek demektir.
YERADAM'DAN 2. KÜPE: İkinci püf noktası da gerdanın gerçekten yağlı olmasıdır. Kimi işadamları nasıl beceriyorlarsa yağlı gerdana sahip olamıyorlar. Onları es geçin.
YERADAM'DAN 3. KÜPE: Gerdanın bukaksız, ya da bukuksuz olması şarttır. Gerdaniye havanıza girdiyseniz kurbanınıza ilkin şu soruyu sorun: "Boynun ne güzel yağlanmış, hepsi senin mi yoksa guatrın mı var?" Guatrın dışardan belli olmayanı da var, gizli guatr. Onun için, açıkça sorun olsun bitsin. Zaten tatlı bir yemek olan gerdaniye guatrlı gerdandan yapılırsa tadından yenmez. Şıra gibi olur. Iııı!! Adamın içini kıyar, bayar.

CİRVE

Çok kişilik

Malzeme:

Bayat ekmek
Et suyu
Az şekerli şerbet

Kürt tatlısıdır fakirin dostudur cirve. Başka yemeklerden artan et, but parçalarının suyuna bandırılmış bayat ekmekten ibarettir. Et suyunun kimin etinden olduğu da pek önemli değildir. Kürtler bu konuda pek seçici olmamak gerektiğini bilirler. Et suyuna bandırılmış ekmek parçalarının üstüne az şekerli şerbet gezdirilir, afiyetle yenir. Yoksul halkımıza et yediğini başka nasıl zannettirebiliriz ki.

YERADAM'DAN KULAĞA KÜPE: Hayatınız cirve yemekle geçecek sanmayın. Çağ ve sınıf atlayın, İstanbul'un lüks restoranlarında monşonlu höptenkörömöfölöş yiyeceğiniz günler yakındır.

TİRTE (Kesmaşı)

6 Kişilik

Malzeme:

1 kilo kadar hamur
1 kilo kadar et
3 litre vücut sıvısı

Kürt yemeğidir. Önce hamurlar hazır edilir. Hamur ince ince kıyılır. İçine kurbanınızın tercihe göre değişik yerlerinden önceden geniş bir tavada soğan ve sarımsak içinde pişirilmiş minik et parçaları konur. Kurbanın vücut sıvıları da başka bir tencerede kaynatıldıktan sonra kapatılan hamur parçaları bu tencere içine atılır. Yarım saat kadar da bu tencere içinde pişirilir. Sıcak ve sulu servis yapılır. Tahta kaşıkla yenmesi tavsiye olunur.

YERADAM'DAN KULAĞA KÜPE: Karnınız doyduktan sonra tahta kaşıkları "Silifke'nin yoğurdu, ah seni kimler doğurdu," eşliğinde göbek atmak için kullanmayın. Kimlik bunalımına girdiğiniz sanılır, itici olursunuz.

SÜLÜMAN FIRINDA
10 Kişilik

Isparta'nın 40 yıllık bu spesialitesinin kıymetini niye bilmeyiz, hiç anlamam. Hadi biz anlamadık, Amerikalılar niye anlamadı, bakın orası bir muamma. Bok püsür neler yer bu Amerikalılar ama Sülüman'a gelince artık yemiyorlar anam; evet, Sülüman'ı artık diye yemiyorlar. Kolesterol-fobik manyaklar n'olcak! Belki de Amerika'da Sülüman adında kurban nadiren bulunduğu içindir. N'apsınlar, damak zevkleri gelişmemiş Sülüman'a.

Malzeme:
10 adet pide hamuru
Sülüman adında birinden 4 dilim yağlı pastırma
1 adet ince dilinmiş soğan
1 kase küp küp kesilmiş gravyer peyniri
4 yumurta, yavaş yavaş çırpılmış olacak
2 kase krema
1 çay kaşığı ceviz ezmesi

Fırını önceden 250 dereceye kadar ısıtın. Pide hamurlarını tepsiye yayın ve fırında 5 dakika pişirin. Pastırmayı da çıtır çıtır olana kadar pişirin. Soğanı da saydamlaşana kadar pişirin. Pastırma, peynir ve soğanı sac ekmeğinin üzerine dağıtarak yerleştirin.

Yumurta, krema ve ceviz ezmesini de üstüne koyduktan sonra hamurların kenarlarını kıvırıp 15 dakika fırında pişirin. Pide servise hazır.

YERADAM'DAN KULAĞA KÜPE: Bu yemeği Necmettin, Tansu, Mesut isimli zat-ı muhteremlerle de denedim ama her nasılsa hep sadece adı Sülüman olanlarda aynı tadı tutturuyorum.

ÇAKALA

10 Kişilik

Malzeme:

4 kilo et
3 kilo kara lahana
2 kilo don göbek yağı

Laz yemeğidir. Kurbanınızın göbek don yağı bir tavada eritilir. Kara lahana da geniş ve derin bir tencerede iyice haşlanır. Geniş bir başka tavada kızgın yağ içinde pişen et parçaları kara lahana tenceresine atılır, üstüne erimiş kızgın göbek yağı gezdirilir. Bol sulu ve bol etli olmasına dikkat ediniz lütfen.

YERADAM'DAN KULAĞA KÜPE: Gelin ağlar yaşli yaşli, gitmem deyu sallar başi... ağlama gelinum ammaaan, gınan gutlu olsun... diye başlayan ağıtın çakalaya giden gelin için yakıldığı rivayet olunur. Kurbanınızla ara sıra da olsa empati kurmanız iyi olur. Konuklarınıza "Gelin, gelin, sofra hazır!" diye seslenirken vurguyu doğru hece üzerine koyun lütfen. Vurguyu ikinci heceye koyarsanız, gelin alınır. Alınmış gelinin eti helal değildir. Hatta uğursuzdur.

ARAPAŞI

6 Kişilik

Malzeme:

1 adet ufak tefek bir Kayserili
10 su bardağı kan ya da diğer vücut sularından bir kokteyl
1/2 kilo kadar un
3 çorba kaşığı tereyağ

1 çorba kaşığı domates salçası (özellikle kansız bir Kayserili kafaladıysanız)
Kırmızı biber
Limon suyu
1 tatlı kaşığı helal tuz

Kayseri'nin en ünlü yemeklerindendir. Kayseriliyi kafalamak zordur. Eşşeğinizi boyayıp size satabilen memleketimizin bu akıllı bıdık vatandaşlarını kafalamanın bir yolu "Sucukluk eşşeğim var, atım var," diye kandırıp ağıla çekmek olabilir. Ya da bir beze biraz eter, biraz da çemen sürün, çemen koklatcam sana diye uzatın bezi burnuna... tamaaam! Kayseriliyi kafaladınız.

Yemeğin hamuru için bir tencerede vücut sıvısı ile tuzu kaynatın. Ayrı bir kasedeki suya ince ince dökerek ekleyin. Koyulaştıktan sonra bir tepsiye dökün ve donmaya bırakın. Donan hamuru baklava şeklinde kesin. Hamurun orta yerini de kase oturacak şekilde kesin.

Kayserilinin etinden 1 kilo kadarını haşlayın. Etleri kemiklerinden ayırın. Kuş başı büyüklüğünde doğrayın. Unu bir tavada pembeleşinceye kadar kavurun. Salça ve kırmızı biber ekleyin. Biraz karıştırın ve ılık et suyunu ve etleri ilave edin. Kaynayınca tencerenin kapağını kapatıp 15 dakika kadar kısık ateşte tıkırdamaya bırakın. Sofraya servise getirmeden önce et yemeğini bir kase içine koyun. Kaseyi de az önce hamur tepsisinin ortasında açtığınız yere yerleştirin. Konuklarınız nasıl yeneceğini bilmeyebilirler. Anlatın, biraz hamurdan alacaksınız, biraz da et çorbasından kaşıklayacaksınız, deyin. Sadece Kayseriliden yapılmaz. Her yörenin eti makbul olduğu gibi, gerdan etiyle de nefis olur. İstanbul'da yaparsanız bu yemeği Sakıp Bey'i deneyin.

YERADAM'DAN KULAĞA KÜPE: En iyi Arapaşı eti Gesi Bağları'nda bulunur. Hâlâ bağlarda yaşayan kalmış mıdır bilmem amma aramaya başlayın bence. Once in a lifetime experience için değer doğrusu. Jenifer Lopet'i görürseniz Gesi Bağları'nda türkü okurken onu da götürün eve, başka bir yemek için.

OLTU KEBABI

12 Kişilik

Malzeme:

1 adet içi oyulmuş kurban
büyük bir kase özel karışım baharat
kor ateş
bol bol şiş

İlham kaynağının Kazıklı Voyvoda olduğu rivayet edilir. Sakatat kısımlarını çıkardıktan sonra kurbanınızı anal noktasının az üstünden şişe geçirin. Bu yemek, bir çeşit şiş kebaptır anlayacağınız. Yurdumuzun her yerinde yapılabilir. (Kurban sıkıntısı çekiyorsanız çifte edilgen yapı kullanıp da örneğin yapılabilinir diyen birini arayın, hemen bulursunuz) Bu çifte kavrulmuş edilgen kurbanınızı şişe geçirdiyseniz, yardımcınız onu ateşte döndüre döndüre pişire dursun bakalım. Bu yemek özel korlu alevde pişer, şişte pişen et yekpare pişerken daha sonra parçalar koparılıp özel baharatına belendikten sonra ayrı ayrı şişlere geçirilir. Bu parça etler ayrı şişlerde yeniden kor ateş üstünde dönmeye bırakılır. Et, piştikçe dil verecektir. Dil veren et parçaları da koparıla koparıla afiyetle yenir. Aslan sütü mü? Neden olmasın?

YERADAM'DAN KULAĞA KÜPE: Yapmayın Allahaşkına! Et dil verdi diye dil çıkarıp "He he heee, dil verdi işteee!" diye dalga geçmek biraz çocuksu olmuyor mu sizce ha? Yavşaklık değil mi bu yaptığınız şimdi?
YERADAM'DAN 2. KÜPE: Yemeğinizi fasıl eşliğinde yiyorsanız sazende ve hanendelerden rica edin ve hep birlikte "Dil seni sevmeyeni sevmede lezzet mi olur?" adlı şarkıyı söyleyin.

MIHŞE

4 Kişilik

Malzeme:

1 kilo kadar Şıh adele
1 kase kimyon, kekik ve kırmızı biber karışımı baharat
1/2 kilo kadar haşlanmış pirinç
1/2 kilo kadar tereyağı

Arap yemeklerinin en ilginçlerindendir. Bildiğimiz dolmadır aslında. Adını mıh gibi (yani çivi gibi) bir herifin etinden yapılmasından almıştır. Şe ise Şeyh, yani Şıh'ın halk arasında söylene söylene kısaltılmış halidir. Zımba gibi bir şıh bulun, etini lime lime edin. Cımbızla sinirlerini ayıklamayı unutmayın. Şıhlar pek sinirli olurlar. Göğüs derisi zaten şekilli olduğundandır ki dolma için idealdir. Mabadından da deri takviyesi yapılabilir. Bu derilerden yumruk büyüklüğünde kesilir ve içleri göğüs altı ve pazı adelelerinden kesildikten sonra tavada 20 dakika pişirilen kuşbaşı et, haşlanmış pirinç ve baharatla doldurulur. Ayrı bir tavada kızdırılan tereyağı dolmaların üzerine gezdirildikten sonra bir tencere içine konan dolmalar fırına verilir ve yarım saat 200 derecede pişirilir. Afiyetle de yenir.

YERADAM'DAN KULAĞA KÜPE: Mıhşeden önce mutlaka BOS (Boyun Omurilik Sıvısı) tonik için. Böylece mıhşe midede yanma yapmaz.

BADAK GOMBE

4 Kişilik

Malzeme:

1 adet helal badak (erbezi)
2 su bardağı un
1/2 kilo er uyluk etinden kıyma
4 çorba kaşığı tereyağ
1 adet soğan
1 demet yasemen (pardon maydanoz)
1 çay bardağı dövülmüş ceviz (yanlışlıkla erbezinizi dövmeyin, maymunu tokatlayın daha iyi)
Helal tuz
Biber

Bu çok özel bir asker yemeğidir, ya da erkekliğiyle övünmeyi pek seven halkımıza ithaf olunur. Elazığ yöremizin Gombe'si ilham olmuştur. Bir de, bir kurbanımın sürekli olarak maymununu tokatlamamı istemesi (Bkz. Sözlükçe). Salak, maymunundan olacağını bileydi, buna yeltenmezdi, ama bazen öğrenmenin bedeli ağır oluyor anacım. Hanibal'i tokatlayacağını sanan yankesici de maymunundan olmuştu, anımsadınız di mi?

Önce hamuru yapın. Hamur hazır olunca bırakın dinlensin biraz. Maymunu tokatlayın. Kendinizinkini değil, kurbanınızınkini. Erbezi iyice çalışıyorsa kafalayın maymunun sahibini, çıkarın er bezini. Bir güzel yıkayın. HIV negatif olması tercih edilir. Küçük bir kasede haşlayın. Uyluk ya da mabat etinden 1/2 kilo kadar da kestikten sonra kıyma haline getirin. Kıyma ve bütün malzemeyi karıştırın ve yağda kavurun. Yufkaları açın. Tepsiye yayın. Bir kat yufka, bir kat kavrulmuş iç. Kat kat olduktan sonra fırına sürün. Yarım saat 200 derece ateşte pişsin. Sıcak ikram etmeden önce bütün katların üstüne iyice haşlanmış erbezini tepsinin tam orta yerine gelecek şekilde yerleştirin. Üstüne karabiber serpiştirin ve özellikle kadın konuklarınıza sunun. Çok patriyarkal ve manalı bir yiyecektir. "Biz erkekler olmasak Badak Gombe nasıl yersiniz? Yiyemezsiniz işte!" alt metni mutlaka ulaşır konuğunuza.

YERADAM'DAN KULAĞA KÜPE: Çavuş, astsubay gibi askerlerimiz de erbezli gombeyi pek severler. Askerlik sırasında erlerin bezlerini yoklar dururlar komutanımtraklar, bu erlerde sinir geliştirir. Sakin erlerin erbezleri sinirlenmediği için daha lezzetli olur. Çavuşum söyledi. Zaten şuncacık badak, bir de sinirlerini ayıkla, uzun iş diyor çavuşum.

ENE MEHEBBEK

3 Kişilik

Malzeme:

1 adet bebek

1 şişe elma sirkesi

1 kase yer fıstığı

Bebek kasabından özel tariftir. Arap yemeğinin Bebek kasabından tarifi ne demek oluyor derseniz ben de ne biliim derim. Adam belki Araptı, ne biliim. Ene mehebbek, Arapçada "I love you baby," demek oluyor. Bebek kasabından alacağınız bebeği iştah açıcı olarak çiğ çiğ yemenizi gerektirir. Kimi yörelerimizde ene mehebbek dilimleri (baklava şeklinde kesildiği de olur) elma sirkesine ve havanda dövülmüş yer fıstığına banılarak da yenir. Yanında Çengelköy hıyarı pek iyi gider (Hıyar dedikse sebzeyi kastetmedik elbette; aman hatırlatmayın, iğrenç!)

YERADAM'DAN KULAĞA KÜPE: Ene Mehebbek gece yatmadan yenirse, cilt kırışıklıklarına iyi gelir.
YERADAM'DAN 2. KÜPE: Çok az kızartırsanız, mayasız ekmek arasında nefis sandöviç olur. Çocuğunuzun okul çantasına da rahatça sığar. Daha sonra unutabilirim, aynı işlemi kol böreğiyle yapmayın. Sığmaz.

MURTUK

4 Kişilik

Malzeme:

8 adet yumurta
1 kase tereyağ
1 kase un

Daha önce başka yemeklerde kullandığınız dört kurbanınızın yumurtalarını derrin dondurucudan çıkarın. Buzu iyice çözüldükten sonra toşpillerin, yani yumurtaların, yani billurların derilerini soyun. Yamyam olmadıklarını sananlar koç yumurtasından da yaparlar bu yemeği. Beceremezseniz onlara da danışabilirsiniz. Yapılış tarzı aynıdır. Tava içindeki tereyağ iyice kızınca içine yumurtalar atılır. Tahta kaşıkla çevrile çevrile iyice kızartılır. Kestane rengine gelince tavadan çıkarılır ve una belenir, sonra yeniden kızgın yağa atılır. Beş dakika daha tıkırdadıktan sonra iştah açıcı murtuk servise hazırdır.

YERADAM'DAN KULAĞA KÜPE: Köfte yeme adabını bilir misiniz, bilmem. Köfteyi bıçakla kesmek yanlıştır. Çatalla bölmek, ya da bir lokmada ham yapmak en doğrusudur. Murtuk için özel tavsiyem, metal hiçbir araç gereç kullanmayın. Ya elinizle alıp bir lokmada ham diye çiğneyip yutun yumurtaları, ya da hiç çiğnemeden. Metal bıçak ya da çatal kesinlikle tadını kaçırır. Yumurtanın ölmemiş vitamin içeren sıvıları tabağınıza akar, tabakta donar, hatta ağız kenarlarınızda beyaz beyaz sırıtır, sohbetinizin içine eder. Vitamini mitamini de kalmaz.

yurtdışına düşerse yolunuz...

KOTERELLİ GÜVEÇ (İTALYAN)
4 Kişilik
Malzeme:
1 adet baba
1 şişe kırmızı şarap
1 kase kırmızı biber, kimyon ve kekik karışımı baharat
1 kase rendelenmiş kaşar peyniri ya da ciğer

Bu tarifi İtalyan mantısı tortelliniden uyarladım ve adını da Koterelli koydum. Aile boyu Koterelli nasıl yaparsınız? Öncelikle IMF'ciler sülalesinden Koterelli ailesiyle başlayın. Sonra sırasıyla öteki ailelerden de yaparsınız yemeğinizi: O sole mio, Dinci Baba, Susurluk Çetesi ve daha nice aileler varken bu yemek sofranızdan eksik olmaz. Koterelli, İtalyan ismi olmasına karşın ben onları ve onların Türkiye versiyonlarını en çok Washington'da Lincoln abidesi civarında görürüm, bir de New York'ta Central Park'ta partner ararken. (İnanmayacaksınız ama erkeklik dendi mi mangalda kül bırakmayan bu herifleri hamamda da ağınıza düşürebilirsiniz. Kuzu gibidirler çıplakken.) Ağır bir yiyecektir, özellikle kotarılması güç olduğu için bir çete de sizin kurmanız gerekebilir, ama zahmete değer doğrusu. Koterelli'yi kotardıktan sonra... Şerefe! Gelsin kırmızı şaraplar.

Babanın göbek, mabat ve baldır nahiyelerinden kestiğiniz kuşbaşı etleri önce iyice dövün. Bütün sinirleri gider. Kızgın tavada iyice kızarana kadar pişirin. Toprak tencere içine yerleştirirken baharatla karıştırmayı unutmayın. Yarım saat kadar daha taş fırında pişen güveciniz üstüne tercihe göre rendelenmiş kaşar peyniri ya da babanın rendelenmiş ciğerinden serpiştirin. İlle de kırmızı şarapla birlikte ham yapın. Ekmeksiz yiyemiyorsanız, şepe en iyisidir.

YERADAM'DAN KULAĞA KÜPE: Bu tarifi benden duyduğunuzu söylerseniz bilin ki iki elim yakanızdadır. Yakanızdan tutar ağzınızı yerim. Bak

sonra söylemedi demeyin.
YERADAM'DAN 2. KÜPE: Güveç tenceresi üzerini babanın silah tutan parmaklarıyla süslemeyi unutmayın. Ben denedim, inanılmaz iştah açıyor.

İSKOÇ MUMBARI

İskoçya'da "Haggis" denen bu spesiyaliteyi ben çok severim. Ben İskoçya'yı da pek severim. Orada bulunduğum bir yıl boyunca (1989) Edinburgh kentinde master yaparken bir davette öğrendim bu yemeği. Mel Gibson'ın bizzat kendinden aldım bu tarifi sizin için. (Braveheart'da, hatırladınız mı filmin sonunda "Özgürlüüük!" diye bağırırken kafalanmıştı, e af dileseydi, affederdik ama di mi anacım, salak herif it gibi yaşamaktansa öküz gibi höğürerek ölmeyi yeğledi. E, kendi yeğledi, sonra biz de onu yeğleyip bir güzel yağladık, balladık.) Biz yamyam öğrenciler Edinburgh'a kendi aramızda Edi'nin Borusu derdik. Bizim kol böreğine benzer bir börek yaptık daha sonra Edi'nin Borusu'ndan ve Mel'e ikram ettik. Canım ya, çok sevmiş olmalı, bize mel mel baktı bütün gece. Amma İskoçya'nın o karanlığı bitmek bilmez soğuk kış gecelerinde şöyle buharı üstünde Haggis gibisi var mı yaaa. Haggis bir çeşit İskoç mumbarı. Koyunun ya da domuzun boklu barsaklarının şişkince bir yerini baharat, böbrek, kara ve akciğer parçalarıyla dolduruyorsunuz. Eh böyle olunca da sokaklar, "Geeel vatandaş, geeel! Paranla bok yee!" diye bağıran William Wallace'larla dolup taşıyor, bizim kokoreççiler gibi. Gel gelelim, cimrilikleriyle de bilinen İskoçlar güzelim koyunu sadece barsaklarını yemek için öldürür mü sizce? Aklınız alıyor mu? Ortalıkta bu kadar çok sinir bozucu, abuş İngiliz dolanıp dururken? Absolutely not!

Malzeme:
Bir İngiliz'in iç organları
Biber
Soğan

Geceleyin Eddy'nin Borusu'nun en ünlü caddelerinden Princess Street ya da Royal Mile'de yürüyüşe çıkın. Özellikle dünyaca ünlü EdininBorusu Festivali zamanına getirin Temmuz sonu, Ağustos başı döneminde çünkü kentin 500 bin kişilik nüfusu bu festival sırasında ansızın 2 milyora çıkıyor. Sokaklar dünyanın her yanından gelen insanlarla dolup taşıyor. Ağzınızın suyunu silin ve bir İngiliz gördünüz mü, "N'aarıyon lan sen burda, he?" deyip kafalayın herifi. Sürüye sürüye Sterling kalesine kadar götürün. Kale burçlarının dibinde derisini yüzün. Kaynatın herifi. Böbreklerini, ak ve kara ciğerlerini, barsaklarını doldurun içine bir güzel, neresine mi? Neresine olacak midesine. (Hiddetten doğan şiddet yemeğin tadını bozar haberiniz ola, dolguyu doğru yere yapın!) Biber ve soğan da ekledikten sonra bırakın 200 derecede 30 dakika fırında pişsin (Ben gittim biliyorum, İskoçya'da kale duvar diplerinde acil durumlar için bir fırın mutlaka bulundurulur.) Sıcak sıcak servis yapın. E, tabii yanında da İskoç malt viski ister, di mi ama. Onu da bulmakta güçlük çekmezsiniz. Bir İngiliz yediğinizi duyan İskoçlar cimriliklerini bir kenara bırakıp viskilerini kaptıklarıyla sofranızda eşlik edeceklerdir size, nassossa.

YERADAM'DAN KULAĞA KÜPE: "Türkiye'de nerede bulacağız bu İngilizleri?" demeyin. Milli maçlar ne güne duruyor? Maçta yakalayamazsanız, Kumkapı, ya da Çiçek Pasajı gibi yerlerde sotaya yatın.
YERADAM'DAN 2. KÜPE: İstediğiniz kadar İngilizce öğrenin. İskoçların İngilizcesini anlamak için önce Ermeni vatandaşlarımızın Türkçe konuşmalarını dinlemeniz gerekir. Çünkü İskoçlar hep soru entonasyonuyla konuşurlar. "Burası heladır?" gibi yani.
YERADAM'DAN KULAĞA KÜPE: Londra'nın Covent Garden mahallesinde ve Flee Market'de de her tür insan bulmak mümkün. Çinli bir müzisyeni kafalamıştım bir gece. Nefisti. Ben bir pub'da Arjantinli bir hatunla işi pişirmek üzereyim, dışardan bir ses mıy mıy mıy, bir baktım bu müzisyen elinde ilkel bir çalgı sanatını icra ediyor. Dayanamadım, Arjantinli hatun da tam kıvamına gelmişti amma kulağımı tırmalayan bu yerel çalgılar uzmanı profösörü götürmem daha çok gerekti o sırada. Yani ne demek istiyorum size, dünyayı dolaşırken o ülkenin bayram seyran ve festival haritaları da bulunsun elinizde. Kalabalıklara dalın. Pazar yerlerine.

RICHARD BACH USULÜ MARTI DOLMA

7 Kişilik

Malzeme:

1 adet Jonathan Livingstone (JL)
1 kilo et
20-25 yaprak JL derisi
2 su bardağı bulgur
4 adet soğan
1 çorba kaşığı sumak
1 çay kaşığı karabiber
1 cimcik tarçın
1 cimcik kırmızı biber
1 çorba kaşığı helal tuz
Su

Aslına bakacak olursanız ben bu tarifi Muş'un Has dolması (Lahana Dolması) ile Richard Bach'ın has düsüncelerini birleştirerek buldum. Yani lahana yerine Jonathan'ın (Bu arkadaşın yayınevimizdeki Jenifer Lopet hastası Canıtın'la bir ilgisi yoktur.) sırt ve göğüs derisini kullanacağız bu kadar basit. Şimdi tarife geçeyim efenim.

Bir adet Jonathan Livingstone'u ortadan ikiye bölünüz. Yüzünüzü siliniz. Ya da asistanınız varsa o silsin. Her taraf kan oldu allah kahretmesin. İnsan önce bir kanı akıtır, küplere, çömleklere doldurur, zerzemine kaldırır, değil mi? Haer neyse, oldu artık. Bu Livingstone (Yaşayan Taş, Capcanlı Taş, Oynak Taş), Fred Çakmaktaş'ın akrabası olduğundan göreceksiniz taş gibi bir dolma olacak. Çok sert olacak demek istemiyorum, taş gibi avrat deriz ya, öyle işte, yani nefis olacak bu Jonathan. Ne yazık ki, artık Livingstone değil. He's dead meat now. (E, böldünüz ya adamı ortadan ikiye, az önce!). Sakatatını çıkarıp depoya kaldırın. (Size her şeyi söylemek gerekiyor, anlaşıldı). Jonathan kıllı çıktıysa lütfen önce bir güzel traş edin. Eugene O'Neill'in *Kıllı Maymun* adlı oyunundaki Yank gibiyse yandınız, cımbızla saatlerce ayıklamak gerekecek. Çok hassasım kıla karşı. Küçüklüğümde evde, sonra ıslahanede, koca tencerede bir tane kıl varsa o benim tabağımdan çıkardı anacım, kısmetsiz deveyi kutuplara götürmüşler de ille de vatanım demiş (Kamber Kenç'ten apardım). Ağzımın içinden o her tarafına yağ örülmüş kılı çıkarırken gözlerim yuvalarından dışarı uğrardı, höğüre högüre lavaboya koşardım. Bu yüzden kurban kıllı çıktı derse ev sahibi, ya kendim ayıklicam, deyin ya da yemem o yemeği ben, deyin. Neyse, tabağımda çıkan diş dolgusu, diş kaplama, erbezi, tırnak, kaşaltak, kapçık, dudak gemciği, lenfosit, prostat hikayelerimi de anlatıp da keyfinizi iyice kaçırmiim. Düşündükçe midem ağzıma geliyor. (Fakat en kötüsü de midenizin ağzınıza gelip gelip de bir türlü kusamamak. Kaç kez böyle oldu ve ölmek istedim, bir türlü ölmedim!) Düşünsenize, oturmuşsunuz Sultan Reşat Pilavı'nızın başına, patlıcanın uclarını kesmeyi unutmuş ev sahibi ve pilavın orta yerinde bir kapçık size bakıyor. "Niye soymuyorsun kardeşim bu patlıcanı yaa?" diye bağıramazsınız, konuksunuz çünkü. Usulca tabağınızın kenarına sıyırırsınız büllüğün uc derisini, högh, högh dememeye çalışırsınız. Hayır büllük ucu derisini sevmediğimden değil, bu yemekte olmaz anacım, her şeyin yeri ve zamanı, usulü var...Hem ben müslümanım elhamdülillah. Sünnetsiz büllükten yapılma Sultan Reşat yiyemiyorum. Dereotu sevmeyişi gibi kimilerinin. Anlayışla karşılayıverin. Hemen "Nane molla!" demenin alemi var mı? Yani sizin pek mi hoşunuza gider iştah açıcılardan *Parmak Kavurma* tabağınızın ucunda bir tırnak unutulmuş olsa? Hı? Ya da kol böreği yiyorsunuz, böreğin içinden ağzınıza *dılak* ya da *dılak kapçığı* geliyor. Abi olacak şey mi? Uzatmiim... aman Allah kimsenin başına vermesin ama beterin beteri var, o da ne biliyor musunuz? "Ağzını yiyiim!" diye üstüne atladığınız birinin bir kaplamasının, ya da dolgusunun boğurdakınıza kaçmasıdır. Bir kere Üsküdar'da başıma geldiydi... gözlerim dönmüş, nefes alamıyorum, caddeye fırladım... kalabalık... anam geberiyorum... kimsenin umurunda değil, fır fır dönüyorum ortada soluk almaya çalışırken, herkes kendi yolunda. İşte o zaman anladım İkarus'u. Üsküdar-Beşiktaş iskelesinde öleyazıyordum, ama kim bilir belki göreceğim, belki de çekeceğim vardır.

Ben size ne tarifi yapıyordum? Hah, Jonathan Livingstone dolma. Nerede kalmıştık. Tamam, tırnak, kıl, poh püsür iyice ayıkladınız. (Bu ayıklama seansları anılarımı anlatsam ayrı kitap olur yeminlen!)... Tamam, tamam!

Kurbanınızın sırt ve göğüs derilerini ayıkladıktan sonra iyice yıkayın ve derin bir tencerede haşlayın. (Jonathan genç ise haşlama süresini uzun tutun. Biraz kırış kuruş olmuşsa daha az haşlayın) Haşlanmış Canıtın derisini el kadar el kadar yapraklar halinde kesin.

Bir tencerede önceden minik minik kuşbaşıladığınız, ya da kıydığınız JL etini haşlayın. Ayrı bir kapta dolma içini hazırlayın. Bulgur, tuz, karabiber, kırmızı biber, sumak tarçın ve ince ince doğranmış soğanı kaba dökün. Sıcak su ile yoğurun bu karışımı. Yoğurun yoğurun, soğanlar bulgurlara yapışana kadar yoğurun. Hazır olunca, bu karışımdan arzu ettiğiniz kadar haşlanmış JL etinden gene haşlanmış deri yaprakları arasına koyup sarın deriyi, ya da para kesesi şeklinde ağzını büzün. Derin bir tencere dibine dizin. Üstüne bir tabak kabatın. Bastırsın, ağırlık olsun da dolmalar açılıp dağılmasın diye. Üstüne ılık su ilave ettikten sonra Jonathan'ın bel nahiyesinden alıp erittiğiniz yağından gezdirin. (Yağı gezdirmeyin, yemeğin üstüne dökün gezdirerek!) İkram ederken de, yemekten sonra da *Martı*'yı okumak, hazım konusunda yardımcı olacaktır.

YERADAM'DAN KULAĞA KÜPE: Bu yemeği konuklarınıza sunuyorsanız, lütfen ne okuyacaklarına kendileri karar versinler. Bazıları Richard Bach'ı fazla yüzeysel bulabiliyorlar. Tıpkı deri gibi.

YERADAM'DAN 2. KÜPE: Yemek sırasında boklu püsürlü anılarınızı anlatıp da mide bulandırmayın. Ne tuhaf bir insan alışkanlığıdır bu, hep garipserim. Karnı doyanlar başlamıyorlar mı iğrenç iğrenç anılarını anlatmaya tepem atıyor anacım.

AĞIRŞAK ŞİŞ
1 adet boylu poslu atletin omurgası
Tuz

Ağırşak, "disk" demek. Ben bu yemek tarifini Atlanta olimpiyatları sırasında akıl ettim. Yanıma yiyecek bir şeyler almayı unutmuşum, milletin uyluklarının dibinde ağzımdan sular akaraktan kuyrukta beklediğim, kontrolden geçerken soğuk terler döktüğüm yetmiyormuş gibi, disk atan atletleri gözlerim büyümüş izlerken bir de farkettim ki yanıma patlak parmak, ya da ne biliim pörtlek göz falan almamışım iştah açsın diye. Ama cenab-ül mevlam yüzüme gülebaktı da atletlerden biri fazla döndü ve çizgiden dışarı uçup disklerini kaydırdı. N'aptım? Tabii, hemen sahaya indim. "Ben doktorum, hem de disk uzmanıyım," dedim. Sedye ile atleti masaj odasına götürdük. Hadi gidin siz öteki atletler de disklerini kaydırmışlar mı bi bakın dedim. Onlar da Oki Doki dediler. Salak bunlar. Ama benim de alnımda "Yamyamdır, her söylediğine kanmayın," yazmıyor ki. Neyse, onlar gidince ben diski kayan atleti kafaladıktan sonra disklerini parçalamadan inci kolye gibi çıkardım. Duvara dayalı mızraklardan birini aldım. Bu atletler mızrak atma yarışı da yapıyorlar di mi? Biri mızrağını almadan çıkmış sahaya demek ki. Haer neyse... Diskçinin disklerini mızrağa geçirdikten sonra sırra kadem bastım tabii. Üzüldüm, yerime dönüp olimpiyatları izleyemedim diye. Stone Mountain'ın tepesine çıktım, diskleri tuza banarak nefis manzaraya daldım.

YERADAM'DAN KULAĞA KÜPE: Dikkat ettinizse sadece "tuz" yazdım. Çünkü Atlanta'da helal tuz bulmak çok zor. Ben bulamadım. Belki telaştan.
YERADAM'DAN 2. KÜPE: Sporcu halka mal olmuş biridir, bari onları rahat bıraksak diyorsanız, vicdanınız rahat olsun. Diski kaymış bir diskçinin hayatı da kaymış demektir. Hâlâ inat ediyorsanız şu filmi izleyin diskleri yedikten sonra: Atları da Vururlar.

ÇİN-JAPON

Bugün, büyük kentlerimizin hemen hepsinde Çin ve Japon lokantaları bulunmaktadır. Ben 1988 yılında Atlanta'da bir konferansta konuşma yapmaya gittiğimde Japon ve Çin mutfağının inceliklerini gördüm. Mutfak içerde değil dostlar, müşterinin gözleri önünde. Özellikle Japon aşçılar masanıza gelip kılıçlarını çektikleri gibi başlıyorlar gösteriye: Şaka da şukada kesip biçiyorlar kurbanı gözlerinizin önünde. Üstünüze sıçrayan kanları yalayıp yutun. İştah açar. Ama vücudun her parçasının işe yaradığını, o nefis çanaklar içinde servise getirirken yaptıkları gösteri inanılmaz bir ritüel. Hiç zahmet edip de evde yapmayı denemeyin, ritüelin gösteri kısmını beceremezsiniz. Onlar daha Dayvuuuh derken servis hazır oluyor. Bizler aheste çekecez kürekleri Saba makamında da... uzak doğu yiyeceklerini evde yapmak nafile çaba. Alkolün tavalar üstüne dökülüp de müşteriye ya da konuğunuza "I was like wow!" (Yani, "Amanın oldum abi yaa!") dedirtmesi evde pek olmaz anacım.

YERADAM'DAN KULAĞA KÜPE: Gösterisi sona erince Japon şefin orasına burasına yeşil dolar sıkıştırmaya kalkışmayın. "Dansöz müyüm lan beyn! Mahari matsuka, heyt!" diyerekten sizden silli bamya çorbası yapmak isteyebilir. Malumunuz, yamyamlar yeşilden nefret eder. Herifler boşuna mı bastılar Pearl Harbor'u? Bu otobur Amerikalılar da n'aptı? Caponların üstüne yağdırdılar atom bombalarını. Bok herifler!

YERADAM'DAN 2. KÜPE: Ben bu yeşil dolar şıkıştırma olayını bir kez yaptım. Şansıma alıngan bir yamyam şef çıktı da harakiri yaptı. Dallamanın teki olsaydı yemiştim şeyi... kılıcı, böğrüme.

Böğür dediniz de, ben bir şöyle Hong Kong'a kadar bir uzanayım izninizlen de Karamelli Böğür ve Döş yiyeyim bi. Tabii ki İngiliz usulü döş. *Creme de la creme* yeminlen!

Bay fir nav...
C... U... Leytır

kol böreği:
the last supper

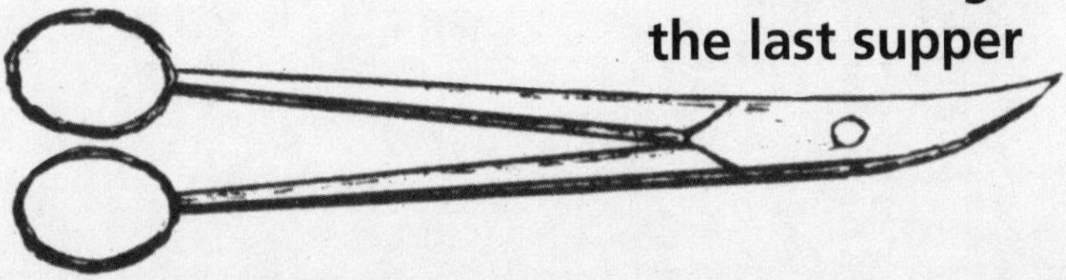

Hiç kimse bu böreği yemeden ölmemeli. İnanın yamyamlıkta hacı olmak budur, bu! Yok abi böyle bi şi. İşte yamyamlar için tatlı bu. Ve sevgili okurlarım, tarife geçmeden ve kol böreği ile ilgili daha birçok laf-ü güzaf etmeden önce hemen söylemeliyim, ömrüm vefa etmeyebilir: Hayat çok kısa. Önce tatlıyı yiyin demiş bir yüce anonim yamyam. Yamyamlar için ise tatlıların şahı bu. Ayrı bir bölümde ve kitabın sonunda bu kol böreğini ele almamın nedeni anlaşıldı sanırım. İsa'nın son yemeğinde sofrada kesinlikle kol böreği vardı. Yoksa ihanete neden uğrasın. Bana eğer biri "Kol Böreği miii, yoksa.... şu muuu?" diye sormaya kalksa... "şu" ne ise, dinlemem bile. Bilsem anam mezarından kalkacak, başım göğe erecek, dünyaları bana verecekler... değişmem.

Gel gör ki kolun anlam ve önemini insanlar pek bilememişlerdir. Biz yamyamlar mutlaka öğreniriz i hayatımızın bir evresinde. Ama insanlar öyle mi ya? Özellikle erkekler, kol böreğinin gücünden hep korkmuşlardır. Kol böreğinin malzemesi yüzünden, her an kol gibi durmak, kol gibi fonksiyonel olmak *öğretilmiş* zorunluluğu ve yiyen konuklarda bıraktığı huşu, onların sizin kol böreğinizin reklamını yapmaları: "Yiyeceksin, daha yok mu diyeceksin!" diyerekten her yana namınızı salmaları ve bir sürü konuğun kapınızda kuyruk olması, "Accuh da bana ver," diye kapınızda mel mel bakmaları, hatta melemeleri an meselesidir. E, bir aşçı olarak da bundan ürkersiniz. Sizin de vardır bir kolunuz, önünüzdeki, masaya yatırıp böreğini yapacağınız bu kol da koldur. Etkisini ve doğuracağı sonuçları üç aşağı beş yukarı bilirsiniz. Bu yüzden kol böreği sahibini, aşçısını bile hem gönendirir, hem de korkutur. Sahip olduğu gücün farkına varmak o gücün sahibini istismara yöneltece ği gibi, iktidar düşkünü yapabilir; kimi kol böreği tutkunları bu bağımlılık sonucu zıvanadan çıkıp diktatör falan olurlar. Ölçülü yemek gerekir. *Fazla kol böreği göz çıkarır* diye boşuna dememiş atalarımız. Ama zaaflarıma, kibire yakayı kaptırmadan kol böreğimi bütün halkımla paylaşmayı severim. Kol böreğisiz bir hayat düşünemiyorum.

Neden mi? Çünkü bugünkü ruh halimi, bugün herkesin

Yeradaaaam diye peşimden koşturmasını, bu bilgeliği, bu dinginliği ben kol böreğine borçluyum. Nedenlerini sıralamak istiyorum, bu yemeğin adı geçtiği yerde heyecandan elim ayağım birbirine dolanıyor. **Çünkü kol böreği...**

1. global bir yemektir.
2. uydurulmaz, kendiliğinden olur.
3. varoluşsal bir başlangıç ve sondur. Ham insan pişer, yanar. Yanınca da kendini dağdan aşağı dayvuuu diye atar anacım, tıpkı *Kaplan ve Ejderha* adlı filmde kifayetsiz muhteris kızın yaptığı gibi. Kol böreği yemek insanı olgunlaştırır; olgunlaştırır ne demek gözünü açar; o da laf mı, erer erer... abdal olur... derviş olur...
4. tinsel arınmaya ve yeniden doğuşa giden yolun kapısıdır.
5. Nietzsche'nin Zerdüşt'ünün de buyurduğu gibi, içinde kaos büyütüp, besleyip de danseden bir yıldız doğurabilmek için şarttır.
6. aymak için şarttır; bir başka deyişle, yüz yıllık yalnızlıktan insanları, yüz yıllık uykudan pamuk prensesi uyandıran, Rapunzel'e o güçlü saç köklerini veren, Külkedisi'ne prensle buluştuğunda prensi aşık eden ve kapı kapı onu aramasını sağlayan özgüveni sağlayan odur.
7. insan tarihine yön verecek güçtedir.
8. mutluluğumuzun müsebbibidir. Bugün eğer biraz mutluysak ve hâlâ devam diyebiliyor ve ümitsizliğe yenik düşüp meczuplar gibi bir parkta parmaklarımızın bir yamyam tarafından yenmesine izin verecek kadar kendimize yabancılaşmamışsak bunu kol böreğine borçluyuz. Bin yılın Avrupa ve Amerikalı sanatçı ve akademisyenleri tarafından yapılan "Son Bin Yılın En Büyük 100 Siması" anketinde 100 numaradaki Kanuni Sultan Süleyman kesin yemiştir kol böreği. Listenin aralarındaki büyük isimler, örneğin Einstein.... Bugün www.datkamları başımıza saran ve sanal demokrasiyi kuran ve şeytanın ta kendisi diye de adlandırılan Bill Cosby, ay hep karıştırıyorum bunları (geçen hafta ikisini pembe gördüm de rüyamda!)... Bill Gates demek istemiştim, kesinlikle kol böreği yemişlerdir, hayatlarının ya da evrimlerinin bir evresinde.

Soruyorum size: Kol böreği olmasa (ydı), ...
1. Fatih Sultan Mehmet gemileri tepelerden aşırtıp Bizans'a baskın yapabilmeyi nasıl akıl ederdi? İstanbul bugünkü yamyamların İstanbul'u olur muydu?
2. Kanuni Osmanlıyı toparlayacak, bütün dünyayı kendine hayran bırakacak kanunu nasıl çalardı. (Ben onu yeterince tanımıyorum, Kanuni Cemil Efendi anlatsın... ah ah, bir dahiymiş Süleyman ve her akşam börek mutlaka yermiş kanun çalmadan önce.)
3. Kristof Kolomb Hindistan'a giderken Amerika'yı bulabilir miydi? Buldu da ne mi oldu? Önyargılı otoburlar sizi! Bunca güzel yemeği nasıl yerdik. O yağlar, o butlar kimde var? Hem İncirlik olur muydu o zaman, Adana olur muydu?
4. önce ateş, sonra tekerlek icat edilebilir miydi? Ateş icat edilmeseydi bu yemekleri neyle pişirirdik. Hep çiğ yemek de olmazdı, yamyam da olsak her gün baklava yenir mi anacım? Tekerlek icat olmasaydı, top tüfek icat olmasaydı, kurbanlarımızı hep sırtımızda taşımak zorunda kalırdık. Şimdi rahatız, arabanın arkasına attığımız gibi istediğimiz yere gidiyoruz anacım. Top tüfek icat olmasaydı, savaşlar olmasaydı, insan eti dolu savaş meydanlarındaki açık büfeden nasıl yararlanırdık?
5. dinibütün yamyamlar Haçlı seferleri benzeri yamyam eylemleriyle, tanrıyı yanlarına alıp Kızılderililerden, zencilerden, şimdilerde Asyalılardan, Orta Doğululardan mamul sofralar kurup yamyam mutfağını zenginleştirirler miydi? Hem aynı Hıristiyanlar olmasaydı, özellikle Katolik inanç dizgesi altında yetişen James Joyce bugün bile bize "Ne la bu!" dedirtip parmaklarımızı ısırtan başyapıtlarını yazabilir miydi?
6. para icat olur muydu? Para olmasa soframızı kurmak için kap kacağı, satırı, baburu nasıl temin ederdik?
7. sömürgeler kurulur muydu? Globalleşme mümkün olur muydu?
8. Babil kulesi yerle bir olur muydu? Madımak Kulesi yakılır mıydı? Hadi yakıldı, ibret olsun diye bırakılsın diyenler susturulup otel yenilenip altında similyası toşpiline denk insanlar

huzur içinde yemeklerini yiyebilirler miydi?
9. kardeş kardeşi vurur muydu? Öteki kavramı gelişir miydi? Engizisyon mahkemeleri kurulur muydu? İnsanlar cadı diye, yamyam diye, vampir diye asılır yakılır, taşlanır mıydı? İşkence olur muydu? YÖK olur muydu? Öyle olmasaydı, biz aç kalmaz mıydık?
10. "Ben kazanım yar yesin, nicedir başım sağdır," türküsü çıkar mıydı? Adam kol böreğini yemiş ve bu dirayete sahip olmuş. Ancak faziletli bir aşık böyle der. Başım sağdır diyor ve canla başla çalışıyor ki eve bir kol böreği götürebilsin de yari de ersin bu murada.
11. Hollywood olur muydu? Olmasaydı Mel Gibson "Özgürlüüük!" diye bağırmadan önce dötünü İngilizlere gösterebilir miydi? Göstermeseydi, but yemekleri nereden gelirdi aklımıza? O İngilizler dünyanın en yamyam uygarlığını Hindistan'a, Bangladeş'e, Pakistan'a taşıyabilirler miydi? E. M. Forster *Hindistan'a Geçit*'i yazabilir miydi?
12. Karın Deşen Jack, karın deşmeyi akıl edebilir miydi? O karın deşmeseydi, mumbar icat olur muydu?
13. Osmanlı her gittiği yere uygarlık götürebilir miydi? Ayasofya bugünkü yarı kilise yarı cami görüntüsüne kavuşabilir miydi? Atın kuyruğunu kim bağlardı, bu düğümü kim çözerdi? Koyun kurt ile mi gezerdi? Öyle şey olur muydu? Olmazdı, olamazdı.
14. ak tolgalı beylerbeyi haykırır mıydı, "İlerleee!" diye. Bugünün yozluğu içinde duymuyor musunuz soysuz sopsuz insanlar, otobüslerde, metro trenlerinde nasıl da bağırıyorlar: "İlerliyelim beyleeaarr, önler boş!" Nerde ak tolgalının kölesi olduğum nidası, nerde bu seviyesiz, kayıtsız, bencil ciyaklama. Söyleyin hangisi bırakır bu kubbede hoş bir seda? (Allahtan otobüslerde dolaşan biletçiler artık yok. Eskiden otobüslere arkadan binilirdi, biletçi de arkada otururdu. Sonra önden binilir oldu, biletçi de haliyle öne oturmaya başladı. Sonra biri daha geldi ve dedi ki isteyen istediği yerden binsin abi, biletçi de dolaşsın ona buna sürtüne sürtüne, dedi ve öyle de oldu. İşte o günlerde, bu dolaşan biletçi, otobüsteki herkese "Kol böreği

yapayım mı sana?" imalarıyla bıyık altından güler ve arabanın önüne, şoferin yanına vardı mı da döner bağırırdı: "Arkadan vermeyen var mııı?" Bu it, kol böreği yemiş olamaz, o asalet yoktu zaten. Yüzünden akıyordu cahil olduğu. Yoksa bilirdi ancak kol böreği yiyenlerde olmaz kuşkuculuk. Bu illetin de ilacıdır kol böreği çünkü. Çünkü insan sevgisi kuşkuculukla bir ipte oynayamaz. Çünkü insanı seven, onun her daim tiril tiril bir beyne, kaç kuşağı doyuracak bandaya (Bkz: "Şeftali Kebap" tarifi), nice yollar tepmiş ve insanoğlunu bugünkü mertebesine getirmiş ayaklara, öykülerini yazıp tarihini ve belleğini hep taze tutmuş parnaklara, pıt pıt atan bir yüreğe ve o yüreğin, o ruhun kendini bütün dürüstlüğü ile dışarı vurduğu ışıl ışıl ve bembeyaz gözlere sahip olduğunu bilir; çünkü insan bedeninin aslında ne me nem bir tarih, bir mabet olduğunu bilir. İnsan 3000 yıldır kutsaldır. Bunu Budistler bilir, bu beden (hiç önemli değil göğsü büyükmüş küçükmüş, hiç dert değil burun patlıcan gibiymiş, fındık gibiymiş... cenab-ül mevlamın yarattığına, onun sanat şaheserine kötülük yakıştırmak, ondan kuşkulanmak sadece skepticism olarak algılanamaz. Bu düpedüz kanıttır; neyin kanıtıdır? Kuşkucuların kol böreği yemediğinin kanıtıdır. Çünkü iyi olan insanlar, içinde birazcık iyilik kalmış herkes (yani arkadakiler) mutlaka vermiştir... paralarını. Niye vermesinler ki? Vermeyip de başları göğe mi erecek? "Arkadan vermeyen var mı?" diye sormakla başın göğe mi erdi? Zaten vermeyen olsa yüzünden belli olur, verenlerin hepsinin yüzünden nur akar. Ben gördüm, hepsi verdi. Zaten kol böreği yiyen hırsız olamaz, bencil olamaz, ötekine saygısızlık edemez; neyi varsa hiçbir ayrım gözetmeksizin paylaşır, verir, hep verir. Bunu yaparken de asla türbem dikilsin beklemez. Kol böreğini yemiş olmak yeter de artar bile. O yeryüzü cennetinde bulunmuştur. Sylvia Plath'ın "I have been there," (Ben orada bulundum) derken kastettiği Venedik değildir, Çemişgezek hiç değildir. Ya nedir? Kol böreği yeme deneyimidir. Böreği yedikten sonraki epifanidir. İnsanın ayma anıdır ya da amiyane karşılığı ile varoluş özünün, tözünün kafaya dank etmesidir. Çünkü ***kol böreği evrenin sırrını içerir.*** Bunun farkında olan varoluşlar ne demiş? "Varoluş özden önce gelir," demiş. İşte bu özü kavrayabilmek için kol böreği yemek Styx ırmağından geçmek gibidir. Olmazsa olmaz bir yaşantı, bir tecelli. Kasap Muuttin amca ile yaşadığım tecelli kol böreği tecellisi değildi anımsarsanız, ama sonradan seçilmiş yamyamlardan olduğumu böyle anladım ben. Kol böreği sayesinde, ben seçilmişim diyebildim.

Ne yazık ki kol böreği de, bilgi gibi, dabılyu dabılyular gibi, ilaçlar gibi, atom bombası gibi, iyi yüreklilik ve aşk gibi, sevda gibi, beden gibi, kalem gibi, hayat gibi...kötüye kullanılagelmiştir insan denen zaaf abidesi tarafından: mesela örneğin benim mantık hocam günlerce hazırlanıp da gönüllü kalktığım sözlüden 1 verdiği gün, arkadaşlarım benimle alay edip "Ha ha ha! Nasıl yedin ama kol böreğini!" Ben ne yediğimi o zaman bilmiyordum, küçüktüm küçücüktüm. "Bir örnek ver!" dediği zaman uslamlamaya, ben de "Mesela örneğin," diye başladım örneğimi vermeye ki "Otur yerine! Bu sınıfta mantık dersi mantıksızlık dersi oldu!" diye bağırıvermişti. Demek ki, sabırsız ve zaaf abidesi insanlardan mantık ya da felsefe hocası olmamalı. Bir de uslamlama, yani akıl yürütmeyi bilmediğimi sandı hocam, ona hâlâ bozulurum. Kulağı çınlıyordur inşallah, toprak olmadıysa tabii. Ben onun kulaklarını, bana 1 atan parnakları katur kutur yemeyi çok istedim, ama arkadaşlar tuttu beni her seferinde.

Yamyam tarihi insanlık tarihidir, dünya tarihidir. Açın bir tarih kitabını ve örnekleri siz çoğaltın. Kısacası, kol böreği takdir-i ilahidir. Cenab-ül mevlamın bize bir lütfudur.

Biz onsuz saadet neymiş tatmadık ki bilelim. Tatmayanlar zaten bilemezler ve cahil mutluluğu ile nafile bir yaşam sürdürürler. Yamyamım o halde varım diyemezler.

Ama biz deriz.

KOL NEDİR, NE DEĞİLDİR?

Adetimdir, bir sözcüğün anlamları, çağrışımları, yan anlamlarını deşmek için önce etimolojisine bakarım. Nereden çıkmıştır bu kol? Nerelere uzanır? Nerelere uzanacak, tabii ki İngilizlere uzanıyor kol. Valla saplantı diil. Bakıyorum İngilizce sözcük kökenleri sözlüğüne, "Arm" maddesinde (OE) yazıyor, yani Old English, yani Eski İngilizce. Her iki anlamında da arm, yani vücudumuzun bir uzantısı, çıkıntısı ve de silah anlamlarında, aynı Hint-Avrupa kökenindeki "ar" ve "fit, join" anlamlarına dayanıyor. "Oturmak, yerleşmek, içine girmek, eklemek," anlamlarını getiriyor ve de buradan art, yani sanat ve article, yani makale, madde sözcükleri türüyor. Demek ki yemek sanatının, insanın varoluşunun dayanak noktası olan yemeğin, yani kol böreğinin, sanat olduğu sözcüğün çıkış noktasından itibaren tescillenmiş, bir saltık gerçek. Bu sanat hakkında şu anda bu makaleyi yazıyor olmam da ilahi bir rastlantı olmalı. Bu kökün bir türevi de Latince'deki arma, yani silah, yani alet. Buyurun, buradan yakın. Bir taraftan nükleer silahlarıyla, atom bombalarıyla yamyam tarihimiz onaylanıyor, bir taraftan da mutfakta kullandığımız alet edevat bir geçmişe sahip oluyor. Bu arma, Eski Fransızca aracılığıyla 13. yüzyılda Eski İngilizceye giriyor. Daha fazla teknik bilgiyle sizi sıkmak istemem çünkü kol böreği hiç de sıkıcı değildir, soğumanızı istemem, ama bu kol dilimize de pelesenk olmuş. Örnek mi? Tümce içinde kullanarak birkaç örnek vereyim:

Her yerde kol böreği **kol geziyor.**

Kol kola olmak bir insanlık ayıbı değildir.

Kol saati mi aldın, ne gerek vardı ki? Ben sana bir tane verecektim.

Kol gibi

Koldan hücre alınıp kalbe nakilediliyorsa kalpten hücre alıp kola da nakledilebilir mi?

Elini verip kolunu kaptırmak her erkeğin nikah masasını anlatır.

Kol güreşi yapmak iyi bir spordur, yararlıdır, kollar kaslanır, butlanır.

Kolluk kuvvetleri kasabaya herkesten önce girdiler ve oturup kol böreği yediler.

Kol kırılır, yen içinde kalır. Herkese söylemesen olmaz sanki artık ayrı odalarda yattığımızı. Gözüdoymaz karı!

v.b.

Haer neyse, bakıyorum heyecanlandınız. Tarif için kağıt kalemi, kap kacağı, alet edevatı hazırladınız. Buyrun öyleyse, son yemeğinize, daha doğrusu yeni bir başlangıca buyurun. Kuğunun son ezgisi bu.

KOL BÖREĞİ
11 kişilik
Malzeme:
1 adet homo sapien
Kol (konuklara gerektiği kadar, yetmezse konukların kolları kullanılır.)
Altkol derin kasları
Üstkol humerus
Caput longum
1 adet scapula
bedenin diğer tüm organlarından 100er gram
20 tabaka deri (salamura)
zevke göre baharat
limon
soğan
sarımsak
tereyağ
fındık fıstık
Eritilmiş mesir macunu (bir kase)
Ayder balı
Helal tuz
Kırmızı şarap

Bu bir ritüel. Nefsinizine göre hareket edemezsiniz. Amaç çünkü sadece karın doyurmak değil. Bu yüzden de toplam 11 konuklarınızı mutfağa toplamalısınız. Sizinle birlikte 12 etmeli. Konuklarınızın koldaki kılları ayıklamasına izin verebilirsiniz. Bu da ritüelin bir parçası olabilir. Kurban ouch ouch diye bağırıyorsa, henüz kafalanmamış demektir. Scapulayı kafasına indirin. Marş okumaya başlayın, ayağınızdaki postalları yere vurarak onu ürkütün ve cidden kafalayın.

Konuklarınızın tercihine göre aşağıdaki listeden bir ritüel müziği koyun. Kurbanınızı geniş mutfak masasının üzerine yatırın. Sırasıyla iki kolunu da bedenden ayırdıktan sonra konuklarınızın gözleri önünde her uzvundan 100er gram kesin. Alt ve üst kol kaslarını kemiğinden sıyırın ama koparmayın. Humeruslardan ve longumlardan yanlara doğru açılmalılar kabak gibi. Tabakalar halinde kenara yayılsın kaslar. Tabaka tabaka açılan bu kasların üzerine özel baharatınızı serpin. Açılan tabakalarla kemik arasına da, vücudun tırnak, kıl ve püsürleri dışında uzuvlarından kestiğiniz parçaları ince ince dildikten sonra tereyağlı tavada kavurun. Bol baharat içinde yoğurduktan sonra bu malzemeyi açıp kenarlara yaydığınız tabaka kaslarla kemik arasına doldurun. Kenarlara açılmış kas tabakalarını malzeme üstüne kapatmadan önce bütün kolu limonlayın. Sarımsak ve soğanı da kolun her yanına eşit oranda dağıtın. Kapatın kasları. Dikin ve yeniden limonlayın. Sonra kolu salamura deri tabakalarına sarın. Diyarbakırlı keçecilerin yaptığı gibi göğsünüzün üzerine vura vura kolu kıvamına getirin. Unutmayın, *ter damlamayınca keçe olmaz.* Şimdi üzerine tereyağ gezdirin. 300 derece taş fırına sürün. Yaklaşık yarım saat sonra fırından çıkarın, taş gibi olmuş olması lazım. Hâlâ yumuşaksa yeniden fırına sokun. Başında beklemeniz gerekir. Ara ara kolu yoklayıp taş gibi kesilip kesilmediğini kontrol etmelisiniz. Bunu da işaret parmağınızla yapabilirsiniz. Kimi aşçılar yemeğin pişip pişmediğini dilleriyle ya da kaşıkla bir lokma ağza alarak yaparlar. Bu yanlıştır. Dil kola yapışır. Tesisatçı mı çağıracaksınız. Peki ama nasıl konuşacaksınız telefonda? Böyle bir yanlış yapmayın, yaparsanız da tesisatçıya hebele gübele derken yine de meramınızı anlatabildiyseniz, dondurma getirmesini de söyleyin. Dil üstünde kaydırmaca yapın dondurmayı, diliniz koldan çözülür.

Tamam kol balta gibi oldu diyorsanız fırından çıkarın. Üzerine biraz daha tereyağı sürün. Kırmızı şarabı açın ve uzun, geniş bir tepsi içinde masaya koyun. İki kenarına garnitürünüzü ekleyin, süsleyin. Mumları ve insest çubuklarınızı yakın. Müzik de çalıyor, bence senfoniklerden birini koyun, görkem olsun icabında. Konuklar masanın etrafına toplaşsın. Yavaş yavaş ve mutlaka müzik eşliğinde kolun üstüne Ayder yaylasının binbir çiçeğinden devşirilmiş o pahalı baldan gezdirin. Herkes kolun bir ucundan tutup kaldırsın ve hart diye ısırsın. Duvarlarda da mutlaka ve mutlaka yamyam tarihinin büyüklerinin tablo ya da fotoğrafları asılı olsun. Her ısırıktan sonra kadehler bu atalarımızın şerefine kaldırılsın ve "Haleluyah!" diye haykırılsın. Hatta bu son yemeğe Papa Jean Paul Belmondo, Michael Jackson çağrılırsa daha bir unutulmaz olur. Atalarımız deyince aklıma geldiler.

Kol böreği son yemeğiniz afiyet olsun! Safanız olsun!

YERADAM'DAN KULAĞA KÜPE: Kimileri elleri ayrı değerlendirmek ister, kimi kolun üstünde sıcak sıcak onu da yemeyi. Eğer kolun üstünde kalsın istiyorsanız el, tırnakları sökmeyi ihmal etmeyin. Tırnak sökme işleminden önce ve sonra elleri mutlaka yıkayın.

YERADAM'DAN 2. KÜPE: Kimileri Ayder balı ile Mesir macununu karıştırıp dökerler kolun üstüne, kolun kıvamı daha iyi olsun. Bence o zaman da tadından yenmez. Hem bu kadar tatlı üstüne dökülünce kol böreği yumuşuyor. Kolu sardığımız deride benekler oluşuyor. Sinekler üşüşüyor felan.

Kol böreği yapımı sırasında söylenebilecek ve ritüel sırasında dinlenmesi gereken müzik çeşitleri:

1. Yurttan sesler korosu... eşşizdir. Hepsi yemeye çağrılmalıdır.
2. Gregorian Chants
3. Bach'ın Fügleri ya da kilise müziğinin her türlüsü, koro için yazılmış yapıtlar tercih edilmeli.
4. Her tür marş. Yamyamı galeyana ve dolduruşa getirir.
5. Her tür çabuk üretilen ve tüketilen pop müzik. Ricky Martin vd.
6. Ninniler
7. Çaykovski'nin *Uyuyan Güzel*'i. Salya sümük dinlenir, vücut sıvılarının kendilerini dışarı atıp tavayı şenlendirip eti yumuşatmasını sağlar. (Kolun eti değil, konuklarınki)
8. Absürd türküler (Örnek için bkz. *Top 20*.)

9. Teen ni teen ni, tennen nii, tenenaaa nisi bol klasik Türk musikisi örnekleri
10. Wagner (Vietnam Savaşı sırasında Amerikalılar helikopterle Wagner dinletmişti Vietkong'lu asilere de herifçiler donlarına etmişti korkudan... Hitler de pek severdi üstadi... Bu gerçek en güzel yamyam belgeseli sayılan *Apocalypse Now* filminde de gösterildiydi)
11. Dini ayin müzikleri... ritüelde insanların beyni sulansın da bizlerin onları ham yapmak üzere yanaştığımıza aymasınlar diye.
12. Lambada müziği. But prezantasyonu için şarttır.
13. *Forest Gump, 1492* benzeri senfonik film müzikleri. Yamyam ediminin ne görkemli olduğunun tüm belleklere kazınması ve olumlanması için.
14. İbrahim Tatlıet'in yapıtları, özellikle ayak ve topuk yemekleri de kol böreğine eşlik ediyorsa, "Ayağında Kundura."
15. *Jingle Bells, Jingle Bells, Jingle All the Way...* Kutsanmış ve seçilmiş olduğumuz inancımızı pekiştirir.
16. *Dingil geeel, dingil geeel, dingil böyle geeel.* Dingiller, kol böreğini bilmeyebilirleeer diye.
17. *Türkiyem cennetim, benim bicecik milletim...* özgüvenimiz için.
18. *Haydarpaşa gaarında Kadriyem, istedim de vermedin çıban çıksın kolunda, Kadriyeme ben yaaandııım...* Sitem etmek için kullanılır.

şarkılarımız, türkülerimiz: top 20

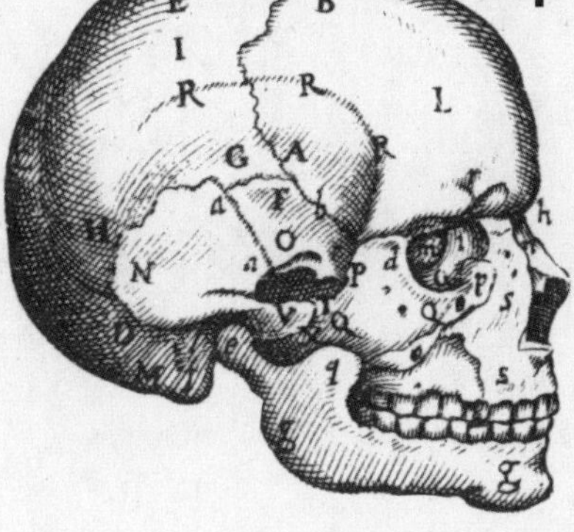

1. *Bohemian Rapsody:* Elhamdülillah müslümanım. Queen'in bu klasiğini hemen her yemekten önce dinler ya da söylerim. İçinde bismillah geçer de ondan, hem söyleyen de bir gavur olduğu için bana daha anlamlı gelir. Freddy Mercury'yi saygıyla şaapıyorum burdan.
2. *"Yağ satarım, bal satarım, ustam ölmüş ben satarım!"*: Çocukların kadir kıymet bildiklerini gösterir bir okul şarkımızdır. Usta, yani mutfak şefi öldüyse, bayrağı yeni kuşaklar taşıyacaktır, bu şarkı çocuklara mutlaka öğretilmelidir.
3. *Senniii aaanan benim için dogurduuu canım, hammurunuy benim için yogurduuiiy*: Bu da melekler kenti Los Angeles yöremizden bir türkümüz. Ünlü sanatçımız Bitli Spiyırz söylüyor. Sanırsam deprem felaketi sırasında bundan nasıl bir çıkar sağlarım kendime diye deprem mahallinde beyaz önlüklerimle dolaşırken ben, bu şarkı da yılın şarkısı olma yolunda hızla ilerliyor*muştu*. (Dilimizde bu zaman niye yok? Dilbilgisi uzmanlarını bir gün yemeğe çağırayım ben en iyisi) Bitli Spiyırz kardeşimiz bu şarkıyı kurbanlarını keserken söylüyordu klipte. Hamuru getiren anne rolünü üstlenen Oya Boğaboğan da mutteşemdi doğrusu.
4. *Cama da vurma, cam şıngırdar sevdiğim, anam duyar, babam döver*: Bu türkümüz de bana tuhaf bir hüzün verir, nedense. Ufka dalarım... düşüncelerimde yiter giderim. Kurbanın birazdan sofrada servise çıkacağını anlayıp teslim oluşunu, kaderine razı geldiğini gösterir bu türkü de ondan. Bütün istediği, başının cama vurulmamasıdır. Ne zarif düşünce di mi? Ben onun kafasını cama vura vura gebertip mideme indirmeyi düşünüyorum, o beni düşünüyor. Babam gelir seni döver diyor. Ne düşünceli kız, ay yerim ben seni.
5. *Neremi, neremi?Gösleriminii!*: Mitolojik önemi olan bir şarkıdır. Bu şarkıyı söyleyen karının kafalanacağından haberi yoktur. İyi ki de yoktur. Yanıt isterse iltifat edin: "Her yeriniii!" diye.
6. *Manda yuva yapmış söğüt daaalına, ammaaan amman, yavrusunu sinek gapmiş gordünnü, amanın yandım, tiridine,*

tiridine, tiridine bandım, bedava mı sandın, para virdim aldım: *Neremi, neremi*'den sonra biraz istihzalı felan olmuş olabilir ama bu türkü biz yamyamlar arasında bir şifredir, kesinlikle insan etiyle ilgili görünmüyorsa da *sofra hazır, yemek soğuyor, tiridine bandım, sen nerede kaldın arkadaşım* demek için misafirinize telefon ettiğinizde bu türküyü söyleyin, telefon dinleniyorsa başınız derde girmez. Sakın gaflet ve dalalet halinde telefonda *herifi pişirdim, sofra hazır gel de silli bamya yiyek* neyin demeyin.

7. ***Yakalarsaam muah!***: Yamyam popüler kültürünün ilahı TerKan (iki vazgeçilmez vücut sıvısını adında barındıran tek uluslararası şöhretimiz. *Coming Out*'unu böylece gerçekleştirdi) aslında "Yakalarsaaam, ham!" demek istemişti ama Sezen denen yelloz buna izin vermedi. Otçu mudur bu Sezen, nedir?

8. ***Beni yak, kendini yak, her şeyi yak, hak la ilahe illallah***: Izgara yemekleriyle iyi gider, kitle kavurma, özellikle Madımak Oteli civarlarında ikamet eden kardeşlerimiz pek sever bu şarkıyı. Aramızda kalsın, ara sıra dellendiriyor beni ama zaafım var benim Sezen'e. Hastayım abi karıya. ***Yesun oni ninesu da yesun oni ninesi...*** ha uşak ha... Yamyam müzik kulağına uygun, neredeyse bütün şarkıları. İnsan bu kadar prosodi hatasını yapar da hata değilmiş gibi nasıl dinletir yaa. O beceriyor anacım. Neydi o, "Ünzile insan dölü, on parmak beşi ölü... varmadan sekizine ergin oldu Ünzile..." mmm, iyi iştah açıcı olur Ünzile'den. Sezen ne eylerse eyi eyliyor, ağzımın suyu her daim akıyor. Oysa Edip Gakbayram ile Lütfi Zivaneli öyle mi? Baştan aşağı yanlışlıklar komedyası yaptıkları garabet. Amma kitleler seviyor anam. Hayret bi şii! Herhalde ben anlamıyorum sanattan. Neydi o, "İstAnbulUUUU dİnliyOĞrum gÖÖslerim Kapaaağlı, önCE ha-FİF-TEEEn biiiir rüzGAAAr EEsiiiğYOOOR..." İki dizede neredeyse 20 hata. Yani ne demek bu? Ben bu şiiri müzik kurallarına göre yanlış nasıl besteleyeyim diye oturmuş da öyle yapmış şarkıyı. Bir de kitleler onların kolay ezberlenir şarkı ve türkülerini all together söyleyince adamlar yaptıkları işi doğru zannetmiyorlar mı? Halkımın şi-

vesi böyle diyor Gakbayram. Halkını iyi dinle acur, senin yaptığın hataları yapıyor mu halkın? *Maavi* yerine *mavi* demesi değil benim derdim. O şive ona özgüdür. (İbrahim Dadından Yenmezet abim öyle mi ya.) Şive, ya da ağız farklılığına bir değer atfetmem ben. Ama senin bir müzisyen edasıyla SALkım SALkım Nanini NAAAnini NAAA diye yaymanı ve yanlış vurgu kullanarak 30 yıldır tek bir kötü beste külliyatıyla kitlelerin müzik zevkini sadece buna tıkaman soframa davet edilmen için yeterli bir nedendir. Bence Lütfi Zivaneli ve Edip Gakbayram'ın yapıtları için konservatuvarda özel ders açılmalı: ***Böyle Beste Olmaz!*** dersi. Yemek yerken şöyle afiyetle bir yerlerden onların şarkı söylemesini duyacam şimdi fobisi geliştirdim. Yemeğin içine ediyorlar yeminlen. Geçenlerde, İngiliz Usulü karnıyarık yerken duydum. Gitti, murdar oldu canım İngiliz. Ya da en iyisi, ben kitap çıktıktan sonra siz okurlarımı ve seçkin okumazlarımı bir yemeğe davet edeyim. Sezen'i de davet ederim, yamyamın zaafını, hergelen ona tapınsın diye başköşeye oturturum. Kim bilir belki Mahsun Kırmızıet, Hülya Yavşar, Reha Mıhtar, Ali Dırdırca, Muazzez Türling ve Maaazzez Arsoy, Bülent Yersoy, Halide Edip Tadıvar; Bedia Yakartürk vb. de katılır davete. En iyisi mi, davetli listesini siz oluşturun bana meyilleyin sevgili okurlarım, ben onları bir gün yemeğe davet edeyim. Siz de gelin, karşılıklı *ağız cappırdatma* oynarız. (Bu arada Sezen'den "Yaktılar Halim'imi yaktılar aaaah!" adlı şarkı da ızgara yemekleriyle iyi gider.

9. ***Ateş-i suzan-ı firkat, yaktı cismi canımııı, bir haraba bade döndürdü dil-i viranımı***: E, oluyor, yamyamlar arasında da milyonda bir de olsa, çıkıyor bir divane. Yemeğine aşık olan birini gördünüz mü siz hiç? Allahaşkına, siz hiç tabağındaki pırasaya aşık olup yana yakıla yollara düşüp dağları delmek isteyen bir otobur gördünüz ya da duydunuz mu? Bizde çıkıyor anacım. Arkadaşım Simil Yasıbut böyle biri işte. Değmez diyorum, dinlemiyor. Yeni bir tane yersin diyorum, ııh! Yıllardır tedavi görür, o adamı hâlâ unutamadı. Yanıyor. Doktorlar karasevda diyor. Ben hıyar diyorum. Güzel adamdı allah için, ama fırına koyarken fazla debelendi, elimi yakmışım biraz. Si-

mil, o gün bu gündür bana biraz kırgındır, yahu biz yamyamız, ne demek sayın okurlarım siz söyleyin, "Fırına vermeden önce insan bi sorar di mi?" Geberiyorum acımdan, aricam Simil'i, "Simil yemeğini fırına veriyorum, hep birlikte yiycaz, bak sonra bozulmaca yok ha!" mı diyecektim.

10. *Senede bir gün*: Kol böreği yerken söylenir, erektil disfonksiyon halindeki yamyamlar bu şarkıyı kol böreği yaparken ya da yedirirken de söyleyebilir.

11. *Dilimi bağlasalaaaar, anmasam hiç adını, gözümü dağlasalaaar, görmesem hiç yüzünü*: Sevgilinizi evinize davet ettikten ve şarkıda söylenenleri kendisi üzerinde uygularken, e belki de yedikten sonra hatırası kalsın diye söylenir.

12. *Çarşamba'yı sel aldı, bir yar sevdim el aldı*: Aynı gece bir önceki "Silemezler gönlümden, ne aşkını ne seni" adlı bir önceki şarkıyı söylemenizi engelleyen bir aksilik olmuş olabilir. Bir arkadaşınız siz tam yemeğe oturacakken çıkagelir ve kafaladığınız karıyı o götürür mesela. Bu durumda söylenen hüzünlü bir türkümüzdür. Çarşamba yöresindendir.

13. *Daha on yedi, on yedi, on yediymiiiiş*. Kurbanını bir güzel mideye indirdikten sonra onun on yedi yaşında olduğunu öğrenip de vicdanı sızlayan yamyamlar için. Kim öğretiyor bu saçma sapan ahlâk kurallarını bilmem. Kardeşim, yamyam yemeğinin yaşı mı olur, biz ablam Şükran'ı yediğimizde ne kadarcıktı ki Şükran...beş falan... şükrettik mevlamıza bize bu nimeti verdiği için. Biz de hiçbir türlü ayrımcılık yok demedik mi? Geç bunları, anam babam geç bunları...Son pişmanlık fayda etmez!

14. *Tabağımda yüreğin delik deşik, kadife ellerin hep kesik kesik, karanfilim tükendi mutfağımda senin adın yazıyor.* Yamyam kültürünün dev sanatçılarından ve yamyam olduğunu hiçbir zaman gizlememiş ünlü sanatçımız Kayhan Acur'un bu bol ikilemeli yeni bombası Sezen'in *Similyası Mimilyası Bende Saklı* adlı şarkısını anımsatıyor, derin hayat felsefesi açısından ve kendisi biraz gıcık mıcık ama olsun, biz gene de seviyoruz tontişimizi.

15. E-e-e evri badii, kımmaaaan evrii baaadi, şeykit tudı left rayt... Disko yemeklerinden önce de sonra da söylenir, Cumartesi gecelerinin en sevilen şarkılarıdır. Kurbanınız söyler ve çalkalarsa daha iyi olur, etler ve yağlar dans sırasında iyice kıvama gelir, deriyi soyması da kolaylaşır. Dans, yürüyüş, spor, bunlar sağlığa yararlı şeylerdir.)

16. Cannibal Corpse (Death metal türü sevenler için): Bu grindcore tarzındaki bu metal tarzını pek severim. Ruhu geçmiş, içi küflenmiş, ciğeri paslanmış, beyni örümcek tutmuş yamyamlar tatatatatata diye çalan ve hep öyle çalan çift kros davuldan özellikle nefret ederler, bir de grubun adı Yamyam Cesedi ya, ondan da pek haz almıyorlar. Ne de olsa bir ayakları çukurda diye heralda. Ha, grup elemanları tıpçı, kadavracı ve neştercibaşı oldukları için dinlerken elinizin altında bir Latince sözlük, bir anatomiye giriş kitabı bulunsun. (Ödev: Cannibal Corpse'tan çıkış diye de siz bir kitap yazın.)

17. Rage Against the Machine: Gerilla müzisyenler diye de anılan ve kapitalist düzenin ye kürküm ye anlayışını saldırgan bir tutumla eleştirmelerine karşın pek severim kendilerini. Son albümleri 2 milyon satmış diye aldım. Aman allah, yediğim bütün karnıyarıklar midemden hiphopladı. *Hardcore* tarzında aslında ama hiphoptan da etkilenmişler. Hardcore mu? Bunlardan ne biçim kol böreği olur, kim bilir? Albümdeki *Maggie's Farm* (yani bizdeki dengi: Ali Baba'nın bir çiftliği var, çiftliğinde ilik çorbası nefis gündelikçi işçiler var, başına başına vurulası fok balıkları var); *How Could I Just Kill a Man* (Bistrodaki yolcuları nasıl kafalayacağınızı anlatıyor); *Kick Out the Jams* (Toşpilleri bir tekmeyle halletmek anlamına geliyor, toşpilleri neredeyse yere değecek basketçi yamyamlar özellikle severmiş bu şarkıyı)

18. Zombie: Cranberries'in ünlü şarkısını sofradan çok cenazelere yakıştırırım. Savaş karşıtıymış, haspam. Ne varmış savaşta? Biz yamyamların en sevdiği spordur savaş. Savaşma seviş diyen otoburlardandır bu grup kesin. Adlarına baksanıza: Kızılcıklar. Kızılcık kancık bunlar. Kızılcıklar olduuu mu, seleleree dolduuu mu heeeey! Otoburlardan başka ne beklenir ki!

(Buraya el işareti yapan, ya da dil çıkaran YERADAM çizimi konsun mu!)

19. Yurttan Sesler Korosu: Bu korunun provaları özellikle benim en sevdiğim boş vakit etkinliklerdendir. Provalarda birkaç tanesinden beyin salata yapıp yediğim için öyle donuk donuk söylerler süphanallah boncuğu gibi dizilip... Bazıları da parmaklarını saklar, çıtırt diye ham yaptığım olmayan parmaklarını. Çok severim ben yurttan seslerimizi.

20. Give me your heart make it real/ Or else forget about it. Bu da Mersin'in ünlü yerel topluluğu **Santana**'dan çıkma bir türkümüzdür. ("Bana kalbini ver, yoksa nah sana Tantuni" demektir). Santana'dan tantuni tarifi için gerekli yürek bulunamamıştı bir programımda da kameramanlardan en dingilinin kalbini vermiştim adamlar programı yüzüstü bırakıp bu türküyü de söylemeden gitmesinler diye. Yalnız bir hata yapmışım, kalbe çatal batırılmazmış, battı züdütyo. Meğer tantuninin içine başka et konuyormuş, yüreği yemek nar yemek kadar zormuş anacım. Kanı sağa sola akıtmadan yemek marifetmiş. Belki ısırmadan soğurarak. Ben de cahil cahil cort diye çatalı batırınca herifin yüreğine büyük kan damarları, yürek torbası, hatta sağ girit (atrium) falan hepsi açılmış mı... cık cık cık... Yüreğin bütün uyartı iletici dizgesi bozulmuş, sol girit (atrium) yarılmış, sol ventrikül katlantıları hepten cart diye ayrılmış. Hem kalbi akbağır atadardamarlarla birlikte sökmüşüm, tabakta çok çirkin bir görüntü oluşmuş. Santana'dan tantuni değil anacım, bir araba dolusu papara yedim.

En iyisi mi sevgili okurlarım, siz kendi top teninizi kendiniz yapınız bizzat. Çalsın incikler, tüngürler, tympanumlar, kabaklar... ötsün larynxlerle marynxler... Hani nerde o günler... Gelse o şuh meclise, gelse o nazenin sazendeler ve hanendeler de ben onları bir ham yapsam... ah ah!

YEradam'dan sonsöz niyetine küpe:

Hepinizi doğum günü partime bekliyorum sevgili okurlarım, dostlarım. Patlak yapalım, siz yiyecekleri getirin. Herkese yetecek kadar şarabı da ben sağlarım. Küçük bir ricam var, ama gücenmece yok. Lütfen deodorant, parfüm sıkınacaksanız, bokunu çıkarmayın bu biir; ikincisi ellerinizi yıkayıp da gelin (ellerinizi ben yıkamak zorunda kalmiim, unutmayın vakit nakittir) ve Dekart'tan bu yana düsturumuzu unutmayın sakın: Et yiyorum, öyleyse varım: Yamyaraem con carne, ergo sum (Latincesiydi).
Geçenlerde duydum, yamyamlardan bir grup anarşist bölücü sloganımızı değiştirip Yamyarae yamyaraum yapacaklarmış. Neymiş "Biz ezelden beri yamyamız, yamyam kalacağız!" Sanki bunu bilmeyen var. Ne kadar faşistçe diil mi? Bizimkinde bir düşünce yatıyor, onlar ise megaloman bir milliyetçilikle dünya yamyamlarının birlik ve beraberliğini bozmaya çalışıyor. Mahsun Kırmızıet abimizden "Haepimiiiz gardeaşiiiz!" adlı türküyü söyleyerekten doğum günü partimizde bu nalet anarşistleri lanetleyelim.
Kerata kebap mı? Ekşili Aşil Köfte mi?!?...
Haaa! Sizden de hiçbir şey kaçmıyor. Ben topuktan ve ayaklardan bir yemek tarifi yapacaktım size değil mi? Söz mü verdim? Ikbeybet tarifi yaparken mi aklıma gelmişti... Aman Allahaşkına, elimden geleni yaptım valla; özellikle topuklarında top sektiren futbolculara dadandım bir süre. Sonra tekmeyi yedim. Topuklu yemeğinizi de siz kendiniz yapın anacım ya. Her şeyi devletten beklemeyin di mi ama.
Patlak'a gelirken Sözlükçe'deki terminolojimizi, jargonumuzu biraz çalışın da gelin anacım. İletişim sıkıntımız had safsasında. Yamyamlar arasında iletişim ve birişim ve girişim çok önemli. Ceplerinizi getirmeyin. Belki bir tek Türk-Sel. O da özel hat açtı diye Yum-Sel diye. Ama onu da kapalı tutun. Yemek sırasında cepler cingirdedi mi tepem atıyor, yemek yiyemiyorum.
Kendinize iyi bakın. Ot değil et yiyin. Kilo alın, yağ tutun. Sofranızın halil ibraam bereketi eksik olmasın. Hadi, "commaan evriii baaadi, shake it to the left right..." Badinizi yerim ben sizin...

sözlükçe

(YAMYAM JARGONUNDAN ÖRNEKLERDİR, ARGODUR MARGODUR İDARE EDİN. Metin içinde geçen diğer terim ve atasözlerimizin hepsini buraya almayı gereksiz görüyorum. Ya da yamyamların kullandığı yerli yabancı ifadelerin hepsi bu kitapta kullanılmış olmayabilir, ama bu bölümde bir yamyamın farklı durum, mekan ve zamanlarda sıklıkla gereksineceği söz, deyim, terim, atasözü ve özdeyişleri bulacaksınız. Metin içinde kullanılanlara dikkatiniz çekildi italik italik. Yamyamsanız, kendi aranızda yamyam jargonu kullanasınız diye böyle bir sözlükçeyi uygun gördüm. Yemek kitabında didaktik tavır hep yadırganmıştır, ben de bu yanlışa düşmemeye özen gösterdim sanıyorum. Ama biraz bilgili, görgülü yamyam olmaktan da bir zarar gelmez, tersine faidelidir. Ne de olsa ben de bir öğretmenim, yurdumuzun hâlâ en güvenilir mesleğidir yamyamlık, aman öğretmenlik işte! Hem ayrıca yamyamlığı mitleştirmek için ve böylelikle de ciddiye alınmamız için dilimize özen göstermemiz şarttır.)

Ar=Arapça, Fr=Fransızca, L=Latince, Al=Almanca,
İt=İtalyanca, İng=İngilizce, Yu=Yunanca.
Diğerleri halis Türkçedir.

à bas: (Fr.) Aşağı demektir; kurbanınızı kafalarken kullanabilirsiniz heyecan olsun diye. A bas! diye bağırın ki adamın ödü shitine karışsın ve canı cehennemi gerçekten boylasın. Her ne kadar kökeni Fransızca ise de Fransızların yurdumuzda uyguladığı yamyamlıklar sırasında onlar "*A bas!*" dedikçe halkımız dizlerini ya da avuç içlerini aynı anda döverek "*Abaru! Yamyama bah laaa!*" demeyi geliştirmişlerdir.

Ab initio: (L.) from the beginning, ay pardon bir an Amerika'da yazıyorum sandım bu kitabı. *Ta baştan beri...* demektir. Yamyam tarihinin ilk günlerine atıflarda entellik olsun diye kullanılır. Bu latince ifadeyi bilmeyenler *En başta* falan derler. Türkçemizi doğru kullanma konusunda titiz mi titiz, zarif mi zarif sevgili Dr. İsmet Babaoğlu hocamız böylelerini kafalamak isterdi herhalde. Kendisine saygıyla ve hasretle kucaklarım. Yerim ben onu, yerim!

Ab ovo: (L.) *Yumurtadan* demektir, yamyamların doğuştan olanları için kullanılır. *Ab ovo canibale...* derler onlara.

Ovo sözcüğü daha sonra yörük yamyamları arasında *ova*ya dönüşmüştür, göçebe yamyamlar çadır kurdukları düzlüklere yumurtalarını bırakırken ova demişler oralara. *Ovalamak* yüklemi de oradan gelmektedir. Örnek tümceler:

"Eti ovalamadın mı daha Tunç?"

"Tellak iki saattir niye dötümü ovalıyor yahu, yamyam mıdır nedir?"

"Sırtını ovaladığımın herifi!"

"Kolunu ovalayım mı abi?... (bir dakika sonra) Mendil istemen mi?"

"Bu kestaneyi ovalasak da mı saklasak, ovalamasak da mı saklasak?"

Absit omen: (L.) *May there be no ill omen.* Yamyamların bismillah demeleri böyle olabilir, *Tanrı bütün kötülüklerden korusun bizi* demektir.

Adak: *Kuyruk sokumu.* Eğer bir şarkıda "Adaklar yaktım" sözü varsa, bilin ki o dertli bir yamyam aşçıdır, büyük bir olasılıkla da işşizdir. Hiçbir yamyam patron adak yakan bir aşçıyı müessesinde tutmaz. Bir lokantada yanık kuyruk sokumu kesinlikle müşterinin ayağını keser de ondan. Aşçının hası adak yakmaz. Görülmüş şey değildir.

Adam cappırdatmak: Yemek yerken adamdan kopardığınız lokmaları cap cup şeklinde yemek oluyor. Görgü kurallarına aykırıdır ama bazen *we just can't help it.* Elimizde diil, yani.

Adem elması: *Gırtlak çıkıntısı.* Erkeklik simgesi olarak da bilinir. Elması daha çıkık ve az yağlı gerdanlı erkeklerin *horoz ibiği* de denen bu çıkıntısı daha çok dışarı çıkık olduğundan fallik göndermelerle seksi olabilir, ama bana kalırsa dombalak ve bol yağlı insanlar daha çekici.

Ağırşak: *Disk.* Ağırşak şiş kebap yaparken diskler arasındaki etlerin ezilmiş olmamasına dikkat etmek gerekir. Fıtıklı kurbanlar zor şişlenir, onlardan ağırşak şiş pek olmaz.

Akçal: *Conjunctiva. Bağlatkı, göz ileği, gözün sümüksel zarı, kavuşturgu* ya da *ulaştırgı* da denmiş vakti zamanında. *Zar* *atmak* maddesinde vücudun hiçbir zarının heba edilmemesi gerektiğine bir kez daha değineceğim, çünkü bütün yamyamlar bilir ki "Ak akçe kara gün içindir."

Akkan: *Lenf*, yani *sütmük*. Haşlanmış akkan salatasının kasları güçlendirdiği bilinir.

Akkan gözesi: *Lenfosit*. Cımbızla ayıklamak gerekir. Örneğin, akkan salata tabağınızda lenfosit bulmak mide bulandırıcı olabilir.

Alt dudak gemciği: Kurbanınızın ağzını yerken Latincede *Frenulum labii inferioris* diye anılan bu bölgede fazla oyalanmayın. *İnferiorus kompleksi* yapıyo diyorlar. Ben de deneyimli yamyamların yalancısıyım.

Alt türek: *Sümüksü özdek*. Yani *hipofiz*. Yani *cıvıkbeze*. Amaan, *tükürük bezi* işte! Tuh allah kahretmesin sizi, bi şi bildiğiniz yok, ne biçim tıp okudunuz, kim geçirdi sizi anatomi dersinden ha? Ağız yerken dikkat edeceğiniz önemli bölgelerden biridir. Çabuk yutun, ağızda fazla tutmayın, yutamayabilirsiniz. Hiç yumurta içirdiler mi size çocukken? Aynen öyle oluyor işte. Düşünsenize, anneniz elinde bir kaşık sümüksü özdek üstünüze geliyor, "Aç bakiim ağzını! Bak dün balık etli teyzenin yağını da içmedin! Nasıl büyüyeceksin sen? *Enfant terrible* seniiii!" Önünde sonunda da kaşığı ağzınıza sokmayı başarıyor. Yanaklarınızı şişirip sümüksü özdeği ağzınızda hiç bekletmediniz mi çocukken. Çocukluk işte. Şimdiki aklım olsa curk curk yutardım alt türeği. Özdek bu. Çok yararlıdır. Hacı hoca takımı boşuna mı tükürüyor büyü yaptıklarının orasına burasına. Neredeyse tılsımlıdır diyeceğim. Rahmetli annem hep derdi: "Oğlum büyümiicen sen, ufacik kalcen, hiç özdek yutmadın!" Çocukken, benden iri çocuklar alay ederdi benle. Yanımdan vınnn diye geçerler, geçerken de kafama vurup "Hipo...fizzzzzzz!" derlerdi. Ben yıllardan sonra onlardan birine Taksim'de parkta rastladım. İmam olmuş, nasıl özlemişiz birbirimizi. Anıları tazeledik, nasıl güldük. Tabii, eve yemeye davet ettim onu ve ondan ne mi yaptım? Bugün yamyam mutfağında "Zırt Erenköy!" ya da *İmam Bayıldı* diye anılan yemeği yaptım. Yani bu yemeği aslında ben icat ettim. En çok da sümüksü özdeği bol bu arkadaşımın kendi özdeğinden terbiyesini yapmak hoşuma gitti. Kinci değilimdir ama gene de bayıldım bu terbiyeye. Harika oldu. Konuklar parmaklarını yedi.

à demi: (Fr) *Yarım*, ya da *yarım yarım* demektir. Tasarruf terimidir. Kurbanın hepsini bir oturuşta götürmeyesiniz diye söylenir.

ad finem: (L) *Sonuna, sonuna kadar, sonuna doğru* demektir. Azimle şaapan yamyam taşı delermiş atasözünün Latincesidir. Bir yamyam asla vaz geçmez sanatını icra etmekten.

Ad hoc: (L.) *Bu amaçla* demektir. Kurbanınızı değişik yöntemlerle etkiledikten sonra "Ad hoc, sizi yarın gece yemeye çağırıyorum," deyin. Etkilenecek ve kafalanacaktır.

Ad libitum: (L.) Libidosu güçlü kurbanları ad libitum, yani zevkle, şehvetle yemek gibisi var mı?

Advocatus diaboli: (L.) *Devil's advocate*, yani şeytana pabucu ters giydiren yamyamlara verilen bir payedir.

Affaire de cœur: (Fr.) *Yürek ister, bir yürek işidir*, demektir. Kol böreği yapmayı niteler. Her yamyamın harcı değildir de ondan.

à jamais: (Fr.) *Daima, ilelebet, dünya yerinde durdukça,* demektir. Örneğin, *Nous sommes yamyam a jamais* "Biz ezelden beridir yamyamız, yamyam kalacağız", demektir. Latincesi de bu sözlükçe içinde bulunabilir.

à la mort: (Fr.) *to the death,* yani ölümüne yamyamız anlamına kullanılır.

Allez vous en!: (Fr) *Away with you! Yallah, yallah!* Yaylan! *İkile de toz kaldırma!* Bir yamyam bu ifadeyi ciğeri beş para etmez kurbanlarına söyler. Bu da pek nadir olur.

Amor vincit omnia: (L.) *Love conquers all* yani *aşk her şeye kadirdir,* demektir. Hanibal ile Clarisse arasındaki aşkı betimler, Hanibal de zaten bunun için kendi elini kesmiştir. Bu yüzden artık bu atasözü de parolalarımız arasına girmiştir.

À quoi bon?: (Fr.) *What's the good of it?* Argoda, ne tikime yani? Bi boka yarıyo mu sanki?
Örnek: *À quoi bon de vivre sans sapiens?* ("İnsansız dünya haram bana" demektir.)
(Çevirmenler için kulağa küpe: Denklik ilkelerine göre bu soru tümcesini soru şeklinde çevireceğim diye bi tarafınızı yırtıp da sonunda "İnsan yoksa yaşamak neye yarar?" gibi bir karşılıkla gelmeyin. Dengi bence yukarda dediğim gibi olcak, ya da şöyle: "İnsansız saadet neymiş tatmadım bilemem ki, alnımın yazısıymış ne yapsam silemem ki!")

Ars longa, vita brevis: (L.) *Art is long, life is short.* Yani, *sanat uzun mu uzun, hayat dediğin ise çük kadar kısa*, demektir. Eli çabuk tutmak gerekir. Bu el kurbanınızın eli olsa daha iyi olur.

À tout prix: (Fr) *Neye mal olursa olsun*, demektir. Açlıktan gözümüz karardı mı bir kere tutmayın bizi, hiçbir engel tanımayız.

Au pied de la lettre: (Fr.) *Mecazi değil*, yani *literally, düpedüz, ne diyorsa o işte...* Ayakla ne ilgisi var peki? *Pied* demedi mi? Bistro servis elemanı uyurken ayaklarından başlarsanız yemeğe bu halinizi betimlemek için kullanılır.

Ağzını yiyiim: Yamyamlar bu deyimi iltifat olsun diye kullanır. Bazen damak, dil ve dudakları anında, hemencecik orada mideye indirmek gerekebilir. Dişleri yutmamaya dikkat edin. Herkesin ağzı yenmez, ona da dikkat edin. Kanal tedavisi görenleri yemeyi biraz erteleyin.

A priori: Hani bazen acaba ben yamyam mıyım diye sorarsınız ya, latent yamyamsanız falan, işte o duygunun primeval zamanlardan kolektif belleğinizde kalan bilgisinin sıfatıdır. Doğarken sahip olduğunuz *yamyamım ben yahu* bilgisi. *Tabula rasa* masa değilseniz tabii.

Arkadan vurmak: Kurbanınıza yavaşça yaklaşıp kafasına bir şeyle vurur ve bayıltırsınız. Kimi *l'enfants terribles*, yani afacan yamyamlar bu sıradan deyimi argolaştırıp başka anlamlara kullanırlar, örneğin kurbanı kafalamadan önce kolilemek anlamına. Ayıptır.

Aperatif: Vücut sıvılarından yapılma ve iştah açıcı olarak yemeklerden önce içilen içkiler. Örneğin *Bloody Mary* ve/ya da *Kanlı Nigar*.

Ava giden avlanır: Nerede olursanız olun, kurbanınızın bir yamyam olmamasına dikkat edin. Boya posa, yaşa bakarsanız yanılırsınız. Çeşitli şifrelerimizi kullanın, ya da kısaltmalı jargonumuzdan. KK2 gibi. O da yamyamsa birlikte çıkarsınız ava, bakarsınız bir aşk başlamış. Ama aşk biz yamyamlar için ikinci plandadır. Bana sorarsanız zaman kaybıdır başka bir şey değil.

Basta!: (It.) *Enough is enough! Tammam, tammaaam! Burama geldi. Ça suffit! Yetti gali!* Sabırla iki saattir bekliyorsunuz kurbanınızı kafalamayı, işin fazla uzadığını hissettiğinizde söylersiniz. *A bas!* diye de bağırıp kafalarsınız kurbanınızı.

Badak: *Erbezi. Hoşalak* diye de bilinir. Bizim hayatta kalmamız için bir insanda bulunması şart organdır. Yani soyumuzun devamı için şarttır. Tükürük bezi olmasa da olur, ama erbezi öyle mi ya. Her ejakülasyonda soyumuzun devamı için yeni insan umutları doğar. Bu yüzden biz yamyamlar doğum kontrolü ve kondom düşmanı olarak da biliniriz. Hoşalak hayat pınarımızdır.

Baylık: *Dölyatağı. Uterus. Kızanlık, kuzuluk, oğulduruk, yatın* da denir. "Yatın da baylığınızı yesinler," bir atasözümüzdür. Çok sık kullanılır. Yanlış tabii, hem yatın, hem baylık aynı tümcede, *kendini intihar etmek* gibi olmuş ama bu atalarımızı da bulamıyoruz ki hesap soralım. Dilimize yerleşmiş bi kere. E, dilin de kemiği yok ki...

Bıtık: *Vulva. Betek, bıt, bikeç, börek, çilik, çillik, ya da gömeç* de denir. *Vulvayı bulma, beteki yemek, kalbim bıt bıt atıyor, gömeçli güveç* gibi deyim ve terimlerimize de esin kaynağı olmuş bir sözcüktür.

Bodur tavuk her daim tazedir: Karamürsel sepeti gibi tiplerin etleri de kemik ilikleri de çok lezzetli olur. Yaşları ne olursa olsun, ufak insanlar hem arabanızın bağajında, hem de sofrada fazla yer kaplamazlar ama tadı damağınızda kalır, emin olun.

Boğurdak: *Soluk borusu.* Üsküdar'da başıma geleni anlatmıştım. Boğurdağıma kaçmıştı kurbanım da az kalsın boğuluyordum yahu.

Boğurtlak: Gırtlak gireği ya da *aditus laryngis.* Bir yamyam aditus laryngis'ine ne giringis çok iyi bilmelidir.

Bon goût: (Fr) Ağzının tadını bilen yamyamlar için kullanılır.

Bonne bouche: (Fr) *A tasty morsel*, yani *yeme de yanında yat* demektir. Ama sakın yemezlik etmeyin, yanında da yatmayın. Parolamız: *Mange c'est bonne bouche!*

Bon voyage!: (Fr) *İyi tatilleeer!* İmalı olarak, *iyi kaptan kafalamalaaaar!* demektir.

Borbay: Baldırın alt bölümü. Kadınlara "Borbayını yiyim anam!" diye laf atılıyorsa, ya borbayları gerçekten çok güzel görünüyordur, ya da borbayları birazdan yenecektir anam.

Boygursal çevrim: *Menstrüel siklus.* Hangisini daha iyi anladınız onu bilmem ama kurbanınız adet halindeyse, tencerede orasını burasını karıştırırken çok dikkatli olun, fazla çevirmeyin, etrafa sıçrar. Bir de boygursal sinirleri olur bu günlerde. Bence, bir hamileyse, bir de boygursal günlerindeyse dişi kurban seçmeyin. İlki vicdanda kekremsi, ikincisi de ağızda boygursal bir tat bırakıyor. Hiç gerek yok.

Boztepe: *Thalamus.* Üçüncü karıncığın sağında ve solunda yer alan bu boztepe hemen hemen bütün çıkıcı yolların önemli özeksel düğüm yeridir. İnici yollara da bağlantı buradan kurulabilir. Özellikle *Karnıyarık* yaparken özenle açılması gereken bir bölgedir. Prostatı olanların bu bölgeyle bir sorunu olabilir mi bilmiyorum.

Boztepealtı: *Hypothalamus.* Araimiğin altında bir yerlerdedir. *Yaşatkan* (vejetat) işlevi vardır, çekirdeklerinin bir bölümü, yığılmak üzere nörohipofize taşınan iç salgılar oluştururlar. Bu iç salgılar da özellikle güveç, yahni, mumbar türü yemeklerin tadına tat katarlar, ayrıca köftenin dağılmasını engellemek için de kullanılabilir.

Boztepeüstü: *Epithalamus.* Bu üç tepeye Boztepe dememizin bir gerekçesi de tarihte ilk karnıyarığı Boztepe'de pişirmiş olmamızdır.

Bukak: *Guatr. Bukuk* da denir. *Gerdaniye* yerken dikkat edilmelidir. İstenirse ayrıca pişirilebilir, iştah açıcı olarak, ama Gerdaniye'de iyi gitmiyor.

Caput: (Al.) *Bitmiş, tükenmiş, canına okunmuş*, yok işte, yok! Etsiz kalmış ve bütün bir yaz similyası toşpiline denk dans edip durmuş ağustos böceği yamyamlara kışın kapınızı çaldığı zaman vereceğiniz yanıttır. *Hadee, hadeee, giti başka kapıya pis otlakçı*, demektir.

carpe diem: (L.) İngilizcede *seize the day* yani *günü yakala* demektir. Yamyamların hayat felsefelerinin özünü oluşturur. Bugünün yemeğini yarına asla bırakmamalıdır. *Here and now* deyimi de bu hayat görüşünden türemiştir.

Cave canem: (L.) *Beware of the dog* (aslında Beware of God demektir, Paul Auster'ın *Köprüdeki Lulu* filminde de bu gerçeğe dikkat çekilir, Harvey Keitel sokakta yiyecek avına çıktığında duvardaki levhada *Beware of the Dog* yazılıdır, çünkü ava çıkmış bir yamyam kendinden büyük bir güç olduğunu bilmelidir ve eşşeğini sağlam kazığa bağlamalıdır.

Chacun son goût: (Fr) *Sofra hazır dostlar, herkes istediğinden buyursun, zevkinize göre yeyin.* Bistro servislerindeki partiden önce yerlerinizi satın alırken doldurduğunuz formun başında yazar. Zevkinize göre bir yolcunun yanını istersiniz. Kadın, erkek, çocuk, yağlı, yağsız... Parolalarımızdan biridir.

Cherchez la femme!: (Fr.) *Bu işin arkasında mutlaka bir kadın vardır!* Kimi seksist yamyamlar işleri ters gidince böyle der. Kimi kadınsever yamyam ise, yemeğin lezzetli olmasını böyle ifade eder. Bak Allahın işine!

Comme il faut: (Fr.) *Olması gerektiği gibi, doğru*, demektir yani. Bir yamyam kendine ihanet edemez, insan yer *comme il faut.*

Coram popula: (L.) *Herkesin gözleri önünde*, demektir, *cons-*

picuous consumption gibi... Hanibal, gözünü para bürümüş İtalyan komiserin canına *coram popula* okumuştur.

Corpus delicti: (L.) *Suç delili, ipucu* bırakmak bir yamyama yaraşmaz. Hanibal'in içki bardağından parmak izlerini nasıl sildiğini, İtalyan komiser ona bavulları taşıtarak parmak izlerini almak istediğini anlayınca soğuğu bahane edip eldiven giyişini anımsayın. Ne zeka!

Coûte que coûte: (Fr) *Neye mal olursa olsun*, gözü kara yamyamlar kullanır, ama dikkatli olmak gerekir, temkini elden bırakmak başınıza büyük işler açabilir.

Crème de la crème: (Fr) *The very best*, en iyisi, en bi *çok harika* olan, harikalar harikası, yesin onu ninesi.

Cum grano salis: (L.) Birazcık da tuz kattınız mı, yeme de yanında yat. Yamyam parolası olarak da kullanılır.

Cücük: *Embryo. Oğulcuk* ya da *dölet, öndölüt* de denir, denir ama yenmez. Yamyam tabusudur. Cücük yemek kesinlikle yasa ve ahlâkdışıdır. İnsan neslinin çoğalmasını, soframızdaki çeşitliliği kısıtlar. Yağmur ormanlarını kesmek gibidir bu. İntihar edelim daha iyi. Böylece cücük yemek mantık dışıdır da. Ancak ve ancak, yeryüzünde iki yamyam kalır da bunlardan biri öndölütlü bir kadındır, o zaman belki. Gene de bu duruma düşebilecek erkek yamyamın kulağına takabileceğim küpem şu: Önce bu kadına dölünüzü verin, sonra bırakın o sizi yesin. Aziz mertebesine ulaşabilir, İsa'ymışsınız gibi tapabilir size gelecek kuşaklar. Düşünsenize, kendinizi feda ediyorsunuz ve sizin dölünüzle oğulcuklar, kızanlar doğuyor ve yeni ademler, havvalar dünyaya geliyor. Dokuz ay boyunca sizi yiyip duramayacağına ve son insan da siz olduğunuza göre, yeni Havva adayımızın bilahare otobur olması muhtemeldir, atalarımız arasında otoburlar olduğu söylentisine bu açıdan inanasım gelir. (KULAĞA 2. KÜPE: Oğulcuklu kadın sizi yemeden dölünüzü vermeyi unutmayın. Kadın direnirse, "n'apiim senin dölünü be adam, döl karın doyurur mu?" falan derse, "Önce döl, sonra et," deyin. Kondom kullanmak isterse de bağırın: "*For God's sake, we are the world!*" deyin. "Olsun, sana ilgi duymuyorum," derse, zor kullanmaktan başka çareniz yoktur. Güzellikler hep şiddetten doğar. Bakın Zeus kuğu kılığına girmeseydi, güzeller güzeli Leda'ya da zorla "sahip olmasaydı" Helen doğar mıydı, Truva savaşı çıkar mıydı? Truva yerle bir olur muydu? Hem şiddet yamyama yakışır, biçemini belirler. Şiddetten güzellik doğar.

Çağlacık: *Bademcik*. Kurbanınızın ağzını yerken, dikkat edin boğazınıza çağlacık kaçmasın. Bahar geldiğinde ilk kez çağla yiyorsanız sırtarmayı, yani gülmeyi unutmayın, bütün yıl boyunca yüzünüzden gülümseme eksik olmaz. Batıldır matıldır ama doğrudur. Erik kütürdetirken de öyle yapmıştım, sonra her erik kütürdetmemde yüzüme gülümseme yayılmıştı da tırnaklarıma bakmak zorunda kalmıştım. Ne için olacak, gülmem kesilsin de eriği kütürdetebileyim diye.

Çam çivisi: *Similya, büllük, çük, balta, sap, kol* ya da *kamış* da denir. Kamışmış. Ne ilgisi varsa? Kamışla meşrubat içeriz, şeker kamışı kemirirdik çocukken. Kemirir kemirir, suyunu, özdeğini soğururduk. Gene nostaljik oldum. Yamyam olmamla şeker kamışı arasında yaşantısal bir bağ olabilir mi acaba? Konuyu dağıttım gene, ama çam çivisine *kamış* denmesi bence çok saçma.

Çırganak: *Bağır.* Halk arasında *cıcık, ıcık, içirik* ya da *iç örgen* de denir. "Çırganağıma vura vura çürüttüm sol yanım hey!" dizesi türkülerimize de girmiştir. Kurbanının sol yanının çürümüş olduğunu gören frastre olmuş - yani sukut-u hayale uğramış—yamyamlar hep söyler.

De bonne grâce: (Fr) Mülayimce, iyi huyluca, edeplice, efendi efendi demektir. Kurtuluş parkındaki meczubun benim onu yememe izin vermesi anekdotumdaki gibi yani.

De facto: (L) Gerçekten, valla, yeminlen.

De gustibus non est disputandum: (L.) *Zevkler ve renkler tartışılmaz* demektir. Kitaba epigram yapışımın nedeni biz yamyamların bu özdeyişi parola olarak kullanmamızdır.

De haut en bas: (Fr.) *Tepeden tırnağa.* Lafın gelişi böyle deriz, ama tırnakları ve saçları sadece hatıra olarak saklarız.

De minimis non curat lex: (L.) *Yasalar böyle abuk sabuk işlerle ilgilenmez*, demektir. Bu kurbanı öldürmesem de başka birini arasam diyebilecek temkinli yamyamları yüreklendirmek için kullanılır. Bu deyişi telaffuz ettikten sonra kurbanın yüreğini cort diye çıkarıp temkinli arkadaşınıza yedirin. William Wallace kesilir alimallah.

De mortuis nil nisi bonum: (L.) *Ölülerin arkasından hep iyi şeyler söyleyin*, demektir. Ne zaman? Tabii ki cenazesinde. Sessiz sedasız cenazesine katılın, hayırsızlık edip tüymeyin hemen. İmam sorunca da, "Rahmetliyi nasıl bilirdiniz?" diye "Nefisti!" diye bağırmayın, mırıldanın, rahmetlinin ruhu şad olur. Hakkını helal eder size.

Deo volente: (L.) *Allah isterse* demektir. Kurban kafalanmıyorsa, zorlamayın. Zorla güzellik olmaz çünkü.

Deus ex machina: (L.) *Makineden çıkan tanrı*, yani işler ters gidiyor derken bir tansık olur, biri gelir falan, ya da bir şey düşer kafanıza ve krizden kurtulur, dertlerden sıyrılır çıkarsınız... Hanibal, *deus ex machina*'sız kalınca kesmiştir elini.

Dılak, ya da dılak kapçığı: *Klitoris. Dilağ* da denir. Askerlerin söylediği "Yaylalar yaylalar türküsündeki, "diloğ diloğ" aslında *dilağ*ın dönüşmüş halidir. "Komşu kızını zapteylen, yaylalar yaylalar, bizim oglan aşıktır, diloğ diloğ yaylalaaar!" Asker yemeklerinden *şafak çorbası*na katıldığı da söylenir.

Dışarda yemek: Tahmin edebildiğiniz gibi sokak, pazar yerleri, alışveriş ve eğlence gibi insanların gani olduğu yerlerde karın doyurmaktır. Hep eve tıkılmayın, çıkın dışarı, temiz havada yemek yemek gibisi var mı?

Dirimsel: *Biyolojik.* Hayata, hayatta kalmayla ilgili demektir.

*Simbiosis*le aynı familyadan sözcüklerdir. "Yamyam varoluşu, simbiotik ilişkiler üzerine kurulu dirimsel bir varoluş biçimidir," doğru kurulmuş bir tümcedir.

Dişmik: *Diş eti.* Kurbanınızla sohbet ederken dişmiğine dikkatlice bakın. Kararmışsa, hayır gelmez, çok sigara içiyorsa dişmik kül tablası kokacaktır. Başka yerini yeseniz daha iyi olur.

Diş özü: *Pulpa dentis.* Yenmez, ilik gibi soğurulmaz. Diş bakımına dikkat eden yamyamların diş özü sağlam olur. Ama çıkarması güçtür, hiçbir yamyamın kurbanının diş özünü çıkaracak kadar vakti olmaz, olamaz. Keçi boynuzu yiyin daha iyi. Kimi romantik yamyam şairler aşkı gerçekleştirmeye çalışırmayı "diş özü yemeye çalışmaya" benzetirler. Bence artık bir klişe olmuştur. Bu mecazı kullanan yamyama şair denmez.

Doğma büyüme yamyam: Daha önce de söylemiştim, ben adımla müsemma olmak için sonradan öğrendim yamyamlığı diye. Ama daha doğar doğmaz analarının memelerini kopartan bebeler varmış. Onlar doğma büyüme yamyamdır, pirimiz Hanibal gibi.

Dominus illuminatio mea: (L.) *The Lord is my enlightening...Tanrıdır benim ışığım, yol göstericim.* Ava böyle çıkan yamyam avlanmaz. Parola olarak da kullanılır.

Döner kebap: Oltu kebabıyla karıştırılır. Döner kebap yurdumuzun en yaygın yamyam yemeğidir, Ankara Sakarya caddesinde hemen her köşede bulabilirsiniz.

Ecce!: (L.) Dikkat! Behold! Afrika kökenli kimi yamyam şarkıcı bunu "Yekke yeke yeke!" diye söyler. *Ecce Homo* diye bir levha aramayın boşuna. Yamyamlar için ancak ıssız bir adada hayal edilemez böyle bir levha, yoksa her yerde görür bu ibareyi yamyam dediğin.

Emcek: *Meme* (Mamma). *Emcik, emik* de denir. Emcekli tatlı yemek, *çatıya* çıkmadan önce, ya da *ut* yerinde çimmeden önce yapılması gerekir. Freudcular, herkesin doğuştan Emcik hastası olduğuna inanır. Hatta parmaklarını bu yüzden emdiklerini söylerler. Bu iddia, biz yamyamlar için geçerli değildir. Örovizyon şarkı yarışmasında Freudcu bir grup olan ABBA "Waterloo" adlı şarkısıyla birinci olduktan sonra "Anamın emcikleri" (Mamma Mia) adlı şarkılarıyla da Freudcu propaganda yapmışlardır. Bunu yaparken de yamyamlara nisbet yapar gibi ye*lin*lerini, yani *emcik bezleri*ni sallayıp durmuşlardır. Bir yamyam için kadın kurbanlarda *emceksi çıkıntı* çok önemlidir. (KULAĞA KÜPE: Tahta bağırlı karılardan Emcik Tatlısı olmaz.)

En avant!: (Fr.) Forward! İleri! Cesareti kırılan genç yamyamları gaza getirmek için kullanılır.

En déshabillé: (Fr.) *Cıscıbıldak* demektir. Uygarlık denen illet insanoğluna bulaşmadan önce ne rahattık.

Enfant terrible: (Fr.) *Küçük yaramaz, küçük şeytan* ya da *Dennis, the Menace* demektir. Sokakta mendil satar gibi yapar, bir çıkıntınızı ham yaptıklarıyla kayıplara karışabilirler, haberiniz olsun.

Errare est humanum: (L.) *Hatasız kul olmaz,* naranim naranim... Bir keresinde tuz yerine şeker koymuşum yemeğe de konuklar beni böyle teselli etmişti.

Et tu, Brute!: (L.) *Sen de mi Brutus!* demek sanır herkes bunu ama o harada gürede içinde kimse Jülcüğümüzün cinas yaptığını anlamamıştır. Brute İngilizcede serseri demektir. Çünkü Brutus serserinin tekiydi. Toşpillerini ovuştura ovuştura dolaşırdı Roma sokaklarında, yamyamdır ama hiç sevmem, hiç güvenilir bulmam. Amaan, böyle yamyam düşman başına.

Eureka!: (Yu.) *Anaa, bak ne buldum!* Demektir; bu sözcüğü Arşimed'in ilk kez kullandığı söylenir. Madem öyle niye onun adıyla anılmıyor? Yani neden *buldum* anlamına dilimize pelesenk olmuş sözcük *Arşimet* diil? Bu dil çok garip bi şi. Bir söylentiye göre de "Evreşe yolları dar, bana bakma benim yarim var," türküsü de ataları Yunan olan Rum Pontus vatandaşlarımız tarafından Sümela Manastırı'na çıkan dar yokuşta yeniyetme keşiş **Arşimedes Lazolis** tarafından bestelenmiştir. Bugün Sümela hâlâ ayakta ise, onun sayesindedir. Gördünüz mü, ben de bi şi eureka!

E post facto: (L) *İş bittikten sonra, sonradan...* e ben ne diyorum size, boyuna ellerinizi yıkayın demiyor muyum?

Faux pas: (Fr) *Yanlış bir adım, bir davranış bozukluğu* demektir. Örneğin, kurbanı kafalamadan önce kolilemek eğilimi *Faux pas* kabul edilir. Yamyam etiğine aykırıdır.

Favete linguis: (L.) Aslında *lütfen susun* demek için kullanılır ama mot-a-mot çevirisi *lütfen bana dilinizi bahşedin* oluyor ki Fransız öpücüğü istediğiniz sanıldığından kurbanın dilini götürmeniz an meselesidir.

Festina lente: (L.) *Hurry slowly, elinizi yavaş yavaş çabuk* tutun. *Depeche toi*'nın tersi. Bir yamyam asla telaşa kapılmaz. Gördünüz Hanibal ne yaptı? Panik yok. Parolalarımızdan biridir, unutmayın sakın.

Fiat lux: (L) Bu otel çok pahalı, fiyatlar çok lüks, fiyatlar çok pahalııı! diye de kullananlar olur ama alakası yoktur. *Let there be light*, Yani *Işık olsun!* demektir. Tanrının buyruklarındandır, ama biz geceleyin sabaha karşı karnımızı bir güzel doyurduktan sonra söyleriz, nen nen yapmadan önce. Güneş artık doğabilir, ben karnımı doyurdum nassossa, demektir.

Gizil: *Latent.* Yamyam olduğunu bilmeyenlere denir. *Gizil,* ya da *latan yamyam* denir onlara. Yamyamlığın bütün vecibelerini yerine getirirler, ama yamyam mısın diye sorsanız, hayıır derler. Ödleri hep shitlerindedir onların.

Globalleşme: "Bütün dünya buna inansa, hayat bayram olsa," nın yamyamcasıdır. Dünyanın biz yamyamlara pazar haline getirilmesini ima eder. Sonuna kadar savunduğum bir kavramdır.

Göz sümüksel zarı: *Akçal* da denir. Bu zarı kaldırdığınızda gözün yağı çıkar ortaya. Gözünün yağını yiyeceğiniz kurbanın sümüksel zarını çıkarmayı unutmayın.

Hamdım, piştim, yandım: Yunus'un tanrı aşkıyla yanma, tinsel yüceliğe, tanrıyla yekpareliğe ulaşma serüveni içinde söylediği bu özdeyişini biz başka bir anlam ve bağlamda kullanıyoruz. Özellikle patlıcan yemeklerinden sonra, kol böreği yeme deneyiminden sonra kullanır genç yamyamlar. Yemeden önce *hamdım*, kol böreğini yerken *piştim* ve şimdi anlıyorum ki bunca yıl boşuna yaşamışım, hayatın gerçek tadı kol böreğiymiş anlamına da *yandım* derler. Parolamız olmayı tabii ki hak edişi bu yüzdendir.

Ham yapmak: *Lokmanızı ansızın koparıp midenize indirmek* demektir elbette. "Ham yapcam seni" dediğinizde genellikle kurbanlar şaka yaptığınızı sanır. Onun en nadide yerini ham yaptıktan sonra da gözlerindeki ifade değişir, ama siz buna aldırmayın. *Hanibal*'in parmak izini almaya çalışan yankesici çocuğun gözlerini anımsıyor musunuz? Hanibal onun neresini ham yapmıştı? Çok dikkatsizsiniz çoook!

Here&now: (İng) *Seni hemen şimdi ve right here yiycam* demektir. Bugünün işini yarına bırakmam ben, ge bakiim, geh! demektir. Yemeği yerinde, sıcak sıcak yemek uzun uzun mutfak ritüelinden kurtarır sizi.

Hırtlık: *Gırtlak*, yani *larynx*. *Düdük, höğürtlek, hömürtlek, öğürtek, ömürdek, ümük, ümürtlek,* hatta *ümük* bile denir halk arasında. *Gerdaniye* yapmadan önce "Hırtlık etme lan!" diye bağırmanıza karşın hâlâ çırpınıyorsa, kurbanınızın ümüğünü sıkmanız gerekebilir. İz bırakır, etin bir kısmı çürür ama çaresizseniz, n'apcaksınız, herifin düdüğünü sıkıvereceksiniz.

Hic et ubique: (L.) *Burada ve her yerde* anlamına gelir. (ubiquity) Tanrının, şeytanın, iyiliğin ve kötülüğün özelliği olarak bilinir. Ama bizim özelliğimizdir de. Biz yamyamlar her an her yerdeyizdir. Çat kapı ardında, çat minarenin şerefesinde...

Homo homini lupus: (L.) *İnsan insanın kurdudur* demektir bu parolamız da. Yani, yamyam dediğin insan ham yapar, yani lüpler (homini de gırtlak) sonra daa, püfüdü kandil, tumba yatak... fiat lux!

Honi soit qui mal y pense: (Fr.) *Dilerim bin beter olsun kim* *ayıplarsa beni,* demektir. Kimi eceline susamış otoburlar yamyamsınız diye sizi aşağılamak isterlerse böyle deyin. En azından Latince bildiğiniz için şaşırırlar, bu arada siz de atınızı alır Üsküdar'ı geçersiniz.

Idık: *Kuyruksokumu*, ya da *sacrum*. Adak ve sağrı da denir. Bir yamyam kurbanını yemeden önce *ıdığını gıdıklamak* gibi bir eylemde bulunmaz, bu bir faux pas'dır. "Oh anamş, ıdığını gıdıkliim mi?" demek ancak lümpen yamyamlara yaraşır. Ayıptır, ıdık gıdıklanmaz!

İmik: Beyin, ya da cerebrum. *Cerebrum*'u yiyen *cerebellum*'u da yemelidir. Hanibal, filmde ne güzel imiklemişti di mi hödük FBI ajanını. Önce adamın *kabağını* ya da *kemkisini* (kafatasını) açmıştı da imiksi özdek tavaya yayıldıkça yüreklerimize su serpilmiş, ağzımızın özdeği akmıştı.

Infra dignitatem: (L.) *Şerefsiz bir iş, şerefine leke sürecek bir iş* demektir, hamile kadın yiyen yamyamlar için kullanılır. Bir kızılderilinin ayin sırasında kutsal tüylerinden birini ayaklar altına düşürmesi denli aşağılayıcıdır. Şerefsizlik yapmış bir yamyam olmaktansa otobur olmak daha iyidir.

In memoriam: (L.) *Anısına, hatırasına*, demektir. Yamyam şehit ve azizlerimiz adına düzenlediğimiz yemeklerin davetiyesinde çıkartma olarak bu ifadeyi görürsünüz.

In vino veritas: (L.) *Gerçek şaraptadır, şarap içen gerçeği söyler*, demektir. Paroladır. Bu yüzden sadece yamyamlarla birlikteyken şarap için. Bu şarap olayı çok kötü abi ya! Bu Yunanlılar Dionysos'a thank you demek için buldukları şarabın başımıza bela olacağını biliyorlardı. Gerçek yüzünü şarap içince gösterirmiş insan; bu yüzden gerçek yüzünü göstermekten kaçınan yamyamlar her yana "İçki her kötülüğün anasıdıııır!" yazarlar. Analar götürsün inşallah hepinizi. Bu anaların da çektiği anacım. Her kötülüğün anası bu analar galiba, doğurmasalardı bizi anacım, ne doğurup durmuşlar he, şarap içelim diye mi?

Kaptanı kafalamak: Kaptanı şöferlikten kurtarıp hakkın rahmetine kavuşturmaktır. Arabayı ormana çekip orman kebabı yemeden önce yapılır.

Kaptanı kolilemek: Bunu kimi yamyamlar, kaptanı kafalamadan önce yaparlar. (Bkz. *Faux pas*) Beyinleri bacak aralarında diye onları suçlamak olmaz şimdi, ama önünde sonunda kaptanı kafalayacaklarsa ve partinin içine etmeyeceklerse mesele yok. Çok nadirdir, bir yamyamın kolilemeye dalıp da kafalamayı unutması. Böyle utanç verici olayları tarihimize pek yazmayız zaten.

Kanımız kaynadı: Kurbanınızın kanı kaynayınca onu soğutmadan yemeğinizde kullanmalısınız. Kanı kaynayan kurban bekletilmemelidir. Ama kanı çok kaynatıp pekmez benzeri sağlığa yararlı içecek yapmak da olası. Ama başında durup karıştırmanız gerekir. Yoksa kazan taşar. En iyisi kanı fazla kaynatmadan kullanmaktır. Sıcak kan içmek soğuk kış günleri, Uludağ'da manzaraya bakarken filan çok iyidir.

Kaşaltak: (Tr.) *Bükeç kemiği* demektir. Önünde sonunda bükülecektir. Daktilo kurslarında tekerleme olarak da kullanılmıştır geçmişte: "Kara kara kaşaltak, kaş altında kaşarlanır," gibi bir şeydi.

Kapçık: *Sünnet derisi, praeputium. Badıç, börk* de denir. *Kapçıka* da dişil olanı. Sövgüde kullanılmasını hiç onaylamıyorum.

Kolilemek: Kurbanınızı yemeden önce cinsel olarak götürmek. (Bkz. *kaptanı kolilemek*)

Kulak borusu: *Tuba auditiva.* Kulağını kopardığınız yamyamın tubasını öttürmek görgüsüzlüktür. Hanibal, hemşirenin kulağını kopardıktan sonra tuba çaldı mı? Gördünüz mü? Hayır! Yapmayın o zaman yaa! Hem bu kulak tozunun, ya da kulak tözünün her tarafa saçılmasına neden olur ki bu töz göze kaçtı mı kaşıntı yapar.

Laborare est orare: (L.) İş bilenin kılıç kuşananın, ya da dilin yok mu senin, yalasana, yahut da orada bir laboratuvar var, o lab bizim labımızdır falan demek değil. *Çalışmak dua etmektir* demek. Yani, bizim dilimizde *boş duranı allah sevmez,* çarpar! Hadi iş başına, ileri!

Lex talionis: (L.) *Diyet yasası...* Ömer Seyfettin pirimizi ve galiba Kadir Savun'un kolunu kesip yamyamın önüne atışını hiç unutmam. Böyük adam bu Seyfettin, yapıtıyla ve bu başyapıt üzerine çevrilen Diyet filmi yamyam arşivlerinde bulunabilir.

Memento mori: (L.) *Öleceksin! Aklından sakın çıkarma!* demektir. Adamı altına tıçırtır. Katolik vb. yobazların iki de bir gözlere soktuğu bir tehdittir, aldırmayın. Ölüm herkesin başında, n'apcan gari... ölüm gelmiş cihaneee, başaarısı bahaaneee!

Malak: Sandığınız gibi camız, kömüş yavrusu değil. *Malak* dilgibilimde *çene* demek. *Bükeç, cayak, yumuk* da denir. Kelle, paça türünden sakatat kabul edilir kimi çevrelerce, ama bence ana yemektir. Çok konuşan konuklara: "Malağın düştü gene," ya da "Bükecinin cırcırı –yani fermuarı– bozulmuş bunun!" yahut da "Cayağı kesilesice!" denebilir. Bir de atasözümüz vardır: "Yumuk gümüşse, badak altındır." (Bkz. badak)

Mangarem, ergo sum: (Fr&L) Pisboğaz yamyamların düsturudur. *Yiyorum, o halde varım* demektir, ama pek takdir edilmezler çünkü *yemek için yaşarlar*, oysa biz akıllı yamyamlar yemek yemenin simbiotik ve etik zemin üstüne kurulu olmasını yeğleriz ve *yaşamak için yeriz.*

Maymunu tokatlamak: (İng.) "Spanking the monkey," adlı İngilizce deyimden dilimize aynen girmiştir. Anlamı da aynıdır. Askerler, yatılı okul öğrencileri arasında yaygın bir alışkanlıktır. Halk arasında çok sık yapılması durumunda maymunun sahibini kör ettiğine inanılırsa da kesinlikle safsatadır. Maymununuzu istediğiniz sıklıkta tokatlayın. Erbezinizin lezzeti buna bağlıdır. Hatta maymuna sille tokat giriştiğinizde bir yandan da uyluk ve mabadınızı sıvazlayın rica edeyim. Unutmayın *işleyen demir ışıldar*. Bir gün karşılaşırsak, sizden *Badak Gombe* yapmak isteyebilirim, di mi?

Meo periculo: (L.) Kendimi riske sokuyorum, kendi bacağımdan asılıyorum, anlamına kullanılır. Diğer yamyamlardan ayrı, genellikle bir başınıza avlandığınız için kullanırsınız, kimsenin başı derde girmesin diye...

Mıncık mıncık yoğurmak: Özellikle köfte yapmadan önce kurbanınızın etini yumuşatmak demektir.

Mideme oturdu: E, yeme sende bu kadar! Kıtlıktan mı çıktın? Bir yamyam için böyle bir şey söylemek utanç vericidir. Yemeğiniz asla midenize oturmamalıdır. Neyi ne zaman ve ne kadar yiyeceğini bir yamyam sezgisel olarak bilir, bilmelidir. Sonradan görme yamyamların böyle yakınmaları sofranızın kalitesini bozar. Düşünsenize keyifli keyifli yiyorsunuz, konuklarınızdan biri "Ay mideme oturdu!" diyor. Bok ye! Biraz yavaş yesen olmaz sanki!

Nemo me impune lacessit: (L.) *Kimse beni kişisel dokunulmazlık ile yaralayamaz*, yani çok yakınımsın diye ağzımdan gir burnumdan çık, yok öyle yağma anlamına gelir. Yamyam edebiyatının ustalarından Edgar Allan Poe'nun "Amontillado Fıçısı" adlı öyküsünde soylu ailenin armasında yazılıdır. Montresor'ların armasında kendisini ezen ayağa yılan dişini geçirmiştir. Bu da Clarisse'in neden hâlâ hayatta olduğunu açıklar. Hanibal'e karşı hep dürüst olmuştur, kendine ihanet etmemiştir. Kendine ihanet etmeyen Clarisse, Hanibal'e hiç edemez.

Nabza şerbet vermek: Halk ağzında kurbanınızı mutfağa çekebilmek için dil döküp onu kandırmak anlamına gelebilir, ama uygulamada kurbanınızın *et*inin *yumuşayıp tatlanması için damardan bazı kimyasallar şırıngalamak* anlamına gelir. Kurban hem acı çekmez, hem de etin terbiyesi daha iyi olur, hem de yumuşamış et pişerken doğalgazdan, elektrikten falan tasarruf edilmiş olur.

Nil desperandum: (L.) *Umutsuzluğa kapılma sakın, hep böyle kaaal, hep bana yakın... gel gel, ge bakiim buraya!* demektir. Kurban anlamasa da olur, size "Excuse meeee!" gibisinden bön bön bakarken siz onu ham yapıverirsiniz.

Nom de plume: (Fr.) *Mahlaz, takma isim*, YERADAM bir *nom de plume* değil!

Nosce teipsum (ya da nosce te!): (L.) *Kendini tanı, kendini bil!*

demektir. Yabancılaşmadan müzdarip yamyamlara psikoterapistlerinin söylediği ilk şeydir. Nosce te! Sen yamyamsın, kendine ihanet eden herkese eder! diye bağırır doktor civanım.

Nouveaux riches (Fr.) Nedense *nuvoriş* diye okunur. Bizim komşu Melaati öyle çağırıyorum çok hoşuna gidiyor. Yeni zengin, görgüsüz takımı demek halbuki, yamyam olmasa yiycam bir gün. Belki bir gün zorda kalırsam ham yaparım bu karıyı.

Once in a lifetime: (İng) *Kırk yılda bir* demektir. Kol böreği gibi yiyeceklerin kıymetini bilen yamyam söyler.

Oğulcuk: Bkz. *cücük*.

Oturga: *Kalça, sanak, oturak* ya da *kabaet*. Argoda *döt* diye de anılır. Ben *oturga*yı kullanmayı yeğliyorum çünkü oturak yamyam olmayanlar tarafından farklı bir anlamda kullanılır, iğreenç, iğreeenç! *Kabaet* ise, ahlâk kumkuması yamyamlar tarafından uydurulmuş bir sözcüktür, çünkü vücudun hiç de kaba olmayan bir yeridir. Bir yamyam için kaba saba et olamaz, kaba saba insan olur ki Hanibal pirimizin de dediği gibi bu insanları ham yapmak lazımdır. *Nos enfants terribles*'lerimiz "Dört, dön de dötünü ört!" benzeri tekerlemelerle yamyamlık stajları sırasında başınızı ağrıtabilirler, benden demesi.

Ödü shitine karışmak: Öff! O ne koku öyle. Kurbanınızın ödünün pohuna karışmaya vakti olmamalı. Yoksa, murdar oldu gitti demektir. Bunu kesif bir kokunun yayılmasından anlarsınız. Kurbanınızın adet günleri de olabilir, karıştırmayın. O kokuyu iyi bilirim. Adet günlerinde bütün kadınlar aynı kokar. İyi temizlenip sık çamaşır değiştirmezlerse tabii ki. Bu koku farklı, bu kesinlikte farklı. Kafalanacağını anlayan kurban bu kokuyu siz onu kafalamadan da salgılar, bir şeyleri belli ettiniz demektir. Önce ayaklarını sallamaya başlar sinirden, sonra da yutkunmaya. Ayağa kalkar, kapıya ya da açık pencereye yakın durur ama o kokuyu duyduğunuz anda artık geçmiş olsun, kafalamayın daha iyi, çünkü burnunuza yerleşir ve kokmuş soğandan beterdir, gitmez burnunuzdan; şiddetli, tutkulu bir aşk gibidir anlayacağınız. Keserseniz o eti, Carol Ann Duffy'nin "Valentine" şiirinde de dediği gibi *çıkmaz parmağınızdan, çıkmaz bıçağınızdan.*

Parmaklarını yemek: Aslında 18. yüzyılda çıkmış bir deyimdir. Kurbanın parmaklarını mideye indirmektir. 19. yüzyıldan itibaren mecazi bir anlam da kazanmıştır. Hepinizin bildiği gibi "yemeğim öyle lezzetliydi ki kendi parmaklarımı yiyordum az kalsın," diye iltifat eden konuklarınız olmuştur. Yanlışlıkla bunu yapan salak ve aç gözlü konuklarınız da olmuştur allah bilir. Aldırmayın, kendini yemeğiniz olmaya hazırlıyordur.

Pekkat: *Göz akı.* "Gözünün yağını yiyiiim!" derken bir yamyamın kastettiği bölge. Kurbanı kursağına indirdikten sonra bir yamyamın "Pekkatı da pek tatlı," demesi o yamyamın sans d'ümörü olmadığını gösterir. Yani espri anlayışı kıt, ya da görgüsüz demektir. Daha teknik konuşmak gerekirse *suymuktan, suyuktan* yani *humor*'dan nasibini almamış demektir. Böylelerini ertesi hafta yemeye çağırın.

P.T. (**Pii-Tii** diye okunur), **Party Time:** (İng.) "Haydi, bistroda parti verelim dostlar," demektir. Sakin olun.

Sapiyen şappırdatmak: Ağzınızda sapiyen varken konuşuyorsanız, natürelman oluyor bu şappırdatma olayı. N'apalım, yamyamların hepsi de görgü sahibi insanlar olmuyor. Bakın beş parmağın beşi bir mi?

Shit happens: Tam da lezzetli yemeklerle donattığınız sofraya oturmak üzereyken pılınızı pırtınızı toplayıp gitmeniz gerekir ya, işte o zaman söylenir. Hanibal'li filmlerde bunun örneklerini görmüşsünüzdür.

Sidiksağan: *Ureter. Sağmaç* ya da *sidik borusu* da denir. *Babağandiç* yaparken similyayı sidiğinden ayırmak için iyice sağmak gerekir. Sidiğin sirke etkisi yaptığı yanlış bir inanıştır çünkü.

Similyası but: *Kol böreği, babağandiç* malzemesidir. Kolilemek düşkünü yamyamların kurbanlarında ham yapmayı her şeyden çok düşündükleri yerleridir. Yararlıdır. Birçok hastalığa iyi gelir.

Sinir herif: Allah göstermesin böyle bir kurban. Alır getirirsiniz evinize, sofranızın içine eder. Ayıkla ayıklayabilirsen bütün sinirleri. Boy boy cımbızı boşuna mı yazdırdık anacım alet edevat listemize.

Siniri tepesinde: Ne sinir bir durumdur sevgili okurlarım. Kimi ahkâm kumkumalarının sinirleri hakkaten tepelerinde toplanmıştır. Böylelerinden beyin salatası yapmadan önce sinirleri birkaç saat sirkede bekletmek en iyisidir.

Sütten çıkmış ak kaşık: Acemi yamyamlar için kullanılır. Çıraklık dönemindeki torlak yamyamlardır. Siftah yaptıktan sonra kendilerine "Sütten çıktı bulaşık" da denebilir.

Soluman: *Bronş. Akbağır borusu, tınlık* ya da *budalgı* da denir. Kurbanınızın soğuk algınlığı olmadığına özen gösterin. Bronşite yakalanmak istemezseniz tabii ki.

Sok parmak: *İşaret parmağı.* Kurbanınız kurtulmak için çırpınmaya başladı mı içgüdüsel olarak işaret parmağını şeyinize... gözünüze sokabilir. Dikkat edin.

Tabahat: (Ar) *Aşçılık, yemek pişirme sanatı. Tabahattir, bilmemek değil öğrenmemek kabahattir* atasözümüzdür ve parola olarak da kullanılır.

Tabula rasa, kıçına kaçsın pırasa: Bu boş beyinli otoburlar için söylenir. Özellikle ve tabii ki yanlışlıkla bir otobur kurban getirdiyseniz eve ve eti de kağıt helva gibi, ya da lal gibi geveleyip geveleyip bir türlü yutulmayan cinsten ise, o zaman kullanıldığını duymuştum sofrada. Ben günaha girmek istemem. Sofrada hele, otobur da olsa helaldir. Allahın gücüne gider. Hem ölmüş, masanda tabağına kadar gelmiş, bir de böyle *boş kafalı herif, pırasa yiye yiye ne hale gelmişsin eşşoğlu eşşek* demenin alemi var mı?

Tbih ekil: (Ar.) *Yemek yap lan* demektir. Gerçekten *lan* diyorsunuz, çünkü ev arkadaşınız ya da kocanız erkek. Ev arkadaşınız kadınsa, ya da karınız kadınsa **tbihe ekil** (*yemek yap lan!*) deyin. Eğer biseksüel iseniz, hem herif, hem de kadın arkadaşınıza çoğul hitap etmeniz gerekecek ki o zaman da **Tbiho ekil** (*Yemek yapsanıza lans!*) diye bağırın çiftliğinde Ali Baba'nın. Etkileneceklerdir, ilişkiniz köle-efendi kalıbı üzerine kuruluysa özellikle.

Tel: *Lif* ya da *fibra*. Kimi yemeklerde, örneğin kavurgada, eti tel tel ayırmak gerekir, ağızda yayılsın, damakta tat bıraksın diye. Diyarbakır'da yediğim kavurga tel tel ayrılmıştı. Kurbanımızın *çatkısı* ya da *tel yapısı* harikaydı. Bir klasik şu Diyar-ı bekir'in kavurgası. "Tel tel taramış saçını, yastığına gül bağlamış," diyen birini duydunuz mu bilin ki etinizde gözü vardır. Yamyamdır, parolayı söyleyin. Örneğin, *De gustibus non est disputandum*, deyin, o anlar, ikiler de toz kaldırmaz.

Tepesinin tası atmak: Bu deyimi ilk kez duyduğumda ardından nefis bir ziyafet geleceğini bilemezdim. Ankara'nın en büyük işadamlarından biri, nam-ı diğer Yahudi Teyfik, onlardan alacağım paranın hesabındaki bir yanlışlığı kendisi görmüş ve bir gün hatırlatın da ödeyelim diye başından savmıştı beni. Ödenecek fark o sırada cırt diye ödenecek kadar küçük bir meblağ idi, lakin ben hatırlatmadan da ödeyecekleri yoktu, bunu da kısa süre sonra anladım. İki hafta sonra kendisine hatırlattığımda, bana böyle bağırdı: "Tepemin tasını attırmayın!" Ben, böyle durumlarda acayip sakinleşirim, intikamcı ve kavgacı değilimdir. "Ben en terbiyesiz öğrencimle bile böyle konuşmam," demişim usulca. Teyfik benim bozulduğumu ve terbiyesizlik ettiğini anlamıştı. Ama benim aklıma karpuz kabuğu düşürdüğünün farkında da değildi. Gözlerimi Teyfik'in tepesinden ve tepesinin tasından ayıramıyordum. Aklımda da Hanibal'deki final yemek sahnesi. Kaba saba insanları ham yapmalı.Teyfik'in tepesinin tası atsa fena olmazdı. İki de kiraz attım mı tavaya Hanibal'in yaptığı gibi, nefis bir beyin tava olur tepesini gerçekten attırabilirsem. Ertesi gün aradı: "Yeradam Bey, ben dün kağıtçıya tepem atmıştı, size patladım. Kusura bakmayın," dedi. Ben de aramızdaki buzların erimesi için onu yemeye çağırdım. Aynı yayınevine iş yapıp da sömürüldüğüne inanan birkaç yazar ve çevirmen arkadaşımı da çağırdım yemeğe. O günden sonra tepesinin tası pek atmıyor diyorlar. Ağzını yediğimin Teyfik'i fazla da konuşmuyormuş, bir durgunluk geldi adamcağıza diyorlar. *E, insanlar konuşa konuşa, yamyamlar yiyişe yiyişe* diye boşuna dememişler.

Tufaya gelmek: Yemeğe davet edilenler için söylenir. Yemek yiyeceklerini sanan konuklar yemek olduklarını anladıkları an söylerler: "Eyvah, tufaya geldik!" Argodur; "tongaya bastık" ya da "buta yan bastık" şeklinde daha amiyane sokak kullanımlarına da rastlanmıştır.

Ut yeri: *Pubis. Çatı, çüğre, uyat* da dendiği olur. *Çatı tümseği*, ya da *mons pubis* ise *Çulpan dağı* diye anılır. Halk arasında duymuşsunuzdur: "Ut yerinde çimdim de geldim." "Gene çatıya çıktı, bu adam azdı iyice, everelim şunu," "Çatı tümseğine kurban olayım!" Hatta bir dörtlük dilden dile dolaşır: "Çulpan Dağı'na çıktın mı? / Çıktın da hamını buldun mu? / Buldun da badakladın mı? Yine de şahlanıyor amman, badaklarından bal akıyor amman!" Pir Sultan'dan alınma bir türkümüz ise şöyle der: "Aaaah! Çıktım çatısına da seyran eylediiim, gönül eğlencesi kaçtı bulunmaz." Çünkü ne demiş atalarımız, "Ut yerinde dut gibi olandan hayır gelmez!" Askerler, yeniyetme öğrenciler ve izciler de en çok "Dağ başını duman almış, yürüyelim arkadaşlar" marşını söylerler çatıya çıkamadıkları için ve maymunu tokatlamadan az önce. Kast edilen dağ Çulpan Dağı'dır. Oraya çıkmayana yamyam denmez.

Uyluk: But. ... Ne?... But dedik ya işte.

Uzaklaştırım: *Abduksiyon. Yaklaştırımdan* (yani *adduksiyon*'dan sonraki evredir. Kurbanızı önce kendinize çekmeniz gerekir ki kafalayabilesiniz.) Kalabalıklar içinde bir kurbanı kafaladıysanız hemen kaçırın onu oradan, karanlık bir ara sokağa sürükleyin. Gözlerden uzaklaştırın onu. Yamyam mitolojisi bunun örnekleriyle doludur.

Vuru: *Yürek atışı* ya da *pulsasyon*. Uzaklaştırımdan önce kurbanınızın vuruşunu kontrol edin. İyi vuruyor mu, vurmuyor mu? Yürek hâlâ atıyorsa biraz daha kafalayın.

Vücut kavite araştırması: vücut dokularının kalori ve vitamin açısından bir yamyam için değerinin ölçülmesidir, kurbanı mıncıklamak yöntemlerden biridir.

Yağ kıtıkları: *Panniculus adiposus.* Bu kıtıkları minik minik kuşbaşı yapar ve yağda kızartırdı rahmetli anacağızım. Ramazanda lengerideki üzümlerle birlikte gizli gizli ve kıtır kıtır yerdim ben bu kıtıkları. Ah, anılar!

Yamyaraem con carne, ergo sum: (L.) Dekart'tan bu yana yamyam sloganıdır, *yamyamım insan eti yerim, o halde varım* demektir (heralda:)

Yamyarae yamyaraum: *Biz ezelden beri yamyamız, yamyam kalacağız,* demektir. Bölücü bir slogandır ama akıllı yamyamlar bu bölücüleri asimile edip bu sloganı kendi lehlerine kullanılacak hale getirebilirler kuşkusuz.

Yeme de yanında yat: E, anacım tok ağırlamak zordur. Böyle densiz bir konuğunuz, yani size yemeğe gelirken karnını doyurup da geldiyse, yemeğinize bakıp bakıp böyle diyebilir. Eğer söz konusu olan kaz gelecek yerden tavuk esirgememekse, bırakın konuğunuz yemeğin yanında yatsın bir süre.

Yanak tokatlamak: Millet meclisindeki yamyamlarımız bunu çok sık yapar oldu. Bunda bir iş var. Ben de denemeliyim dedim ve kurbanımın önce yanaklarını şaap şuup tokatladım. Abi, o yanaklar nasıl oldu biliyor musunuz. Lokum, lokum. Bu milletvekillerimiz ağızlarının tadını biliyor anacım.

You cun't eat your wife and fuck it too: *you can't eat your cake and have it too* özdeyişinin Baudrillard uyarlamasıdır. Kendisi kızmasın, kızarsa da kızdığı yere buz değdirsin. Seksist ve kadınları aşağılayan bir deyim olduğunu zannetmeyin, tam tersine karınızı yemenizi tavsiye eden bir düstur sadece. Beyinlerini bacak aralarında toşpil şeklinde taşıyan yamyamlar sıklıkla kullanır bu özdeyişi.

Yüksük: *Kalça eklemi, art* ya da *coxae.* Halk arasında bilinen ve dikişten önce işaret parmağına takılan metal yüksükle bir ilgisi yoktur. Kurbanınızın yüksüğünü ayırmak zor iştir, yüksünmeyin. Oturga kebap yapmak istiyorsanız, oturgayı yüksüklerinden ayırmak ve eti iyice haşlayıp tellemek gerekir.

Zar atmak: Açlık çekmemiş tuzu kuru yamyamların yaptığı bir iştir, israftır. İsraf da günahtır. Kurbanın vücudundaki hiç bir zar atılmaz. Kara günler için kurutulup saklanır. Savaş zamanlarında ya da nüfus sayımlarında stokta et yokken eve kapanınca ne yiycaz şimdi diye uğunmak istemiyorsanız zar atmayın. Kurutulmuş zar ufalanıp cigara içine sarılırsa kafa yapar. Kurbanlarınızı daha iyi kafalarsınız böylece.

kaynakça

Beder, Emine S. *Sofra. Sabah Gazetesi*'nin tarihsiz yemek ilaveleri.

Bourke, Joanna. *Öldürmenin Mahrem Tarihi.* Çev. Suğra Öncü. İstanbul: Om Yayınevi, 2001.

Candaş, Gönül. *Bereketli Olsun.* Ankara, 1976 (Yayınevi yok, Baylan Matbaası)

Dilçin, Cem, vd. *Bölge Ağızlarında Atasözleri ve Deyimler.* Ankara: TDK Yayınları, 1969.

Emiroğlu, Kudret. *Gündelik Hayatımızın Tarihi.* Ankara: Dost Kitabevi, 2001.

Feneis, Heinz. *Resimli Anatomi Sözlüğü* (Dilgibilim adlığı) Çev. Süreyya Ülker. İstanbul: İnkılap ve Aka Kitabevleri, 1979.

Grenville, J.A.S. *A History of the World in the Twentieth Century.* Cambridge, Mass.: The Belknap Press of Harvard University, 1994.

Köknar, Ergun. *İlden İle Anadolu Mutfağı* 2. Günaydın Yazlık Cep Kitapları No: 9. (Cep kitaplarının niye tarih ve basım yerleri olmaz?)

Macks, Jon. *From Soup to Nuts: The Cannibal Lover's Cookbook.* New York: Simon&Schuster, 1999.

McNeil, William H. *Dünya Tarihi.* Çev. Alaeddin Şenel. Ankara: İmge Kitabevi, 1994.

Reich, Jerome R., Mark M. Krug, Edward L. Biller. *World History: A Basic Approach.* San Diego: Coronado Publishers, 1984.

Tanilli, Server. *Uygarlık Tarihi: Çağdaş Dünyaya Giriş.* İstanbul: Say Kitap Pazarlama, 1981.

Yeğen, Ekrem Muhittin. *Alaturka-Alafranga Yemek Öğretimi ve Sofra Düzeni-Sofra Görgüsü.* Cilt I. Istanbul: İnkılap ve Aka Kitabevleri, 1977.

43395010030984427726012